主 编:陈 恒 孙 逊

光启文库

光启随笔

光启文库

光启随笔　　光启讲坛
光启学术　　光启读本
光启通识　　光启译丛

主　编：陈　恒　孙　逊

学术支持：上海师范大学光启国际学者中心

责任编辑：孙　莺
装帧设计：纸想工作室

徜徉在史学与文学之间

张广智 著

商务印书馆
2018年·北京

图书在版编目（CIP）数据

徜徉在史学与文学之间 / 张广智著. —北京：商务印书馆，2017
（2018.10重印）
（光启文库）
ISBN 978-7-100-13721-8

Ⅰ.①徜…　Ⅱ.①张…　Ⅲ.①史学—文集②文学—文集
Ⅳ.①K0-53②I-53

中国版本图书馆 CIP 数据核字（2017）第080829号

权利保留，侵权必究。

徜 徉 在 史 学 与 文 学 之 间
张广智　著

商 务 印 书 馆 出 版
（北京王府井大街36号　邮政编码 100710）
商 务 印 书 馆 发 行
山东临沂新华印刷物流
集团有限责任公司印刷
ISBN 978-7-100-13721-8

2017年4月第1版　　开本 889×1194　1/32
2018年10月第2次印刷　印张 10¾

定价：54.00元

出版前言

梁启超在《清代学术概论》中认为,"自明徐光启、李之藻等广译算学、天文、水利诸书,为欧籍入中国之始,前清学术,颇蒙其影响"。梁任公把以徐光启(1562—1633)为代表追求"西学"的学术思潮,看作中国近代思想的开端。自徐光启以降数代学人,立足中华文化,承续学术传统,致力中西交流,展开文明互鉴,在江南地区开创出海纳百川的新局面,也遥遥开启了上海作为近现代东西交流、学术出版的中心地位。有鉴于此,我们秉承徐光启的精神遗产,发扬其经世致用、开放交流的学术理念,创设"光启文库"。

文库分光启随笔、光启学术、光启通识、光启讲坛、光启读本、光启译丛等系列;努力构筑优秀学术人才集聚的高地、思想自由交流碰撞的平台,展示当代学术研究的成果,大力引介国外学术精品。如此,我们既可在自身文化中汲取养分,又能以高水准的海外成果丰富中华文化的内涵。

文库推重"经世致用",即注重文化的学术性和实用性,既促进学术价值的彰昂,又推动现实关怀的呈现。文库以学术为第一要义,所选著作务求思想深刻、视角新颖、学养深厚;同时也注重实用,收录学术性与普及性皆佳、研究性与教学性兼顾、传承性与创新性俱备的优秀著作。以此,关注并回应重要时代议题与思想命题,推动中华文化的创造性转化与创新性发展,在与国外学术的交流对话中,努力打造和呈现具有中国特色的价值观念、思想文化及话语体系,为夯实文化软实力的根基贡献绵薄之力。

文库推动"东西交流",即注重文化的引入与输出,促进双向的碰撞与沟通,既借鉴西方文化,也传播中国声音,并希冀在交流中催生更绚烂的精神成果。文库着力收录西方古今智慧经典和学术前沿成果,推动其在国内的译介与出版;同时也致力收录汉语世界优秀专著,促进其影响力的提升,发挥更大的文化效用;此外,还将整理汇编海内外学者具有学术性、思想性的随笔、讲演、访谈等,建构思想操练和精神对话的空间。

我们深知,无论是推动文化的经世致用,还是促进思想的东西交流,本文库所能贡献的仅为涓埃之力。但若能成为一脉细流,汇入中华文化发展与复兴的时代潮流,便正是秉承光启精神,不负历史使命之职。

文库创建伊始,事务千头万绪,未来也任重道远。本文库涵盖文学、历史、哲学、艺术、宗教、民俗等诸多人文学科,需要不同学科背景的学者通力合作。本文库综合著、译、编于一体,也需要多方助力协调。总之,文库的顺利推进绝非仅靠一己之力所能达成,实需相关机构、学者的鼎力襄助。谨此就教于大方之家,并致诚挚谢意。

清代学者阮元曾高度评价徐光启的贡献,"自利玛窦东来,得其天文数学之传者,光启为最深。……近今言甄明西学者,必称光启"。追慕先贤,知往鉴今,希望通过"光启文库"的工作,搭建东西文化会通的坚实平台,矗起当代中国学术高原的瞩目高峰,以学术的方式阐释中国、理解世界,让阅读与思索弥漫于我们的精神家园。

上海师范大学光启国际学者中心
2017年3月

自 序

记得三年前,"关门"弟子毕业时,我曾为自己写下过一段励志的话:"前路璀璨,事业犹在,虽至老境,仍要前行,快乐地过好每一天(better myself in everyday)。"如今三年过去了,三年来,好像从没闲过,仍在不断地"爬格子",当我生陈恒老弟代商务向我约稿出书时,我愉快地答应了,便把这几年写的东西,盘点搜辑,于是就有了这本小书。

回忆往事,我与商务的学术情缘可以追溯到20世纪80年代初。1981年,商务出了我的《西方"历史之父"希罗多德》(《外国历史小丛书》之一),也许这本薄薄的小册子,在有的人眼里会不屑一顾,但于我个人而言,却意义非凡,它不只是我学术生涯中出版的第一本书,而且就此开启了个人漫长的西方史学史研究之路。此后,商务又为我连续出版了关于古希腊史家修昔底德和古罗马史家塔西陀的小书,使我得以在西方史学的古典时期研究方面奠下根基,为以后的西方史学研究创造了条件。于是,从叙希罗多德到论汤因比,从主著《西方史学史》到主编六卷本《西方史学通史》,我总在这一条道路上不断地行走……

多少年过去了,每每在我取得点滴的成绩时,总是想起了商务,想起商务给我的"洪荒之力"。此次又承蒙商务不弃,使敝人这本小书得以忝列当今中国学术界"文史大佬"的宏著之列，有机会向广大读者请益，我个人表示由衷的感激。

小书起名《徜徉在史学与文学之间》，就其文字分类，介乎史学论著与文学作品之间。全书辑录文章40余篇，除个别外，都是近一两年内发表的作品。按其内容，分为四辑，以某篇文章名作为辑题，意在统领这辑全局。在此需要作一点说明的是，由于发表时为报刊篇幅所限和版面设置的需要，不得不做一些改动，出书结集时，大抵都呈现了原来的样子。

四辑内容如次。

辑一：守望。这自然是我的"正业"，是我毕生难以割舍的"精神家园"，人虽老，志不移，于史苑耕耘的初心不变，将会始终在先师耿淡如先生所开辟的西方史学史这块园地里"守望"。不过，本辑所收篇什的述史体例已不再墨守成规了，不再是"高头讲章"，为的是让克丽奥（史神）还原其本来面目，楚楚动人而又平易近人。

辑二：无花果树下。我不知道，本辑把我近年来写的这类文章，归诸文学体裁的散文，是否恰当。不过，相关报刊的编辑同志，都是以"散文作品"接纳它们的。倘说散文，不管是赵丽宏的"情、知、文"，还是董桥的"学、识、情"，当代散文名家们之良言，都为我所信奉和践行。然而，我还另有所求，那就是写现实题材的作品，隐藏历史感；写历史题材的作品，蕴含现实感，不知读者诸君以为如何？

辑三：最是长相忆。本辑所写属回忆类的文字，当然也是散文体，是对人与事的回望、牵挂与思念。往事历历在目，情感的雨丝风片，不时在我心中激起涟漪，"闲坐话往事，最是长相忆！"

辑四：让克丽奥走向坊间。本辑较杂，大致搜有序文、小引、书评、刊论等，与第一辑"守望"遥相呼应，既立"建造巴别通天塔"的鸿鹄之志，又让克丽奥从象牙塔，从高楼深院，走向坊间，为社会大众所喜欢、所接受。

书名中的"徜徉"，在这里，我取其安闲自在地来往之意也。"徜徉在史学与文学之间"，说得何其轻松，其实，当我真在文史间来往，那种艰辛，那份劳累，只有埋藏在自己的心底。不过，天道酬勤，天道更酬那些劳累和艰辛的人，不是吗？这本小书所收录的文字，都是见证。这是"跨界"艰辛后的丰收，这是来往劳累后的果实，吾辈人生之乐，莫此为甚矣。在这徜徉之间，少时的文学梦，也许会有圆梦的那一天。那一天，如同走进了繁花似锦的文苑，穿越时空，迎着带露的朝花，去抚摸春天。

写到这里，不由让我想起文学大家冰心先生，散文名家郭风用"自在自如"四个字来论她晚年的散文，这真是画龙点睛，恰如其分的评价。"自在自如"，不就是"徜徉"之意吗？冰心晚年散文中显现的"自在自如"，抒情也好，议论也罢，在她那里皆于胸中自然地流出来（参见《解放日报·朝花》9月沈扬文），这自然是文学写作所期盼的一种大境界，那是任何文学写作者毕生孜孜以求的奋斗目标啊，今吾辈"徜徉在史学与文学之间"学步，虽不能至，然心向往之也！

目录

自　序　　　　　　　　　　　　　　1

守　望

西方史家素描　　　　　　　　　　3
车厢夜话：西方新史学之路　　　　22
二十世纪西方史学的中国声音　　　51
汤因比：在西方史学变革的潮流中　65
思辨与叙事：良史两种路径的合一　69
1973年：一位智者的最后呐喊　　　74
流派史：史学研究的生长点　　　　79
影视史学：亲近公众的史学新领域　84
现实、神话和虚幻　　　　　　　　90
守望：在马克思主义史学的阵地上　101
桥梁：写在第二十二届国际历史科学大会
　开幕倒计时一周年之际　　　　　110
求真之理念　通史之旨趣　　　　　118

无花果树下

寻井记	127
无花果树下	133
京华小记	139
庞贝吟	145
敦煌：传唱千年的诗	149
修炼内功与巧借外力	155
与大地母亲同命运	159
也谈散文	162
再谈散文	167
从秋霞圃出发……	173
东吴散记（续）	179
杜甫草堂里的童声	192

最是长相忆

深深的水　静静地流	201
寄往枬茶的思念	208
"望尽天涯路"	218
缅怀齐世荣先生	226
金冲及先生印象记	232
我的"宝岛四友"	242
远逝的声音　永恒的回响	251
最是长相忆	266

让克丽奥走向坊间

新的开始　新的期盼	275
二谈"新的开始，新的期盼"	279
"冬天来了，春天还会远吗？"	282
"一次新的日出"	285
中国公众史学研究小引	289
中外史学交流研究小引	292
永不止步　不懈追求	295
让克丽奥走向坊间	299
时代变革、史学转折与多重面相	304
回望：更能知晓出发的方向	314
建造巴别通天塔的伟业	319
后　记	328

守 望

夜已阑,望星空,在马克思主义史学的星座里,群星闪耀,我们找到了守望者E. P. 汤普森,也找到了守望者刘大年……

西方史家素描
——从希罗多德到海登·怀特

夕阳西下，推窗远眺，湛蓝的天幕上，浮云与落霞交映，晚风与暮霭相伴。此情此景，令我立刻想起黑格尔的妙喻：密涅瓦的猫头鹰要等黄昏到来才会起飞。

密涅瓦的猫头鹰呵，请你慢些起飞；在这黄昏时刻，愿我的思绪追随着你，去捕捉那一掠而过的西方史家的影像，从一些凌乱而又失诸零碎的材料中，或论史家风格之独特，或叙史家求真之坚韧，或讲史家才情之非凡，或说史家学识之精深，在"多面的历史"的描述中，寻觅他们的学识与才情，坚韧与精深。

希罗多德

公元前5世纪，某日，奥林匹亚。

这是一个初夏的日子，晴空万里，气候炎热，不过从爱奥尼亚海不时吹来的阵阵海风，多少带来了一丝凉意，而下雨则是当地居民的无限期盼。

只见一座残丘土坡上，簇拥的人群，围着希罗多德（前484—前425），在听他高声朗读《历史》的片段：

> 没有一个人是十全十美的，他总是拥有某种东西却又缺少另一种东西。拥有最多的东西，把他们保持到临终的那一天，然后又安乐死去的人，只有那样的人，国王啊，我看才能给他加上幸福的头衔。

听者无不为之动容，其中一位少年更是为希罗多德的传世之作所激奋，涕泪满面而不能自制。希罗多德见状，对这位少年的父亲说："你的儿子深受求知欲的感动。"

这部《历史》就是希罗多德的百科全书式的历史著作，内容宏富，奠定了西方史学的根基，也奠定了社会文化史的范型，并被罗马人西塞罗称之为"史学之父"，这一桂冠一直传至今日。

修昔底德

上文中说到的那位少年，不是别人，正是古希腊历史学家的杰出代表修昔底德（约前460—约前395），作为晚辈，修昔底德并没有沿着希罗多德的脚印亦步亦趋，而是另辟蹊径，开创了为后世西方史学奉为正宗的政治军事史范型。

修昔底德原先在雅典城邦从政，公元前424年，他被雅典公民推选为炙手可热的十将军成员之一。但是，也正是在这一年，完全改变了他的命运。

是年冬，斯巴达将领伯拉西达率两个远征军团，在色雷斯盟军的协助下，向雅典在色雷斯的重镇安菲波里斯发动进攻，该城危在旦夕，修昔底德奉命率七艘战船支援，但兵至城破。安菲波里斯之失陷，在于守将攸克里的过失，其责不在修昔底德。然而，雅典执政当局指控他贻误战机，且有通敌之嫌疑，乃加罪于他，被判放逐在外20年。

然而，"塞翁失马，安知非福"。在这蒙受不白之冤的漫长岁月中，他忍辱负重，潜心撰史，为写不朽之作《伯罗奔尼撒战争史》付出了他全部的心血，终于成就了他作为古希腊最卓越的历史学家之大业。逆境催人奋进，锲而不舍，永不言败，这位古希腊先贤的事例可为之佐证。

波里比阿

公元前218年9月，阿尔卑斯山麓。是时，山上已开始落雪，常年积雪的山路更是崎岖难行了。

然而，山脚下却集结着一支大军，浩浩荡荡，气势不凡，史载那是一支由古代著名军事统帅迦太基人汉尼拔率领的部队，计有步兵9万，骑兵1.2万，战象37头。

此行何为？

这是迦太基人与罗马人为争夺西部地中海霸权、持续百年的布匿战争中的第二次大战，史称"第二次布匿战争"。

此行何方？

直指罗马。其行军路线是这样的：汉尼拔从西班牙新迦太基城出发，经法国南部，兵至阿尔卑斯山，翻山越岭，直奔北意波河，最后攻打罗马。

汉尼拔素有"战略之父"之美称，他制订这个军事行程，打算给罗马人意外一击，置之于死地。但眼下要把这支队伍带出阿尔卑斯山，实在是困难重重。汉尼拔原想找寻当年高卢人越过此山时的通道，但未果。他只好率众另行登山开道，在山中足足走了15天，吃尽苦头，损失惨重。当大军到达北意波河平原时，只剩下2万步兵，6 000骑兵了。

然而，罗马闻讯，举国震惊，便匆忙派兵阻击，首战告负；次年再战，又败于中意特拉西美诺湖，罗马城告急；又一年，汉尼拔与罗马人在南意坎尼决战，他用兵有道，创造了世界军事史上著名的以少胜多的"坎尼之战"案例。

……

大约又过了六十多年，灰飞烟灭，战火已熄。在阿尔卑斯山脚下，走来一位希腊人，他大约五十上下，满头乱发，一脸胡茬，但行动敏捷，意欲登山。这个人就是希腊化时代的大史家波里比阿（前201—前120）。他此行也是为了翻越阿尔卑斯山，沿当年汉尼拔的进军路线，重新行走。

波里比阿翻越阿尔卑斯山，着实令我们感动：

在上古西方，由于文字记载出现较晚，文献资料颇为匮乏，为此史家撰史，多赖实地探访，希罗多德是这样，修昔底德是这样，波里比阿也是这样。

要写出信史不易。波里比阿写作《通史》，对第一手史料的搜集是煞费苦心的，因为他有这样的观念：求真，乃史家之第一要务。为此，他毅然翻越阿尔卑斯山，重走汉尼拔的行军道。

现代史家效法者不乏其人。不是吗？后人研究哥伦布发现新大陆，曾多次沿着他当年的航线重行；又，后人研究唐代高僧鉴真东渡扶桑，曾多次沿着他当年的走向重航……

倘问，这为的是什么？答曰：求真。从这里，我们看到了史家为写信史而矢志不渝与坚韧不拔的精神，一种中西皆然的史学传统。

恺撒

外国"太史公"？没听说过。

告诉你吧，他是恺撒。

没有搞错吧，你说的是那个叱咤风云的罗马政治家、军事统帅同时又与埃及艳后克娄巴特拉有情感纠葛的恺撒吗？

正是他。不过恺撒还有另一面，他还是占罗马共和时代的第一流史家。

愿闻其详。

只说一点好吗？你也许读过大仲马的著名小说《基度山伯爵》，书中有这样一个情节.

深夜，在罗马郊外的圣·西伯斯坦陵墓中，强盗头子罗杰·范巴借着暗淡的油灯微光，津津有味地读着一本书，他读得是那样的聚精会神，以至于当有人进来时，竟没有听到脚步声，并又特地声称，这本书是他最爱读的。

罗杰·范巴读的那本书就是《高卢战记》，它的作者正是恺撒（约前100—前44）。

盗首在陵墓中夜读《高卢战记》的情节，富有浪漫与诗意，这当然是作家大仲马的一个虚构。但这种虚构，却包含了历史真实的客观基础，显示了史学的巨大魅力，也反映了恺撒的"多面"——他的史才。

恺撒善叙事。他叙事冷静而不失客观；他行文巧妙，匠心独运；他不崇雕琢，质朴自然。无怪乎在当今西方学校仍用作教材，作为拉丁文的范文来读。他同时代的文学家西塞罗曾作过这样的评价："在历史著作中，再也没有什么其他的东西，比这种一清如水、简明扼要的文笔更令人悦目赏心了。"

"善叙事，有良史之才。"在我国古代，把善叙事与良史是连在一起的。因此，我们称恺撒为"良史"，也是名副其实的，进而言之，称其为外国"太史公"亦无不可。

既然这样，那么赶紧去找《高卢战记》来读一读吧。

圣·奥古斯丁

基督教的产生及其从一个地区性的教派发展为世界性的一神

教，对人类文明所发生的巨大影响，恐怕无论怎样评价都是不会过分的。

就它对史学的影响而言，也是如此，由圣·奥古斯丁（354—430）所奠定的神学史观可否说明？

圣·奥古斯丁，生活于古典世界行将崩溃的公元四五世纪之交，其中半是邪恶，半是善良；半是对旧世界的回忆，半是对新世界的憧憬；半是哀怨，半是希望；半是对地上之城的无情批判，半是对上帝之城的讴歌颂扬；半是黑暗，半是光明；半是过去总结的补白，半是向往未来的宣言；半是……

这个新与旧、世俗与宗教、黑暗与光明交替之际的人物，既是时代的产物，又从某个侧面反映了这位从异教皈依基督的教徒的心路历程。在企图以上帝的意旨教化世人之前，他已完成了自身的心灵净化。他的思想本质不是"半"而是"一"，即：新战胜旧，光明战胜黑暗，简言之，上帝之城战胜地上之城，四海归主，人类一体。就这样，人类历史在圣·奥古斯丁的笔下被诠释为一种直线运动，一种由固定的起点（上帝创世）到终点（末日审判）的直线运动，最后归向为一个"永恒王国"，阿门！

我们透过圣·奥古斯丁"半是"表象的描述，其实可以发现他的史学观念与古典史学迥异的一种本质特征。倘如是，也就能理解论者云，基督教史学的产生导致历史学发生了"一场革命"的"名言"。

马基雅维里

1972年，记者招待会。

美国国务卿亨利·基辛格纵谈他的政治哲学之后，与记者有一段问答。

问：你说你对美国总统有影响，对此我们不感兴趣。
答：那你对什么感兴趣？
问：人们感兴趣的是，你是否是一个信奉马基雅维里（1469—1527）思想的政治家？
答：不，完全不是！
问：那你在多大程度上，受过马基雅维里的影响？
答：一点也没有！

亨利·基辛格的回答令人寻思。现在，我们的问题是：

为什么这位大名鼎鼎的政治家要对马基雅维里讳莫如深呢？

为什么莎士比亚要称那位意大利人为"凶残的马基雅维里"？

为什么爱德蒙·柏克要称法国革命的"民主暴政"的基础是"邪恶的马基雅维里政策准则"？

为什么马克思和恩格斯也猛烈抨击马基雅维里政策，称这种政策的真正代表者是那些在革命转变阶段企图"扼杀民主力量"的人？

为什么当代美国学者利奥·施特劳斯迄今还坚持称马基雅维

里学说为"恶魔之说"?

简言之,马基雅维里与马基雅维里主义可以等同吗?马基雅维里能对后世那臭名昭著、坏人心术的马基雅维里主义负责吗?

应当如何正确看待与评价马基雅维里?

"这位伟人的名字使任何墓志铭都显得徒费言辞。"马基雅维里墓上的这句碑文,也许能让我们体悟出这位文艺复兴时代意大利人文主义思想家、历史学家的真正的一面。

伏尔泰

1757年,瑞士,洛桑。

时年63岁的伏尔泰(1694—1778),为躲避法国专制政府的迫害,四处奔波,在此暂居,英国青年才俊爱德华·吉本闻讯,慕名拜访。

伏尔泰一见到吉本,立即张开了双臂,热情地拥抱了这位英国青年。吉本目不转睛地打量着这位长者:卷曲的头发,修剪得十分整齐,衬托着他的面容,凸显其广博和睿智;线条分明的嘴角,显示了他的雄辩才能;微微凹陷的双眼,却是那样有力,似乎可以看透他人内心深处的一切奥秘;尤其是那件玫瑰色的外衣,一直垂到膝盖以下,显得那样潇洒,使人不由觉得他真是那个时代"理性之光"的化身,以至于他的教诲能改变一个人的命运。

伏尔泰虽已过花甲之年,却精力充沛,处处勃发出青春般的活力。他对吉本说完一件不久前发生的宗教迫害事件,严词抨击了天主教:"什么教皇、主教、神甫,他们尽是一些文明的恶棍，如同两足禽兽……"

吉本非常佩服伏尔泰向腐朽的宗教势力进行挑战的大无畏精神："您对宗教暴行和教会罪恶的批判真是入木三分啊！"听到青年的赞美，他显得很兴奋，在客厅里踱着方步，并转移了话题，对吉本讲起了他的《路易十四时代》。

"您这部书的宗旨是什么呢？"吉本问道。

伏尔泰谈笑风生，兴味盎然：

> 本书拟叙述的，不仅是路易十四的一生，作者提出一个更加宏伟的目标。我企图进行尝试，不为后代叙述某个个人的行动功业，而向他们描绘有史以来最开明的时代的人们的精神面貌。

好一个"要描绘有史以来最开明的时代的人们的精神面貌"，吉本心里这样想着，只听得伏尔泰又继续说道："在这部历史中，我将只致力于叙述值得各个时代注意，能描绘人类天才和风尚，能起教育作用，能劝人热爱道德、文化技艺和祖国的事件。"

作为历史学家的伏尔泰，他的史学业绩确为18世纪理性主义奠定基础，并为近代西方史学最后开启了大门。

吉　本

1764年10月15日，古罗马遗址，卡皮托尔废墟。

黄昏，从卡皮托尔山冈远眺：夕阳西下，夜幕悄然降临，朱庇特神庙的赤脚托钵僧唱着晚祷歌，放目临风，纵览古今，令人遐想不已。

一位年轻人——爱德华·吉本（1737—1794），是时27岁，正是风华正茂的岁月。眼前的景象引动着青年吉本无穷的思绪：昔日罗马帝国的繁华已烟消云散，当年鏖战的沙场也早已成了英雄们的丧身之地，恺撒安在？奥古斯都又安在？俱往矣！曾经沧海，星移斗转，浪淘千古，谁主沉浮？

此刻，这位年轻人豪情满怀，浮想联翩，撰写这个被称作"永恒之城"罗马衰亡史的念头立刻涌上了他的心田。

触景生情，由情而发，名著《罗马帝国衰亡史》历吉本20年之辛劳，终成矣。

毋庸置疑，这一灵感成就了吉本史学。不过有一点尚需补白，那种成就某位史家的灵感是不可多得的，它如同电光一闪，只是对智者眼睛的偶尔显露，吉本，也只有吉本，才能超越常人的眼光，不失时机地将它捕捉住，并与他思想撞击而产生思想火花，这就是灵感的魅力。

历史学家需要真实，难道要疏远灵感吗？难道在真实与灵感或求真与想象之间，进言之，在科学与艺术或历史与文学之间，没有某种相互交融与相互联系的本质属性上的共同点吗？

基　佐

因译注吉本的《罗马帝国衰亡史》而一举成名，在西方史学史上可谓不乏其人，法国政治家兼历史学家基佐（1787—1874）可为显例。

基佐有志于学术，又热衷于政治，这一两面性贯穿其一生：他因译注上书出名，很快地被聘为巴黎大学近代史教授，这时他才二十出头；但他不甘寂寞，很快地从教室走向社会，积极从政，谋求官位而有所得；33岁那年，他从政坛上跌落，重返巴黎大学执教鞭，于是就有了人们所熟知的《欧洲文明史》《法国文明史》等传世名作，并由此确立了他的世界性历史学家的地位；1830年法国"七月革命"的浪潮，又把他推向了政治舞台的前沿，位居内阁首相。从政后的基佐并没有失掉历史学家本性的"一面"，他在此时创立了法国历史学会，组织史家共同编纂与出版大型的《法兰西史料汇编》，为史学的发展做了不少实事；1848年"二月革命"的风暴再次把他赶下了台，下野后的基佐又重新全力潜心于历史研究，虽则在晚年还有过一两次短暂且告失败的政治冲动，这也始终反映了基佐本性的"另一面"。

由上所述，可知基佐一生是在从学—从政—从学—从政—从学的循环中度过的。基佐两栖型的生活，反映了史家的"多面性"，学术脉动与官场争胜，著述旨趣的"名山事业"与宦海角逐的神经末梢，杂糅而又相分，矛盾而又相容，统一在这个两栖型的人的身上。

政治家的基佐如风云变幻的近代法国历史舞台上来去匆匆的过客，但历史学家的基佐却为后世留下了足印，留下了一个"天才历史学家"的名声。

兰　克

午夜。

大地沉睡，月色朦胧。在这静谧的夜里，一位老人还在工作，不过他的工作方式很奇特，不是伏案写作，而是坐着口授，由助手记录成文。

"继续念下去，那是最重要的，我们应当完全抄下来。"老人说。

晚风拂过窗户，掠过摇曳的烛光，恰好映在他的脸上，照见那花白而又稀疏的头发。这是兰克（1795—1886）晚年工作情景的素描。此时，他年过八旬，已不能阅读，也不能书写了。他是靠这种方式继续写作。

"那本书在里层靠窗口的那一格书架上。"兰克叫助手到他的藏书室内去查找，总不忘唠叨："请不要随便移动我的书，也不要根据大小把它们放在一起。"

助手又继续给他念材料。"不要这些，它不是重要的。"老人突然插话。

兰克著作等身，他的全集有五十四卷之多，其中还不包括他用这种口授的方式写作的《世界史》。

编写一部多卷本的《世界史》，是他八十二岁高龄时提出来的，尽管他当时已不能读也不能写了，但他说，不写作他无法活下去。他悟到，"上帝"给他的时间不多了，于是便像一个年轻人一样，发疯地工作着。他的工作日程表是这样的：上午9点起床，早饭后，由一个助手协助，从9点半一直工作到下午2点，下午4点用餐，睡1小时，再与另一助手合作，从下午7点持续工作到午夜12点。

老人站在窗前，喃喃自语："历史学家是在上帝的轨道上进行工作的。"助手不解地望着他。

老人又继续说道："我已与上帝签约了，他必须再给我五六年时间，以便完成这部著作。到那时，我可以高高兴兴地去见他了。"

他就这样不断地"写"着，并快乐地活着。

兰克逝世前，他口授的《世界史》已出七卷。后来，他的门生杜费把他的有关讲稿与之联成一体编辑出版，成为九卷本的《世界史》问世。不过在此要顺便说一下，兰克的代表作不是这九卷本的《世界史》而是《教皇史》，那是他刚过不惑之年时的杰作。

兰克死了，享年九十一岁。

人毕竟是要死的，但对长寿者兰克来说还是很幸运的，因为"上帝"非但没有违"约"，反而多给了他三年阳寿。

布罗代尔

1937年11月。大海，蓝天，一艘大型客轮正劈波斩浪，行驶在浩瀚的大西洋上。在甲板上，时年三十五岁的布罗代尔正出神地望着这翻腾的海浪。"历史不就是那深不可测的海洋吗？历史不就是阳光永远照射不到其底部的沉默之海吗？那喧嚣的当前历史时刻，不就是海洋中所激起的那一闪的波涛吗？"他半是自语，半是沉思。

历史的巧合，注定布罗代尔与年鉴学派确有缘分。是年，他在巴西圣保罗大学完成执教三年的任务后，归国途中竟与吕西安·费弗尔不期而遇同乘一条船。当时，还没有开通横越大西洋的飞机航班，在长达三周的海上旅途中，两人结下了深厚的情谊，自此他成了年鉴学派的一员，并在日后成为年鉴学派最鼎盛时期的代表人物，是为"布罗代尔时代"。

人们评议说："如果设立诺贝尔史学奖，布罗代尔是无可争议的第一人选。"说得好。他的《菲利普二世时代的地中海和地中海世界》（简称《地中海》）可以为之提供最有力的证据。在这里，我们实在有必要说一说这部鸿篇巨制成书当中的"细节"：在"二战"中，他沦为一名战俘，在德军战俘营的五年中，他完全凭着个人非凡的记忆力，娴熟地运用史料，开始了《地中海》一书的写作，至1945年获释时，他已完成了该书的大部分初稿，1947年定稿，1949年出版，迅即引起学界的轰动，被公认为一部世界级的史学名著。

其实，布罗代尔为我们贡献的不只是一部鸿著，更重要的是为世人传达了一种总体史的史学理念，一种播扬世界的年鉴学派的治史理论与方法论，正是从这一意义上而言，人们把《地中海》作为一部具有里程碑式的名著，那是实至名归的。

E. P. 汤普森

1992年，3月4日。

E. P. 汤普森，英国历史学家，这天他在家中抱病接受了中国学者刘为的访谈，以下是访谈节录。

刘为：您总是被人们称为马克思主义的历史学家，您自己怎么看？

汤普森：我深受马克思主义理论的影响，极大地得益于马克思主义史学传统；另一方面，我并不称自己为完全的马克思主义者。在我看来，把马克思主义当作一种已完成的、包容一切的、不证自明的思想体系这样一种观念已被证明是无益的。过去在苏联存在的那种自称的马克思主义实际上是一种死亡的信念，一种实利主义（Careerism）。

刘为：您能进一步解释一下那种教条式的马克思主义和您自己的历史观之间的不同点吗？

汤普森：主要是，我反对经济主义和简单化的经济决定论，反对那种以为历史必然经过某些前定的发展阶段的目的论观念。

刘为：您的希望是什么？您坚持的又是什么？

汤普森：我希望把更为丰富的文化范畴引进历史学，我仍然坚持历史唯物主义。

刘为：您认为马克思主义研究在最近的将来会有所发展吗？

汤普森：除非他们向别的流派敞开大门，真正敞开，否则不会有发展。只是向别人灌输、自给自足、包罗万象，这样一种马克思主义是可悲的，是对人类智慧的阻塞。

刘为： 比如？

汤普森： 苏联的例子就是足够的教训。

……

是时，汤普森只有68岁，但因沉疴缠身，面容憔悴，步履蹒跚，短短的一次访谈，仍觉疲惫。翌年8月28日，汤普森溘然长逝，令人痛惜不已，如此一个有才华有思想的历史学家，竟过早地离开了人世，那只能感叹"上帝"的不公。

不过，还有更不公的是，不论是他在世还是身后，非议他在《英国工人阶级的形成》所表述的与传统的劳工史作品相异的史学思想，还常常被人扣上含有贬义的"文化的马克思主义"（Culturalist Marxism）或"文化社会主义的人道主义"（Cultural-Socialist Humanism）的帽子。那是有失公允的，不妨请读一下前录汤普森对远道而来的中国学者的提问，仔细探究一下他的著作，答案不言白明，倘说他"离经叛道"吗？要说是，那是对他深恶的"苏联版"的马克思主义，而不是对他始终恪守与信奉的马克思（原典）的马克思主义即历史唯物主义。

海登·怀特

余生也晚，这里所胪列的诸史家，自然无缘识荆。唯一的例外是本节要说的被称为是"后现代主义史学大师"的海登·怀特（1927—）。

春风又绿江南岸。四月上旬的江南，正值春草滋生，杂花生树，而上海剧变中的都市风光也自有特色，百年校庆前的复旦也更有特色。

2004年时值"第九届中华文明的二十一世纪新意义：二十一世纪的中国史学和比较历史思想"学术研讨会在我校召开之际，海登·怀特应邀与会。初次见面，我稍加打量：金发疏落有致，蓝眼睛显得炯炯有神，轩昂的气派蕴于长挑身材中，但他与莅会的其他西儒并无多大区别，看不出身上特别的地方，如后现代什么的。

但他一张口，就不一样了。怀特善于言辞，或在会议上给代表们做主题报告，或在会外给学生们做学术演讲，或在会议间做评论、质疑、答问等，从他嘴里汩汩地流淌出来的是一套又一套的后现代主义的话语。

4月9日上午，分组会议。

报告者有：复旦大学张广智（《傅斯年、陈寅恪与兰克史学》）、北京大学罗志田（《发现在中国的历史》）、复旦大学李天纲（《十七、十八世纪的中西史学》）。

三位报告人刚收话尾，怀特氏就迫不及待地举手发言，滔滔不绝地说了起来，归纳他在其他场合的说法，不外是以下几点：

他完全避开历史认识论，走向语言哲学。这种"语言学的转向"颠覆了以往那种认为历史在本质上是进步的、连续的等传统史学观念，转而去研究历史著作中的语言学特点和结构。这是一种"叙述主义的历史哲学"，是历史哲学中的一场"革命"。

他模糊历史与文学、事实与虚构、历史与历史哲学之间的界限,从历史文本出发,把历史变成了一种"诗性的比喻"。

他从认知的、美学的、伦理的、语言的这四个维度,力图阐明"历史学的诗学性质",在对历史话语的文本结构要素分析与解构的同时,也消解了历史学。

他在评论张广智、罗志田和李天纲三人所做报告时,有些话一如前述之意趣,却表述得更令人难忘,如:

> 把历史与小说区别开来,这是一个错误的观点;
> 用科学方法治史,更是一个"普适主义"的错误;
> 诗性语言才是一个再现历史的途径;
> 近世西方史学犯了一个根本性的错误,就是把历史学变成科学,马克思主义史学也不例外;
> ……

够了。援引这么多枯燥的话语,为的是让人们略知后现代主义史学之风貌。

后现代主义史学究竟为何物?做何评价?此处不容申论,但"后现代主义史学大师"海登·怀特给我一个最深的印象是,他对历史学不乏真诚,而且充满了敬意。历史学应是多元的,海登·怀特及其后现代主义史学,在史学的园地中也应当有他们的一席之地。

(2016年10月重订)

车厢夜话：西方新史学之路

现当代世界是一个跌宕起伏的变革时代，也是一个日新月异的创新时代，历史的运动与运动的历史犹如一条奔腾的长河，永不停息，把西方史学推向一个更加纷繁杂沓、色彩斑斓的新时代。

现当代西方史学仍在不断变革中，尤其是新史学之路，逶迤曲折，不甚分明，倘问其前景如何，尚不得而知，我们且拭目以待吧。

对话者：张广智与周兵
时　间：2010年12月4日晚上
地　点：从上海开往淮北的星空列车上

冬夜，从上海开往淮北的K8372次星空列车出发了，我与周兵联袂北行。

此行为何？缘由：从2009年10月开始，为进一步提高中学的教学质量，教育部启动了中西部中学教师各科目的"国培计划"。该地所属一些师范院校领命并实施了该计划。我们是应淮北师范大学之约，前往那里为中学历史教师国培班的学员们授课。此番外出上课，其意义远胜于到高校或其他部门讲学，不可小视，我们俩未有丝毫懈怠，都做了认真的准备。

我总以为去淮北，交通不便，却原来有从上海直达淮北为终点的星空列车。这说起来，还得缘起于那个如火如荼的知青上山下乡的年代，一批又一批来自浦江畔的"红色的种子"播撒在广袤的淮北平原上，他们在这块土地上"战天斗地"，同时也以他们的青春和热血铺就了这条"沪皖热线"，迄未中断，造福后人。

这趟夜行的"星空列车"，开得平稳舒坦，偶过岔道时的车辆震动，好像提醒人们，噢，我们原来坐在火车上呢。

我撩开窗帘，窗外夜色苍茫，灯火闪烁，时断时续，仿佛列车穿梭在夜空的银河中……

一 转折的新路标

我与周兵相视而坐。

周兵：虽多次在国内外出行，但与张老师同道夜行，实在难得，平时在学校又各忙各的，何不乘这次"夜间之旅"，向老师求教一些西方史学上的问题呢？

张广智：不说"求教"好吗？旅途寂寞，我本想与你聊聊家常，听听你在新西兰奥克兰孔子学院三年工作时的趣闻。现在，你倒好，三句不离本行。也好，不过，从何处开始这"车厢夜谈"呢？

周兵：我想还是从您给"国培班"学员的授课题目"二十世纪西方史学之大势"说起。

张广智：好的。20世纪的西方史学确实重要，但对20世纪的西方史学的整体研究，国内外史学界都有空缺。什么时候，我们能够读到像古奇《十九世纪的历史学与历史学家》那样系统总结与分析20世纪西方史学与史家的名著呢？

我们下面用现当代来指称20世纪，前者也更宽泛一些。对于现当代西方史学，你是很有发言权的，不过，在这里，你可否谈谈对现当代西方史学的总体印象，好吗？

周兵：好的。19世纪常常被称为"历史学的世纪"，是历史学确立其学科独立地位的时代。而20世纪的现当代西方史学，则是在此基础上进一步扩展和拓宽了单一的历史学科，历史学也在这样的一个过程中，逐步成为一门跨学科、多学科的学问，学科之间森严的界限和壁垒消除了，于是，历史研究的视野也更加开阔了，在理论和方法上日益多样化，历史认识的深度因此也得到了大大提升。所以，我们看到在20世纪短短的一百年间，西方史学较之以往出现了前所未有的繁荣景象。

张广智：现当代西方史学的发端，一般说来我们可以从19世纪90年代卡尔·兰普勒希特与兰克学派，亦即新旧史学之间的争论开始。这里不说了，需要说的一点是，在世纪交替之际，于史学而言，却又发生了一个重大的事件，那就是国际历史科学大会的召开。前些日子你复印给我的德国历史学家厄尔德曼的 Toward A Global Community of Historians，中译本或可为《走向史家之大同世界》说的就是这件事，我们就从这件事的初始说起吧，这也许是继上述新旧史学之争后，现当代西方史学转折的新路标。

周兵：你说国际历史科学大会的召开，乃是现当代西方史学转折的新路标，很有新意。从国内已出版的多本关于西方史学史的作品中，对此都未曾提及。我们的《西方史学通史·现当代卷》虽然关注到了，但也只是一笔带过。

张广智：我们的西方史学史研究，尤其是现代时段的研究，在寻求突破的时候，总是"忘前"而"重后"，这里说的"重后"，即对后现代主义及其史学的过度关注。诚然，后现代主义思潮对晚近三十年来西方史学产生过影响，或者说重大的影响，但我们的投入度与它的实际影响不成比例。

周兵：我们确实有点"忘前"，包括对世纪末的新旧史学之争，除引述美国历史学家伊格尔斯的论述外，国内学界在这方面的成果真是凤毛麟角。至于研究国际历史科学大会，那更是鲜有所闻了。倘若"忘前"即对现当代西方史学的直接源头缺乏了解，那么百年来的现当代西方史学乃至由此上溯的两千多年的西方史学史，或许就有缺失，对它的认识，或许也可能有模糊。在我看来，回顾与了解国际历史科学大会百余年的历史，的确可以看到现当代西方史学发展变化的历史轨迹，并由此映照悠长的西方史学史。

张广智：说得好。在这里，我就简单梳理一下吧。国际历史科学大会百余年的历史轨迹，倘粗粗看来，可以分成三个阶段。第一阶段从1898年召开的预备会议至1950年巴黎大会前，是为创立时期。这一时期的国际历史科学大会，其特点为：地域不出欧洲，是欧洲史家的"一统天下"，举办地在欧洲各国"轮流坐庄"；其关注的重点是政治军事史，主要论题为民族史和国家史，在史学观念上仍受到西方传统史学的深刻影响。在这期间，国际历史科学委员会于1926年成立，并在五年一度的国际历史科学大会闭幕后，作为它的常设机构运作与举办各类学术活动。如前所述，我们认为这是国际历史科学大会的"草创时期"，由于这一时期受到两次世界大战的影响，使之中辍而难以正常活动，但由于国际历史科学委员会这一学术机构的成立，又可以说它已经开始走上了正轨，故可从总体上称之为"草创时期"。

周兵：值得留意的是，在它的"创立时期"，也留下中国历史学家最早参与国际历史科学大会的记录：1938年，胡适于是年8月参加了在瑞士苏黎世举办的第八届大会，在会上作了《新发现的关于中国历史的材料》，中国也被正式接纳成为国际历史科学委员会的新成员。然而，其时正值中国进入全面抗战的第二个年头，也正处于欧洲反法西斯战争爆发之前夜，由于掺杂太多的政治因素，胡适此番欧洲之行，于史学成就而言，就逐渐被人们遗忘了。

张广智：这是一段被尘封的历史，中国历史学家参与国际历史科学大会这段史料，应当认真发掘，不应湮没。

周兵：已有学者把相关史料整理出来，并公之于众了。

张广智：这就好。我们继续说百余年的国际历史科学大会史的1950年以后的历史进程：1950年的巴黎大会至1990年的马德里大会是为第二阶段，这是它的发展时期。我们之所以称它为"发展时期"，一是基于会议举办地已"跳出欧洲"；二是参会者人数的增加及其影响的不断扩大，如在莫斯科举办的第十三届大会，参会人数达到了3 300人，这一纪录迄今仍未被打破；更重要的是，苏联作为当时社会主义阵营的代表入会，自此在会上发出了苏式的马克思主义史学的声音，并开始了东西方史学的直接对话，加之1980年后，在一届又一届的大会上，也可以见到中国历史学家的身影。在东西史学之间，在马克思主义史家与非马克思主义史家之间架设桥梁，沟通交流成了本阶段的最引人注目的地方。

周兵：自1990年马德里大会后，国际历史科学大会的举办地已真正"越出欧洲"，1995年的加拿大蒙特利尔，2005年的澳大利亚悉尼，2015年将落户在我国济南，从欧洲延及北美，伸向亚太，从地域上说，它已经是"世界性"的了；更为重要的是，国际历史科学大会已日渐彰显国际化和全球化的趋势，与这一时期国际史学的发展方向相吻合，使它成了每五年举办一次的真正意义上的"历史学奥林匹克"，其对世界史学的发展，意义非凡。

张广智：正如你说，这第三阶段可以称之为"国际化时期"。前面提到的厄尔德曼的《走向史家之大同世界》一书，还得再次提及。此书是迄今为止国外学者首部对国际历史科学大会史的研究专著,揆其要旨,其关键词为ecumene of historians,中译或可为"史家之村落",这个"村落"当然是历史学家的"居所",但这个"居所"大得很,是个"全球村",在那里,不分中外,难辨东西;在共同关注的目光里,"我中有你,你有中我",换言之,在全球史家寻求历史真谛的共同拥有的精神家园里,互相借鉴,取长补短,百花齐放,各显芳菲……对目下而言,上述所描绘的史学景观,或许仍是一种理想,正如曾经在悉尼大会上致辞的国际历史科学委员会主席科卡所指出的,它仍是一种"乌托邦","天下一家",亦即史学家之"大同世界",还很遥远。不管怎样,厄尔德曼高屋建瓴,揭示国际历史科学大会的深远意义,很值得我们重视。

周兵:用张老师常说的那句话:今日虽不能至,却心向往之。

张广智:是的,不管怎么说,研究国际历史科学大会的百年史,梳理它的历史发展进程,了解它的各个阶段的特点,透视它与时代的风云、社会的变迁之关系,阐明它与西方史学的新陈代谢之关联,都具有重要的意义。进而言之,它的研究,不只是开启了一扇窗,从这窗口可以瞭望西方史学的发展变化,而且还可以为中外史学交流搭建一座桥梁。正在走向世界的中国史学和中国历史学家,应当在与世界史学的互动中前行。我们应当紧紧抓住2015年国际历史科学大会在我国举办的机会,以此为契机,大力推进中外史学文化的交流,在全球化的大背景下,让中国史学走向世界,从"史学大国"变为"史学强国",让华夏文化闪烁出夺目的光彩。

二　艰难的抉择

张广智：接下来，我们还是选择若干个案，即现当代西方史学中的亮点，展开对话，我以四字句式且列出如下几点：大师风范—年鉴风采—西马风流—文化风情—后学风暴。这不是严格按时间顺序排列，而是现当代西方史学发展进程中的亮点。你看呢？

周兵：你说的这几个，确实是亮点，我个人觉得还可以增加一点——"小国风华"，可否排在"大师风范"之后议论一下。

张广智：可以。我们先对话"大师风范"，好吗？

周兵：好。就按上面这个顺序来说。

张广智：20世纪是个风起云涌的年代，是个巨大变革的时代，这个时代造就了现当代西方史家的群雄奋起、层出不穷。我们先做一个测试，即从法、英、德、美四个"史学大国"中，各选两人，再来评估。看看谁可折桂？

周兵：好的。先说法国，法国当从年鉴学派中挑选，那首先当然是布罗代尔了，但第二人很难选，是选吕西安·费弗尔还是马克·布洛赫呢？

张广智：他们两人作为年鉴学派的创始者，各有不可磨灭的贡献，选谁都可，但从中择一，又正是两难抉择，怎么办？

周兵：我们换一个思路，倘若从人才纷出的第三代群体中来挑选，你看选谁？

张广智：或可从勒华拉杜里与雅克·勒高夫两人中择一。

周兵：这个两中取一，没有上面的难。依我看，可选勒华拉杜里。

张广智：我赞同。勒华拉杜里的《蒙塔尤》畅销环宇，由此就可奠定他作为20世纪西方史家大师级的历史地位。

周兵：20世纪英国史学大师级的人物，可选一前一后的两代人，或许他们的史学旨趣迥异，但对现当代西方史学都产生了重大的影响。

张广智：我知道你说的这一前一后两代人，就是汤因比和E. P. 汤普森。

周兵：正是这两人。

张广智：汤因比生于1889年，那是大英帝国维多利亚莺歌燕舞的盛世，E. P. 汤普森生于1924年，而这正是已过而立之年的青年汤因比面对"一战"后西方文明的衰退进行反思的时候，两人出生年月相差三十几岁，是典型的两代人，我非常认同你的这一选择。

周兵：再说德国，从20世纪前期德国史学的代表人物来挑选，那非迈纳克莫属了，至于说第二人，比较难找。

张广智：可否从"二战"后联邦德国"新政治史批判学派"中选择。

周兵：要说新政治史学派的代表人物，应是汉斯·乌尔里希·韦勒和于尔根·科卡。

张广智：你选谁？

周兵：我倾向后者。科卡著述甚丰，且在西方学界的影响比韦勒大。他是中国史学界的老朋友，2004年，他以国际历史科学委员会主席的身份访问过上海。

张广智：德国就出迈纳克和科卡吧。美国出谁？

周兵：在群雄角逐的美国史坛上，挑选两人，那真的很难。

张广智：我也这样认为。在20世纪前期，鲁滨逊是新史学派的创始人，而特纳、比尔德、帕林顿等组成了"进步主义史学派"的"三巨擘"，从这四人中择一，我看只能是抓阄了。在20世纪后期，那就更难挑选了。在"二战"后多元化的美国史学中，50年代新保守主义史学派的"一致论"否定了20世纪前期的进步主义史学派和新史学派，这里面出了不少有影响的人物，比如：小施莱辛格、布尔斯廷、霍夫斯塔特等人；在60年代，以威廉·威廉斯为首的"新左派"史学兴起，逐渐取代了新保守主义史学派；此后，美国新社会科学史学派独领风骚，各个支系也出现了一些头面人物。在重构世界史的史学潮流中，美国又涌现出麦克尼尔、沃勒斯坦和斯塔夫里阿诺斯等大师级的史家。

周兵：真难，那就抓阄吧。

张广智：告诉你吧，这不容我们操心了。前几年，在我的《西方史学史专题》的课上，专注美国史学的学生先期做过测试，得出前两名是：鲁滨逊、斯塔夫里阿诺斯。这大概由于这两人在中国史学界的知名度较其他史家要高。不管这次"民调"有多大的局限性，但我以为仍是一种筛选法，大体可以。

周兵：如此下来，经过一番艰难的抉择，得出八人：布罗代尔、勒华拉杜里、汤因比、E. P. 汤普森、迈纳克、科卡、鲁滨逊、斯塔夫里阿诺斯。

张广智：这八位，就如中国话的"八仙过海，各显神通"，在浩瀚的西方史学的大海中，他们"唱念做打"各显神通，都是大师级的人物。

周兵：从这八个人中选取一人为"首席大师"，比较容易，那当然是法国史家布罗代尔了。

张广智：是的，如果从1929年至1945年，以吕西安·费弗尔和马克·布洛赫为首创建的年鉴学派看，那么从"二战"后至1965年布罗代尔辞去《年鉴杂志》主编，是为年鉴学派史上的最为辉煌的时期，称之为"布罗代尔时代"一点也不过分。我曾这样描述过他：风云史坛，英名盖世，成就卓著，影响深远，把年鉴事业推向极致。

周兵：这也是年鉴学派走向世界，对外发生重大影响的历史阶段。

张广智：在1955年罗马举行的第十届历史科学大会上，年鉴学派的创始人和继承人，都发出了强有力的声音，预示着年鉴史学的璀璨的明天。事实正是这样，正是在布罗代尔时代，年鉴学派一跃成为最有影响的国际史学流派之一。

周兵：布罗代尔史学，成就确实卓著，他写下的《菲利普二世时代的地中海和地中海世界》《15至18世纪的物质文明、经济和资本主义》等皇皇巨著，为我们留下了珍贵的史学遗产。

张广智：不仅如此，布罗代尔留给我们的，或说他的史学贡献，在我看来，或可以简单归纳为以下几点：第一，他实践了年鉴创刊时的宗旨，实践了年鉴学派创始人的总体史的史学旨趣，他以其上述几部巨著，有力地体现了这一点；第二，他在史学方法论上的贡献，倡导打破学科之间的"围墙"，立意把人文社会科学的方法运用在史学研究上，而这又是与他的总体史理念紧密结合在一起的；第三，那就是被学者称为是布罗代尔的一个"独特创造"的长时段理论，关于这一点，我们的书中多有叙述，学界讲的也很多了，就不在这里复述了。

周兵：由此三点，作为20世纪顶尖大师级历史学家的风采，就凸现在人们的面前了。

张广智：不是有人评论说"如果设立诺贝尔史学奖，布罗代尔是无可争议的第一人选"，你说呢？

周兵：我也认为这样。

三　风从西方来

张广智：接下来，我们说说"小国风华"。所谓"史学小国"的含义，取自古奇的那部名著《十九世纪历史学与历史学家》。在我看来，现当代西方史学之璀璨，不只是如上的法、英、德、美几个"史学大国"的史料长编，而是西方各国史家的合力打造。事实上，在古奇视为诸小国的如比利时、荷兰等国，也确实出现了大师级的史家，"小国出大家"，"小国风华"，依我看，小国风华的范本，以20世纪荷兰为例，庶几可矣。

周兵：荷兰确实可以代表。

张广智：这个问题还是由你来说最为合适。你在大学本科读书时,就对这个郁金香闻名于世的国度充满了浓厚的兴趣,记得你在当时就向我借阅约翰·赫伊津哈的《十七世纪的荷兰文明》英文版的书来读,此后对其文化史理念,一直魂牵梦萦。后来又在那里待过一年,踏遍了莱顿的大街小巷,走遍了风车的故乡……

周兵:好,我先说。荷兰虽是"史学小国",但就其对现当代史学的贡献而言,尽显风华,真称得上是个"史学强国"。我以一前一后的两位历史学家为例,说一说这个道理。这一前,当然是赫伊津哈了。约翰·赫伊津哈(Johan Huizinga,1872—1945)是现代荷兰的,也是西方著名的历史学家、文化史家,是20世纪初与比利时的亨利·皮朗、法国的马克·布洛赫、英国的阿诺德·汤因比等人比肩齐名的一代史学大师,是推动现代西方史学摆脱传统走向新史学的重要代表人物之一。在荷兰,他更被尊为史学泰斗,享有极高的声望和地位。他的学术声誉主要来自他在文化史研究领域的卓越成就,他被称为是"荷兰的布克哈特",是继布克哈特之后最伟大的文化史学家,赫伊津哈的代表作《中世纪之秋》与布克哈特的《意大利文艺复兴时期的文化》并列为文化史的两大经典著作。在这本书中,他以14、15世纪法兰西-勃艮第文化为考察对象,试图探究中世纪晚期该地区人们的"生活方式、思想及艺术",也就是文化的诸种形式。赫伊津哈对中世纪文化的研究,重新界定了整个中世纪史和文化史研究的范畴和模式,人们开始真正认识到中世纪除了庄园、城市经济和封建等级制度之外,还有精神和思想的追求。

张广智:说得好。我在编《历史学家的人文情怀——近现代西方史家散文选》一书时,选了他的代表作《中世纪之秋》,在小引中对其作说过这样的话:这是一个充满魅力的历史时期,中世纪行将结束,渐入迟暮,但仍精神矍铄,满枝硕果,呈现了向近代文明过渡时期的辉煌。的确,赫伊津哈的史学,尽显"小国风华",荷兰人自会因此而自豪,绝不亚于法国人以布罗代尔为荣耀。这"一后",大概是指活跃在当今国际史坛上的后现代主义史学家安克斯密特了。

周兵:是的,确实说的是安克斯密特。

张广智:说起这位当代荷兰历史学家,我可真是有缘识荆,记得2007年在华东师范大学召开的"全球视野下的史学"国际学术研讨会上,我们曾同登大会主席台,我以评论人的身份评论过他当时的大会演讲——"从世界主义的观点看世界历史错在何处"。由于华裔历史学家王晴佳传神的翻译,我评论中的一些笑料,竟把这位满头白发的荷兰史家逗乐了。我当时觉得很得意。

周兵:其实他的年龄比你小一点,只因张老师看上去 very young。

张广智:都已七十古稀了,还 very young 呢?你还是言归正传吧。

周兵:安克斯密特虽也年长,但风华正茂,仍频繁地出现在国际历史学舞台上,直至最近他还到过我系,并做了主题演讲,从我系毕业的博士杨军,译了他的《崇高的历史经验》,在中国学界流传。弗兰克·安克斯密特来自荷兰北部的格罗宁根大学,在当代国外史学理论界,是与美国的海登·怀特齐名的后现代主义史学理论家。他在思想上将自己视为19世纪历史主义的继承者和革新者，立足反省历史写作的性质，从讨论整体的历史文本入手，主张将19世纪的历史主义的核心概念（个体性或历史的观念）去本质化，使之成为叙事主义历史哲学的"叙事实体"，即以一个特定的观点、一种历史解释或者某一特定的视角将启蒙史学与历史主义、叙事主义联系起来，以阐明历史写作的连贯性与统一性。安克斯密特1983年出版的《叙事的逻辑：历史学家语言语义学的分析》一书，是继海登·怀特1973年的《元史学》之后又一部叙事主义历史哲学的重要著作，他们共同秉承了后现代主义对宏大叙事的质疑，在对客观性和真理的关系、对历史非连续性的讨论之外，尤其强调历史的文本特性，重新勾画了历史与文学、事实与虚构之间的界限，从而一方面动摇了一般意义上的历史学的根基，另一方面也为我们重新思考历史学的学科特点提供了新的维度。在安克斯密特的领导下，今天的荷兰格罗宁根大学已俨然成为当代西方史学理论的一大重镇，称之为格罗宁根学派亦毫不为过。

张广智：接下去说"年鉴风采"。在20世纪法国史学发展史上，这个1929年创立的年鉴学派，曾辉煌无比，气象万千，一度引领西方史学潮流。我不在这里说年鉴学派的发展史，这里先要说的是，年鉴学派迄今已发展到第五代。第五代传人，法国《年鉴》杂志编辑部主任让-伊夫·格尔尼埃在回答中国学者提出的"年鉴现象"时这样说道："质疑的勇气，开放的心态和不断超越的精神，成就了《年鉴》和年鉴学派的传奇历史。"格尔尼埃说的这几点，同年鉴学派创始人吕西安·费弗尔和马克·布洛赫的《年鉴》创刊词，不仅文脉相通，而且神韵一致，真是薪火相传，年鉴学派自有后来人。

周兵：年鉴学派常传常新的一条重要经验，那就是自身不断反省，不断地寻求新的发展途径和结合点，不过，从第三代人开始，学派的概念日渐淡化，在名称上也泛称"年鉴－新史学派"了。

张广智：是这样的，名称并不重要，重要的是年鉴学派的"风采"，这里所说的"风采"，不外说的是年鉴学派的总体史观念、长时段理论，以历史学为核心来纵览其他社会人文学科的志向，昭示着年鉴模式在现当代西方史学中的前沿地位。

周兵：我总觉得，年鉴学派有一种气势，这也许就是"年鉴风采"在起作用吧，一份杂志，创办八十余年，却始终长盛不衰，风行全球，淋漓尽致地体现出了"年鉴风采"，他们的经验，很值得我们借鉴。

张广智：的确是这样，对于志在走向世界的中国历史学来说，年鉴学派成长与壮大的发展史，有许多可总结的。年鉴学派是一种法国现象，它深深植根于法兰西民族的文化传统中，但它又是世界的，在这里，正是应了"越是民族的，就越是世界的"这句话。

周兵：由此说开去，其实年鉴学派并不是马克思主义史学派，他们的传人也从不以此自居，但有一点必须肯定，年鉴学派深受马克思主义史学的影响，与当今的西方马克思主义史学也有着千丝万缕的联系。

张广智：你说的这些话，实际上完成了一次过渡。说到"西马"，在这里我们所指的是西方马克思主义史学。为求雅趣，我还是先写一首小诗吧，诗曰：

> 邂逅新知如一家，
> 遗忘沉疴话天下。
> 落红不是无情物，
> 化作春泥更护花。

你说，这首诗写的是谁？

周兵：当然是写当代英国马克思主义史家E. P. 汤普森了，这是对他锲而不舍的史学追求的一种生动写照。

张广智：是的，1992年，六十八岁的E. P. 汤普森已是病入膏肓，但他还是抱病热情地接待了来自远方的中国朋友，纵论天下，评说东西，这段珍贵的采访谈话，字字珠玑，掷地有声。他声言："新史学"走到了尽头，就需要有新的突破。于是，我便以"尽头正是突破时"为题，把这篇谈话选入了《历史学家的人文情怀——近现代西方史家散文选》一书中。真是天不假年，异常羸弱的E. P. 汤普森终于没有撑过1993年。他与世长辞，国际史坛为失去这样一位卓越的历史学家而深为叹息。我个人认为，他应是当代英国马克思主义历史学家中最有才气的一位。在此附带说一下，诗中"落红不是无情物，化作春泥更护花"，系借用我国清代思想家龚自珍《己亥杂诗》中的名句。

周兵：在这里转引"落红不是无情物，化作春泥更护花"，真是寓意深长啊。E. P. 汤普森的史学思想，确有着穿透时代的思想力量，对后世会产生巨大的影响。比如，他毕生的追求即为伊格尔斯所称道的，立意要把马克思从"庸俗的马克思主义历史学家"那里解放出来，他的传世名著《英国工人阶级的形成》，着力于从文化因素来分析问题，强调文化传统在工人阶级形成中的历史作用，开创了一种风气。进而言之，他（还有霍布斯鲍姆），对马克思主义的唯物史观做出了重新认识与理解，在这种艰难的求索过程中，阐发出他们独到的见解，在马克思主义史学的语境中，不断地开拓史学研究的创新之路，比如由他成功开启的新社会史的模式。正因为此，他的《英国工人阶级的形成》一书被论者认为是"站在了当代西方马克思主义历史学的最高峰"。

张广智：说起新社会史的写作模式，霍布斯鲍姆以其"四部曲"，即他写的《革命的年代》《资本的年代》《帝国的年代》和《极端的年代》的写作实践，对此进行了深入的探索。他也在新社会史的具体实践中，捍卫了马克思主义的唯物史观。的确如此，英国马克思主义历史学家，不尚空谈，而是以他们的史著阐发他们的史学理论。不过在E. P. 汤普森那里，却有一个例外，那就是他于1978年出版的《理论的贫困及其他》，不只是针对阿尔都塞的言论，而且还从中阐发了马克思主义史学的史学观，闪现出了E. P. 汤普森卓越的史学洞见。

周兵：事实上，英国马克思主义史学派是一个群体，其中除E. P. 汤普森和霍布斯鲍姆外，还有莫里斯·多布、克里斯托弗·希尔、罗德尼·希尔顿、雷蒙德·威廉斯、多罗西·汤普森、乔治·鲁德、约翰·莫里斯、布莱恩·哈里森、维多克、约翰·萨维尔、拉菲尔·萨缪尔、佩里·安德森、加雷兹·琼斯、罗宾·布莱克本等，在如此阵营强大的史家群体面前，哪家哪派能望其项背，数史坛之风流人物，还看当代英国马克思主义史学派。

张广智：由当代英国马克思主义史学派说开去，延及西欧、扩至北美，其马克思主义史学也都取得了进展，概括说来，作为一种新流派，西方马克思主义史学既有与经典马克思主义史学脉络相互承接的传统本性，也昭示出一种张扬个性的时代特征和新的发展趋向，在历史观与史学观方面显示出了不同的反响，这不啻是对经典马克思主义史学的一种现时代的回应，应当在世界史学史上留下他们的一页。

接下来该谈什么了？

周兵：文化风情，这是不是指的晚近三四十年来，在西方史坛上异军突起的新文化史。从新文化史的兴起及发展情况这一方向标来观察现当代西方史学的趋势。

张广智：是的，要说的正是新文化史。这个问题主要由你来说，你的博士论文《当代西方新文化史研究》与本书也同时出版了，我们还要说些什么呢？我想，不妨站在广大读者的角度，我提一些感兴趣或补白性的问题，或者你认为与已出的专著互补的一些想法，由你来作答，好吗？

周兵：好，就这样。

张广智：我对新文化史感兴趣正是看了娜塔莉·泽蒙·戴维斯的《马丁·盖尔归来》一书。说来好笑，最初是对台湾影视史学名家周樑楷的意译书名《返乡第二春》很感兴趣，于是我就找来一读，那是为了我的影视史学研究。你在今年暑假，在加拿大多伦多大学遇见了她，请你说说你对戴维斯的印象，以及她在新文化史家中的地位？

周兵：戴维斯虽然已经年逾八十，但在学术上仍然非常活跃，笔耕不辍，最近她正在忙于写作最新的一本著作，即有关17、18世纪中美洲苏里南种植园中的黑人奴隶的一项研究，试图讨论来自非洲不同地区、不同部落的黑人奴隶，在被贩卖到美洲、生活在新的社会共同体之后，是如何承袭、发展和糅合他们各自的土著文化而形成新的、共同的文化认同的。为此，近几年来她仍然频繁地前往当地以及欧洲的一些档案馆搜集资料。同时，她在国际历史学界的学术地位，也越来越多地得到了一致的认可，2010年她刚刚在挪威获得了有人文学科诺贝尔奖之称的霍尔堡奖。在新文化史研究领域，戴维斯更是被尊为这一领域的先驱，林·亨特在其《新文化史》一书的题记里，称戴维斯为"我们所有人的灵感泉源"。

张广智：新文化史之"新"，倘与20世纪前期赫伊津哈等相比，它有什么"新"？

周兵：20世纪七八十年代，随着以所谓"文化转向"或"语言学转向"为标志的当代西方社会思潮在人文社会科学领域逐渐产生了广泛的影响，同时由于在50年代后形成的社会史或社会科学史研究本身所暴露出的问题，在当代西方史学领域出现了以新文化史兴起为标志的史学方向的重大转折，新文化史由此成为当代西方史学主流的研究趋势。所谓"新文化史"，源于1987年在美国召开的一次法国史学术讨论会，两年后由林·亨特担任主编出版了题为《新文化史》的论文集。这个词很好地概括了70年代后西方史学中出现的研究取向，将原本诸如社会文化史、历史人类学、人类学史学等名目统一于其下。以新文化史兴起为标志的历史学领域的文化转向，并不仅仅是简单地在众多的历史研究取向中增加了一个"文化"的概念，而是一种全方位的史学风气的转变。具体而言，可以理解为三个层面或维度上的转变：第一，在西方史学主流中，出现了从社会史向新文化史的转向；其次，在文化史的学科内部，发生了从传统文化史向新文化史的转向；第三，在历史学其他分支领域中，也表现出由非文化向重视文化因素、采取文化分析的转向。

张广智：在新文化史琳琅满目的背后，繁荣衍生衰落，兴旺滋生式微，对世人的"还有什么不是文化呢"的诘问，你怎么看？

周兵：确实如此，我也看到了这样的问题。所谓的"文化转向"在过去二三十年里大大扩展了历史研究的视野和范围，文化研究和文化史几乎无所不包地涵盖了人类活动的各个领域，文化因素的影响和作用得到了越来越多的认可和重视。在历史学领域，以新文化史为代表的当代史学新潮来势迅猛，而呈现出前所未有的繁荣景象，其中最突出的一个表现，就是大量以文化为方法和取向、以文化为内容和对象的历史研究著作的出版问世，这些新文化史著作一方面将许多旧的研究领域吸纳和包容其中，另一方面也开拓出了许多新的研究视角。它们之中不仅有艰深专业、学术性极强的理论著作和专题研究，更有无数通俗性的文化史，内容涉及社会生活的方方面面。似乎在一夜之间任何事物都具有了某种文化特性，都可以命名为某种文化，也都有必要去考察它们作为文化的历史进程，并探究其中的深意。

张广智： 依我看，关于西方新文化史作品的中译，可以用"泛滥"来形容了，"捡到篮中便是菜"，或者把"新文化史"当成一个大麻袋，什么都可以往里面放。你说呢？你对西方新文化史的中译，有什么看法和建议？

周兵： 新文化史研究具有雅俗共赏的特点，不乏文字生动、语言通俗而又不失专业性和学术性的文化史著作，甚至可以在畅销书的排行榜上名列前茅，受到了来自历史学家以外的普通读者的欢迎。一些通俗的文化史更在题材上极力拓展，以吸引读者的注意，从人的喜怒哀乐、身体发肤，到衣食住行、生老病死，都可以作为一种文化的符号和象征展开历史的演绎。因此也出现了另一种极端，有了不少一味猎奇求异，甚至有些媚俗、庸俗的通俗读物式的文化史，或可称之作"另类的（或边缘的）"文化史。对它们我们应该采取比较严肃和慎重的态度，在引进、翻译和出版的过程中如果能有一些专业的指导，情况也许会好一些。

张广智： 自你写作《当代西方新文化史研究》这篇论文以来，一晃已十多年过去了，能否说说当今这方面的情况。

周兵： 1999年，《新文化史》一书的主编，有新文化史"旗手"之誉的美国历史学家林·亨特对自己十年前率先提出的"新文化史"进行了反思和总结,提出了"超越文化转向"的观点。而另一位新文化史的领军人物彼得·伯克在2004年的《什么是文化史?》里,则提出了"布克哈特回归"的说法,预测未来的文化史大致会有三个可能的走向:一是指传统精英文化史的复兴;二是继续新文化史不断开拓的趋势,出现更多新的文化史研究领域;三是来自社会史反扑,社会与文化的主次关系再次发生改变。总的来说,我个人觉得,新文化史作为一场史学运动,在新世纪之初基本上已慢慢地划下了一个句号。其原因,当然有"一切皆文化"所带来的过度诠释等新文化史自身暴露出的问题,但根本上我认为还是"文化转向"所带来的史学风向的转变业已成为一种共识,历史学的多样性和多元性被学界普遍接受,近年来的历史研究进入到一个非常开放、平等和宽松的阶段,也没有出现某一种史学流派或史学趋势可以占据一统天下的霸主地位。

张广智: 我们已经对话很久了,但说到20世纪西方史学,是不能绕过后现代主义这个重大问题的。我用了"后学风暴","后学"在这里指"后现代主义史学"(或"后现代主义思潮")。"风暴"看来有点可怕,我曾用过后学"风尚"或"风雅""风韵",都觉不妥。你曾对后现代主义思潮作过描述,说它"来势迅猛",说它"带来强烈的冲击""颠覆的挑战",这分明是"风暴"嘛!

周兵: 就用"后学风暴"吧,你怎么看这个"风暴"?

张广智： 对于"后学"，我真的接触不多，有的书也可能没有读懂，以我昏昏，怎能使读者昭昭。好在这学期，我又重开"西方史学史专题研究"一课，在讨论"后现代主义及其史学"这一专题时，我有一个小结性的"点评"，先说出来，让大家分享，也接受读者的批评指教。你说好吗？

周兵： 太好了。你说吧。

张广智： 后现代主义信奉无序、无中心什么的，但我还是用"现代主义"的叙述方式：集中与有序。在课堂上，我对学生大致说了三层意思，首先说第一点。

周兵： 愿闻其详。

张广智： 其实，后现代主义思潮之源头可以追溯到19世纪70年代，最初在建筑、艺术等领域流行，后来进入人文社会科学，其中美学、文学等都较早地受到了这一"风暴"的影响，史学是明显地滞后了。从本质上来说，后现代主义是后现代世界在语言中的显现，一般并没有什么经验的意义，在当今发达的资本主义国家，如西欧北美，没有什么人可以标榜他们已进入"后现代主义世界"了。从全球范围来看，现代主义仍是世界发展之主流，实现现代化仍是许多国家和民族的历史性任务。因此，后现代主义不是一个时序，不是接在现代主义之后的一个特定的历史阶段，它充其量不过是一个思潮，当然是一个很猛烈的思潮。此其一。

周兵： 后现代主义不是一个时段，我同意这一说法，那第二层意思呢？

张广智： 说的是后现代主义思潮与历史学的关系。你说后现代主义对史学提出了"颠覆性的挑战",这就牵涉到后现代主义史家对历史学的一些基本看法了。他们认为在历史上没有真理、没有客观、没有真实。历史嘛,不过是历史学家的"语言游戏",意识形态的化身,这就逾越了历史学的底线,连对历史真实性的诉求,如今也遭到了质疑,成了不是问题的问题。这可不得了啊,这就把传统史学赖以安身立命的根基给彻底推倒了。海外学者杜维运说得很形象:后现代主义要突起狙击历史,直至一举尽毁史学宫殿而后已。此其二。

周兵:其实,后现代对西方史学的冲击,其旨并不在废除历史学,杞人忧天,大可不必。那第三点说些什么?

张广智:第三点说的是"后学"的影响,说起后现代主义对史学的影响,其实并不像人们所说的那么大。伊格尔斯也说它对当代史学的影响有限。事实上,真的后现代主义史学著作,好像还没有。有论者称何伟亚的《怀柔远人》是本后现代主义史学作品,我看似乎不像,就连作者自己也做出了否定的回答。后现代主义作为一种文化思潮,对历史学的影响的深度有限,它更多地集中在理论层面,其较为直接的影响是对历史学的性质、功能及结构等方面;从更宽泛的视野上而言,后现代主义会影响史学专业以外的人士对史学的看法。总体而言,后现代主义的风暴似乎在西方学界的盛势,已趋平缓,或开始减弱,而在我们这里好像还在势头上,总是比源头慢了一拍。此其三。

在这里,我还应补充一点。当今对史学产生更为深刻影响的却是目下席卷世界的全球化浪潮,从某种意义上说,后现代主义浪潮不过是全球化浪潮中的一个支脉,当然是很重要的一个支脉。然而,正是全球化推动或萌生了后现代主义,对于这两者较为复杂的关系,这里就不多谈了。但当代史学与全球化进程的关联,应引起我们高度的重视与认真的研究。

周兵: 后现代主义对历史学的影响,其消极的与积极的因素,都应看到,不可绝对,更不应该排斥、拒之门外。

张广智: 我赞同你的这个态度。不管怎样,后现代主义对历史学的种种责难,可以引发我们的思考,因为,它提供了一种批判的态度、开阔的视野和多角度审视问题的可能性,这无疑会给历史学的发展带来某种活力和新气象,使历史学家始终处在更具自我批评的反省意识中,这于史学进步有什么不好呢?就我个人来说,对那些被称为"后现代主义历史学家",对他们的著作,总是抱着十分敬畏的态度,唯恐错误地去理解他们的睿智,比如对美国的海登·怀特,或对上面已经提到的荷兰的安克斯密特,总之,对他们的著作没有深入的了解,或一知半解就放言纵论,这不是学术研究应有的严谨态度,当为我们所不取。

周兵: 我也十分认同你的这番见解。

张广智: 好了,我们的这次"夜谈"也该结束了。归纳一句话,说的都是"风",风从西方来,西方风雨洒东方,这欧风美雨,从西窗落下,在东土回荡,笑看东西,纵谈中外,文化或史学文化因这种交往而成长、壮大,这不是一种值得期盼的史学景观吗?

四 子夜断想

周兵：（打开手机）哇，已是子夜一点了。张老师，我们快结束这"车厢夜谈"吧。很遗憾，我忘了带录音机，否则可以全程录下来，不过，我们的对话，于我印象深刻，不会忘却。

张广智： 我也是。真想找个机会，把我们这次难忘的"车厢对话"整理成文，公之于众，让大家分享我们对西方史学，主要是20世纪西方史学的一些看法。我们所说的，均属于现当代的西方新史学，故可冠一个副题——"西方新史学之路"，你看好吗？

周兵： 那真是太好了。

　　说来也巧，我们乘的这一间软卧车厢，始终未见增人，就我们师生俩。这就为"车厢谈话"创造了良好的外部环境。

　　然而，我却难以入眠，推开房门，信步在过道上徘徊。车厢内很安静，旅客们都已入梦乡。窗外，夜阑人静，大地也在沉睡。苏州—无锡—南京，都一一闪过，从渐渐稀疏的灯火来判断，车已出苏南，在皖北境内夜行……

　　在窗前，我对着这浓重的夜色凝望，远处灯火，点点滴滴，若隐若现，虚无缥缈，悠远而神秘。这夜色，令我纵览古今，联想中西，陷入沉思。

　　首先，我想起了现代的汤因比。距今90年前（1921年）的一个秋日，刚过而立之年的青年汤因比，在东方列车上，伴随着渐渐降临的夜幕，回溯历史，面对现实，展望未来，思考着人类文明的何去何从，于是借着车厢内昏暗的灯光，奋笔疾书，写下了一份大纲，共13条，这就成了他日后为之耗尽四十年心血的十二卷本《历史研究》的雏形。此刻，我与汤因比是心灵相通的。

我又想起了19世纪的兰克。距今135年前（1875年）的一个晚上。已是午夜时分，一位老人精神矍铄，还在工作，不是伏案，而是口授，由助手记录成文，他的《世界史》就是用这种方式书写的。这位老人，就是兰克，他著作等身，其全集有54卷之多。他毕生笔耕不辍，兰克说，他不写作就无法活下去。此刻，我与兰克的心灵是相通的。

我还想起了近代的吉本。距今223年前（1787年）6月的一个深夜。吉本搁下笔，久久地徘徊在那刺槐掩映的小道上，他从那儿眺望：是时，万籁俱寂，月亮的银辉洒在湖面上……是晚，他为六卷本皇皇巨著《罗马帝国衰亡史》画上了一个句号，在喜悦中伴随着忧郁，在成功中隐含着困惑。此刻，我与吉本的心灵是相通的。

最后，我想起了古代的圣·奥古斯丁。距今1600年前（410年）。蛮族统帅阿拉里克，率军攻打被称为"永恒之城"的罗马，城陷后被洗劫一空。奥古斯丁目睹惨状，心绪难宁，慨然有感，写下了不朽之作《上帝之城》，半是对地上之城的无情批判，在批判声中带着憧憬；半是对上帝之城的讴歌颂扬，在颂扬声中饱含希望。此刻，我与圣·奥古斯丁的心灵也是相通的。

此刻，黑夜正在向黎明告别。在这告别声中，我们仿佛听到了汤因比的呐喊、兰克的铮铮之言、吉本的感叹,还有那遥远的圣·奥古斯丁的心声……

(本文的对话,由本书作者润饰与改定,2013年成稿)

二十世纪西方史学的中国声音
——以近十年来青年学者的相关论著为中心

中国学者对20世纪西方史学的研究,已不再沉默,特别自1978年以来取得了长足的进步。可喜的是,近十年来,我国青年学者研究现当代西方史学的论著相继出版,更是一种"中国好声音",它以自己的话语有力地回应了国际史学界。中国史学走向世界,在与世界史学互动中前行,这是我国史学多年来的夙愿和梦想。这个未来的目标,在可以预见的未来,将会实现于中国从"史学大国"走向"史学强国"的进程中。在这一过程中,我国青年史学家更应当拿出能体现中国史学特色的优秀成果,成为中外(西)史学交流的急先锋,在重绘世界史学地图中,贡献自己的力量,这是时代赋予的历史使命。

往事如烟，人类文明进程中的20世纪如今已成了历史，成了历史学家研究的客体。是的，无论是中外学界，对这个史无前例的大变革时代，都有诸多成果见世，在此不赘。这里说的是历史Ⅰ，即人们对20世纪客观历史发展进程的研究；至于说到历史Ⅱ，即对20世纪历史学的发展进程的研究，则远逊于前者。我曾在新世纪伊始的一次笔谈中，说过这样的话：倘若要对20世纪做一番整体性的回顾，不仅要对它的客观历史的发展进程做出考察，而且也要对历史学的发展自身进行思考，所以对20世纪史学而且主要是西方史学的研究，很可能会成为今后若干年内史学史研究的一个热点。所幸的是，这个"预测"被个人言中了。

进而言之，为了展开深入的研究，对前人的研究进行再研究，这是学科发展生命力之所在。我们固然需要创新，但创新的前提必须传承。前人已有的成果，在很大程度上支撑了这门学科的文脉与构架，并成了后人新的研究的出发点。此理于中国的西方史学史研究，尤其于20世纪西方史学的研究亦然。

据此，本文是对中国学者关于20世纪西方史学研究成果的探讨、评论，聚焦在近十年来我国青年学者相关的研究成果，疏漏与不当之处，还请方家教正为盼。

一 鸟瞰东传之回应

摄影家在聚焦之前，必须先有一个对个体对象周边的整体浏览。同样，为了集中探讨近十年来我国青年学者的相关研究成果,也必须对中国的20世纪西方史学研究做一番整体性的考察。

在20世纪世界史学史上,纵观史坛,在20世纪前期,西方史学仍有实力与影响,但已日渐式微,此后,苏版马克思主义史学曾一度"叫板"西方史学,但也无力与之持续抗衡。因此,从总体来看,西方史学沿着以传统史学走向新史学的路数成长壮大,并在不断地"蝶变"中前行。从某种意义上而言,研究20世纪的历史学,应把主要精力集中在研究20世纪西方史学发展史上。这大体反映出西方史学在国际史学界的主流地位与引领作用。

20世纪中国史学的发展证明,无论是新思潮的萌发、新学派的诞生还是新思想的出现、新方法的运用,无不与域外(主要是西方)的思潮、学派、思想和方法发生千丝万缕的联系,因而中外(西)史学交流史的研究,已成了学界关注的热点之一。晚近三十多年以来,中国的西方史学研究取得了长足的进步,这就为当代中国对西方史学研究的研究(即西方史学史之史)创造了前提。

在这里有必要先回顾一下自新时期以来我国学者对西方史学的回应,这种回应有力地体现在以下几个方面。

首先,这种回响反映在近三十年来中国学者所著的通贯性的西方史学史著作中。1983年,自郭圣铭的《西方史学史概要》一书问世,这类著作大约有十多种,书中都有适量篇幅介绍20世纪的西方史学。这里就不再一一叙述了。

其次,从20世纪90年代以来,我国学界写出了对20世纪西方史学进行整体研究的著作,标志着中国的西方史学史研究正在逐步走向深入。这些著作按时序,就个人所见,大体可罗列如下:庞卓恒主编的《西方新史学述评》(高等教育出版社1992年版),张广智、张广勇合著的《现代西方史学》(复旦大学出版社1996年版),何兆武等主编的《当代西方史学理论》(中国社会科学出版社1996年版),陈启能主编的《二战后欧美史学的新发展》(山东大学出版社2005年版),姜芃主编的《西方史学的理论和流派》(中国社会科学出版社2007年版),于沛主编的《20世纪西方史学》(武汉大学出版社2009年版)等。另有对现当代西方史学思潮和流派做出整体研究的作品,如罗凤礼主编的《现代西方史学思潮评析》(中央编译社1996年版),徐浩、侯建新合著的《当代西方史学流派》(中国人民大学出版社1996年版。近又有新版)等。

最后,中国学者对20世纪西方史学做出有力的回应,最为充分地体现在一系列的论文中。这些成果,林林总总,不胜枚举。对此,个人曾从20世纪80年中期开始作了持续不断的关注,考察的视野有从20世纪20年代李大钊写的关于近代西方史学的论文开始,也有从1949年说起,更有对1978年改革开放以来引进西方史学而且主要是20世纪西方史学的述评。(参见个人研究西方史学史之史的主要篇目:《西方史学史研究在中国》,载《史学史研究》1985年第二期;《中国的西方史学史四十年(1949—1989)》,载肖黎主编:《中国历史学四十年》,书目文献出版社1989年版;《近20年来中国的西方史学史研究》,载《史学史研究》1998年第四期;《当代中国学者对西方史学的研究》,载张广智主编:《20世纪中外史学交流》,北京师范大学出版社2007年版;《西方史学史学科在中国的历史进程述要》，载《福建论坛》2010年第一期；《再出发：中国西方史学史学科的传承与展望》，载《史学月刊》2012年第十期等）。于沛的《当代中国世界历史学研究（1949—2009）》，专设《外国史学理论研究》一章，涉及这方面的内容，材料丰赡，评价公允，从中可以窥见20世纪西方史学在中国的影响，可供参考。

此外，新近出版的彭刚的《叙事的转向——当代西方时序理论的考察》（北京大学出版社2009年版）和陈新的《历史认识——现代到后现代》（北京大学出版社2010年版），两书均是中国学者对当代西方史学理论的研究，尤其是对后现代史学的挑战的一次正面回应。两书前期成果多为（尤以陈著）单篇论文，辑入专著时使个体融入全局，符合书题，浑然一体。基于此，彭、陈两书归在这里谈及。

正如前言所说，为了开拓和创新中国的西方史学史研究，我们需要对我国西方史学史学科九十余年的历史进行回顾与反思；进而言之，这种研究的研究，不仅为了这门学科的进一步发展，而且也是我们史学史工作者进行自觉教育与不断提升史学素养的必修课，这于20世纪西方史学史之史的研究，其理论价值与现实意义更是非凡。

二 雏凤新声谱新篇

上面说到，本文既然是对中国20世纪西方史学史之史研究的拾遗补阙，自然是别有选择，那就是以近十年来中国青年学者的相关论者为中心兼及其他。为此，本文的分析对象需具备下列三项元素：博士学位论文，20世纪西方史学，已出版。据此，就我所知，暂列如下几种。

张涛：《美国战后"和谐"思潮研究》，人民出版社2002年版。（以下简称"张书"，下文类似简称情况同此处理。）张书是对"二战"后美国"和谐论"史学（或"共识"史学）的深入研究，它是新世纪这方面著作的先声，犹如一枝春梅，预报当代中国青年学者对20世纪西方史学研究的春天的到来。

李勇：《鲁滨逊新史学派研究》，安徽人民出版社2004年版。鲁滨逊（James Harvey Robinson, 1863—1936）乃20世纪前期美国新史学派的一代宗师和代表人物。李书视野开拓，舍弃陈见，是对以鲁滨逊为首的现代美国新史学派研究的深化。

江华：《世界体系理论研究：以沃勒斯坦为中心》，上海三联书店2007年版。沃勒斯坦（Immanuel Wallerstein, 1930—），世界体系理论的创立者，也是这一理论最杰出的实践者。江书以沃勒斯坦为中心，反思重建，对现代西方学界的世界体系理论做出了透彻的研究。

程群：《论战后美国史学：以〈美国历史评论〉为讨论中心》，光明日报出版社2009年版。《美国历史评论》创刊于1895年，是美国史学职业化的产物，也是西方史学发展的产物。程书视角独特，以这本在西方学界具有权威地位的杂志为中心展开，借以透析"二战"后美国史学的全景。

梁民愫：《马克思主义理论与实践：霍布斯鲍姆的史学研究》，社会科学文献出版社2009年版。霍布斯鲍姆（Eric Hobsbawm, 1917—2012），是"二战"后英国马克思主义史学的代表人物之一。梁书是当今国内学界对这位历史学家史学思想的全面而深入的探讨。

曲升：《美国外交史学中的"威斯康星学派"研究》，吉林大学出版社2010年版。曲书以丰富的材料，对现代美国史学中的威斯康星学派的外交史学进行了细致的分析，是一本很专题的个案研究之作。

蔡玉辉：《每下愈况：新文化史学与彼得·伯克研究》。彼得·伯克（Peter Burke, 1937— ），当代西方新文化史名家。蔡书是当代中国学界关于这位历史学家文化史观研究的集中展示和卓越成果，对于我们深入了解现当代西方史学的新走向颇具意义。

周兵：《新文化史：历史学的"文化转向"》，复旦大学出版社2012年版。周书将发生于20世纪70年代以来的西方新文化史潮流，置于20世纪西方史学发展进程乃至西方史学史的长河中加以探究，放在西方史学不断新陈代谢的流变中加以考察，这种研究颇具开创性，由此填补了晚近三十年来国内学界对这一时段西方史学研究的不足。

陈茂华：《理查德·霍夫施塔特的史学思想研究》，上海人民出版社2013年出版。霍夫施塔特（Richard Hofstadter, 1916—1970）是现当代美国著名的历史学家。陈书从历史本体论、历史认识论和历史方法论入手，探幽索微显示霍氏之高远的史学思想，以透示传主的多重面相，屡发洞见令人耳目一新。

上述著作，就我视野所及，难免挂一漏万，也许符合前面所说的三项元素的青年学者的论著，还有不少未曾为我所知，倘如是，就有遗珠之憾了，期望识者补正。我这里的"点评"，也是个人的"一家之言"，聊备一说。

沿着上述"点评"之语，对近十年来中国青年学者的相关论著，需要做出进一步的分析，我想要补白的是：

应当在时代变革的潮流中认识西方史学，此其一。

纵观上述论著，其研究对象都生活在20世纪这样一个跌宕起伏的大变革时代，面对这样一个史无前例的时代，无论是史学思潮的蔓延、学术流派的嬗变，还是历史学家史学思想的革新，无不受到这个变革时代的深刻影响，被动接受一次又一次的时代洗礼。英国马克思主义史家霍布斯鲍姆是这样，美国历史学家鲁滨逊、霍夫施塔特等都是这样。以前者为例，霍布斯鲍姆所生活的年代，"二战"前后，风云激荡，时代巨变，尤其是在"二战"后，国际政治形势大变，两大对立阵营的对峙，冷战格局的形成，国际共产主义运动在50年代的动荡，引发了各国马克思主义者的深刻反思。于是，"马克思热"以及寻求对马克思主义的新阐释便应运产生。其时，西方马克思主义思潮的发端者卢卡奇、葛兰西等人的思想和他们的著作在西方广泛流行，西方马克思主义的政治思潮与哲学思潮的泛滥，对西方国家的一些马克思主义的历史学家的思想及其史学实践产生了重大的影响，这种时代因素成了西方一些马克思主义的历史学家思想转变的契机，于是他们试图运用马克思主义来解释现时代出现的种种新问题，显示出了一种张扬个性的时代品质和新的发展趋势。以霍布斯鲍姆（当然还有E. P. 汤普森）为代表的现当代英国马克思主义历史学家们，正是在这一时代变革洪流中的弄潮儿。梁书正是抓住这一方面，对霍布斯鲍姆史学思想的评析做出了新文章，李书对鲁滨逊史学的剖析，陈书对霍夫施塔特史学的研究，其成功之处也在于此。

应当在西方史学转折的进程中认识西方史学，此其二。

上列诸书，有一个很明显的共同点，那就是多聚焦于现当代美国史学。回顾西方史学史，自近代以来，不同的历史时期，有不同的发展中心：文艺复兴时代意大利，18世纪在法国，19世纪转移到德国。进入20世纪，从表面看来，在国际史坛上呈现出的是群雄角逐的多元格局。倘硬是要问：20世纪西方史学的中心在哪里，我的回答是：试看今日之史坛，竟是谁家之天下？美国。这听了似乎让我们有点不爽，但凭实而论，却是不争的事实。

在这样的历史语境下，我们再来分析上述青年学者的这些论著，就可切中肯綮了。从总体来看，20世纪西方史学是新史学发生与发展的历史，在20世纪50年代前后经历了一次"重新定向"，我把它称之为西方史学史上的第五次转折。周书把西方新文化史的勃兴，置于整个西方史学发展的进程和新陈代谢的流变中加以考量，将其兴起作为西方史学史上的第六次转折，此说自然可成一家之言。不管怎样，周兵的研究思路与途径是可取的，倘孤立地来看，而今新文化史的发生与发展，不就成了无源之水、无本之木了吗？倘如此来认识现当代西方史学，那只能是雾里看花，若明若暗，更谈不上接近西方史学的本相。蔡书的新文化史研究，以彼得·伯克为个案研究对象，与周书可谓是相映生辉，相得益彰。这种研究思路，也有力地体现在上列其他各书中。

应该在多重视野中认识西方史学，此其三。

以"多重视野"（或不同角度）来分析史学思潮、索解学术流派、阐发史家思想，这很重要。倘在过去，传统的二元对立的思维模式，像紧箍咒一样，桎梏着人们的思想，非此即彼，非好即坏，严肃的学术研究似同儿戏，如此一来，像鲁滨逊之类，不给他们戴上一项"反动文人"的帽子才怪呢。

拨乱反正，世风日移，这种乱戴"帽子"、乱打"棍子"的时代过去了。对20世纪西方史学的研究，或全盘否定，或照单全收，都为我们所不取。比如，对霍夫施塔特的多重视野的考察可作显例。在宏阔的历史眼光下，本书著者十分细微而又十分谨慎地做出了自己的判断，指出"共识"史学的合理性。作者尤其说到，她不能因为自己的知识结构无法"追踪"霍氏，就"误伤"了他。陈茂华博士说，我们只能不断地走近这位历史学家，即使如此，也可能只在浅层次上了解其人其书，倘如是，她就会有一种"真实的快乐"！说得多好。其实这种"真实的快乐"，也体现在江华对沃勒斯坦的研究中，曲升对威斯康星学派的研究中，程群对《美国历史评论》的研究中，等等。

由此想到，学术研究之进展，多以新材料之发现为首途，其次是新方法之运用。这两者固然重要，但我以为新视角之转换也很重要。同样的一份材料，倘随着视角的转换，就可能得出不一样的结论。比如从后门进入会场，看到的都是黑压压的与会者，而入正门时所看到的则是另一番景象。为什么？这是因为看问题的视角发生了转换。如此说来，我们在对错综复杂的20世纪西方史学的研究中，更应"多重视野"，方能显示"多重面相"，进而寻求到史学发展的真谛。

总之，中国学者对20世纪西方史学的研究，已不再沉默，适时地、不断地发出了东方学者的声音，而近十年来上列诸多青年学者的论著是一种缩影，在我看来更是发出的一种"中国好声音"。正是"雏凤朝阳鸣新声，世界倾听中华音"。倘假以时日，持之以恒，中国史学将会在国际史坛上发出"最强音"。

三　寄语青年史学家

雏凤新声。本文所列的八本专著，尚略显稚嫩，自然会有许多不足。倘说不足，就我个人来看，或是就事（人）论事（人），视野还不够开拓；或是只有介绍，而缺乏理论的深度；或是材料欠缺，论据显得较乏力……总之，在我上面所说的三个方面，各位作者虽显示出了才华，但还可做得更好，因为在那里还有广阔的发展空间。诸书新说，各有千秋，又各有优缺，揭示这些，不是本文的任务，还是留待书评家们去细加分析吧。

有道是，未来是属于青年的。同样，中国史学的希望也寄托在他们身上。我看好这些年轻人的"处女作"（大概都是他们的第一本问世的著作吧），因为它们是建立在博士学位论文的基础之上。稍知高校博士论文的运作流程，就可知道其间所经历的艰辛。且看，它需要历经选题—开题—写作—预答辩—盲审—正式答辩，倘要成为出版物，还得经历修改—再修改—定稿。我曾经指导与见证了上列李书、江书、程书、梁书、周书、陈书等作品出版的历程，那是何等的辛劳，"真文章在孤灯下"，他们的著作可为之作注。有学者看好博士生的学位论文，认为也许他（她）一生中最好的研究成果就是在这个时候做出来的。此言不虚，我以自己亲身指导多名博士研究生写作学位论文的经历，信然。当然，这些年轻人的学术旅程还很长，经过博士阶段后锲而不舍的努力，可能会写出超出博士生时代的研究成果，对此我也信然。

当下，中国梦不绝于耳。中国史学走向世界，在与世界史学互动中前行，这是中国史学界多年来的夙愿和梦想，如何实现这个"梦"呢？那也寄托在年轻一代的身上。

以此说开去，寄语我国的年轻一代史学家：

其一，中国青年史学工作者应该为彰显中国史学的个性特色而努力。

众所周知，我国拥有丰赡的史学遗产，具有源远流长的史学传统。对于先贤的遗产与传统，需要有年轻人的锐气，发扬批判精神，继承传统而又超越传统，在传承中超越。越是民族的，就越是世界的。我们希望年轻的史学工作者，在彰显中国史学特色，快步走向世界的进程中竭尽全力，不时地向国际史学界传递中国史学的最新声音，以消解西方学界的种种对中国史学的偏见，还一个真实的中国史学形象。

其二，中国青年史学工作者应该成为中外（西）史学交流的急先锋。

当今，"全球化"的趋势不可逆转，世界处在一个多元化与多变的时代。在这样的时代背景和文化语境下，跨文化的对话已成为可能，于是不同国家之间、东西方之间，跨文化的对话就显得十分必要。具有远见卓识的历史学家，倘都以对方为"他者"以反观自己，重新审视自己的国家或民族的史学传统，并尽可能汲取他国的经验与智慧，来克服自身的问题，那就可以不断开拓史学的新天地。中国青年史学工作者应当具有这样的"远见卓识"，你们又都拥有外语好的优势，应该理所当然地在"走出去"和"请进来"的中外史学交流与互动中，起到"马前卒"和"急先锋"的作用，这是时代赋予你们的使命，也是实现中国史学走向世界的历史责任。

其三，中国青年史学工作者应该在重绘世界史学地图中给力。

这是一个未来的目标，在可以预见的未来，将实现在中国从"史学大国"走向"史学强国"的进程中。然而，反观现状，现实与未来的目标，总是不尽如人意，中国史学被边缘化，其地位与当代中国的国际地位还很不相称，为此，中国青年史学工作者应当率先拿出自己的卓越成果，在中国史坛上冒尖，以此再登上国际史坛。事实证明，正如前面所说，只有拿出自己有分量的能体现中国史学特色的东西，并能不失时机地与域外史学界进行沟通与交流，方能在世界史学上占有一席之地。倘若这样，我们就能在重绘世界史学地图中，取得中国史学应有的位置，并为世界史学做出我们的贡献。对于这种形势，我们尤其是青年史学工作者，必须具有清醒的认识，认清方向，不断前行，决不止步，舍此别无选择。

任重而道远。肩负文化大发展大繁荣的重任，实现中国史学梦的召唤，给未来的包括西方史学研究在内的中国历史学家带来了前所未有的契机和希望。汹涌澎湃的新思潮、层出不穷的新问题、日新月异的新方法，吸引与激励着我们奋发有为。中国史学梦的理想更瞩望于年轻一代。时代正走在新的跑道上，且看中国史学新时代的曙光已升起在历史的地平线上，让我们共同为之而努力奋斗吧。

（原载《探索与争鸣》2013年第7期）

汤因比：在西方史学变革的潮流中

新世纪以来，全球化浪潮正迅猛而来，它冲击着世界，也深刻地影响着历史学的前程和未来走向。以西方史学言之，新旧世纪交替之际，后现代主义思潮的潮起潮落，新文化史的方兴未艾，西方史学正"浴火重生"，另辟新途。由于历史的审视尚缺乏足够的时间长度和深度，对它的"短时段"和远景只能是雾里看花，不甚清晰。不过，从总体上来看，新世纪以来的形势，既使历史学面临巨大的挑战，又为历史学家提供了难得的机遇。在现当代西方史学变革的潮流中，可以选择英国历史学家阿诺德·汤因比（1889—1975）作为案例，或许可有助于我们考察新世纪以来西方史学面临的机遇与挑战，其理由正如汤因比在《人类与大地母亲》最后一章所说的"抚今追昔，以史为鉴"，即从20世纪西方史学变革的潮流中选其范例，借鉴历史的智慧，更好地前行。

在庞杂的汤因比史学的词汇里，"挑战与应战"一词格外醒目。在他的巨著《历史研究》中，可以寻到它的辞源：它来自歌德的《浮士德》，说上帝接受了魔鬼靡菲斯特的挑战，并听任其破坏，以便使上帝有机会继续进行创造性活动，使宇宙万物更加完美，两者以"挑战"和"应战"的方法发生了冲突。于此他想到，人类文明的诞生不也有相似之处吗？文明起源于"挑战与应战"，认为人类对于各种挑战做出创造性的应战在文明起源中具有决定性作用，如古代中国文明起源于对黄河流域困难的自然条件的应战，便是一例。

上述的"挑战与应战"说，用诸20世纪西方史学变革潮流中的汤因比也庶几可矣。汤因比生当近代西方社会处处莺歌燕舞的盛世，但随之而来的"一战"，使西方社会满目疮痍，不堪收拾，令他对人类文明前景，尤其是西方文明的未来，陷入无穷尽的忧虑和思考，其成果就是他十二卷本的《历史研究》。在这样的时代观照下，现当代西方史学同样也处在剧烈的转折中，从20世纪初开启了由传统史学走向新史学的历史进程。在这一过程中，汤因比以其广博的学识和深邃的眼力，从宏观的角度对人类历史与文明做出了锲而不舍的求索，无疑颠覆了19世纪西方占主导地位的兰克史学之理念，是对西方传统史学的一次强有力的挑战。

在汤因比的视野里，认为历史研究可以自行说明问题的单位只是一个个文明（或文化），而昔日兰克所津津乐道的国别史或断代史的概念被摒弃了。

在汤因比的视野里，认为世界上存在过二十几种文明（或更多),各个文明"价值是相等的",而西方文明也只不过是这众多文明中的一个而已,这就在某种程度上疏远了传统的"西欧中心论"(或"西方中心论")的陈说。

在汤因比的视野里,这众多文明出现有先后,但之间存在着某种联系,从哲学意义上言都是同时代的或平行的,因而在它们之间可以进行比较,于是传统史学中的历史分期"三分法"或历史纪年等,都已显得无关紧要了。

在汤因比的视野里,他对人类文明的整体考察,又巧妙地聚焦在希腊模式、中国模式和犹太模式上,通过这三种文明模式的个案研究,却在很大程度上展示了世界文明发展的多样性,这种宏观研究中的微观把握,令读者叹为观止。

总的说来,汤因比史学继承和发展了斯宾格勒的论见,而另开创了别开生面的新篇章。从世界史学发展史来看,在19世纪与20世纪之交,东西方都在萌发一股新史学思潮,日益冲击着传统史学的堤坝。以兰克为代表的传统史学经受了严重的挑战,受到了内外的夹击。从内部说,兰克的弟子雅各布·布克哈特首先发难,接下兰克的同胞卡尔·兰普勒希特倡导新型的文化史模式与之抗衡;从外部说,先有法国历史学家亨利·贝尔的历史综合理论来纠传统史学之弊,以鲁滨逊为代表的美国新史学派的革故鼎新,然对传统史学发起"正面攻垒战"的是文化形态学派史家,其中尤以汤因比为最。当斯宾格勒于1936年谢世后,汤氏则更加努力,不断为新史学呐喊,终在70年代末"叙事史复兴"前,在其晚年的1973年完成了长篇叙事体的编年通史之作:《人类与大地母亲》,充分显示了他作为良史兼具思辨与叙事的两种素养,并由此奠定了他在20世纪西方史坛上的大师级的历史地位,他的卓越成就也为西方史学面对变革潮流中的挑战和机遇,提供了借鉴和示范。

(写于2016年)

思辨与叙事：良史两种路径的合一
——以汤因比为中心

历史的理论、观念与叙事之间的关系，乃治史要务之一，这自然也是史学理论与史学史研究者的题中之意，先贤与时彦为此论述者夥矣。不过随着时代与社会的进步，更重要的是为史学研究发展计，应当与时俱进，于此做出进一步的探索。这里就以大家较为熟悉的现代英国历史学家阿诺德·汤因比为中心，对此略说一二。

众所周知，在20世纪的西方史学界，汤因比从宏观的角度，对人类文明所做出整体性的研究成就，无人能望其项背，美国的《展望》杂志把他作为现当代最伟大的历史学家，认为他的名字应列入自"史学之父"希罗多德以来西方最伟大的历史学家之中。这一评价，我以为不无道理。

汤因比对于人类文明所做出的整体性考察，充分显示在他那十二卷本的皇皇巨著《历史研究》中。汤氏在书中一开篇就声言:"我试图把人类的历史视为一个整体,换言之,即从世界性的角度去看待它。"书中提出了一些超越前人的真知灼见,在当时西方传统史学的营垒里,可谓扔下了一颗重磅炸弹。在他那里,传统的国别或民族史元素被打破了,而是把文明(或文化)作为历史研究的基本单位,他认为世界上存在过二十几种文明,这才是"可以说明问题的研究范围",并提出了文明发展的"同时代论"(或平行论)、"各个文明价值等同论"和"文明之间相互比较论"等,一下震惊了现代西方史坛。从西方史学史的历史进程来看,19世纪末开启了现代西方史学的行程,它沿着从传统史学走向新史学的路径前行,在此汤因比不失为领跑者,并以其识见继承与发展了斯宾格勒的"文化形态学",成了这一学派的集大成者,这一地位应当说是他的《历史研究》所奠定的。

然而,汤因比的《历史研究》毕竟是一部思辨型之作,是从历史哲学层次上为人们描绘了一幅宏观世界历史的图景,这种理论探索还不能代替世界历史发展进程的本身。可叹的是,还是汤因比,在其迟暮之年,写了一部《人类与大地母亲》,"以叙述形式对人类历史作一宏观鸟瞰,即是笔者向读者奉献本书的目的所在"。汤因比在《人类与大地母亲》的序言中如是说。他终于从思辨型走向叙事型,并成功在他那里实现了作为通向"良史"的两种路径的合一。与他早年所写的《历史研究》不同,《人类与大地母亲》是按编年顺序的通史之作,从人类形成迄于1973年。行文呈长篇叙事型的史诗风格,环环相扣,引人入胜,且文采斐然，颇具可读性，这也与思辨型的《历史研究》相异。细究全书，这部通史又与我们常见的世界通史不同，它的政治编年史极其简略，比如从1763年至1973年这风云变幻的二百余年间，历来为西方史家编纂世界史的浓墨重彩部分，但在这本书却以《生物圈》为章名，以短小精悍的两章约24 000字，围绕人类与生存环境的相互关联为中心陈述，这自然也是《人类与大地母亲》全书的旨趣所在。

应当说，《人类与大地母亲》与《历史研究》虽笔法不一，但作者关于人类文明所做出的整体性考察的不懈努力也充分显示在这部书中。进而言之，在世界史学史上，以史学思想论，从思考西方文明的前途与出路到思考整个人类文明的前途与出路，以编史之才论，从思辨型之作走向叙述型之作，且互为补充、合二而一，又皆成气候，且问有哪一位能做到呢？回答是，只有汤因比，舍此别无他人，以此亦可佐证《展望》的评论。

由汤因比说开去。

在西方，叙事史是很久远和古老的一种历史，它可以追溯到古希腊神话与传说的年代，从《荷马史诗》到《田功农时》，再到公元前6世纪"散文纪事家"（"散文说书家"），稚拙的叙事史最早出现了，直至希罗多德撰《历史》从历史编纂体例上确立了叙事体的地位，并经修昔底德的发展，古罗马史家的实践，西方古典史学的叙事史传统自此形成，并对后世的西方史学产生了深远的影响。

近世以降，西方史学流派形成乃至繁衍，先师耿淡如先生早在1962年就撰文讨论过近世西方史学流派的"作风"（在耿师那里，"作风"乃指史家叙事或思辨的治史旨趣），他说在论证与叙述之间，诸多流派"像钟摆那样回荡着，摆来摆去"，永不止息。比如，以马基雅维里为代表的政治修辞派偏于论证，博学派偏于叙述，伏尔泰学派偏于论证，兰克学派偏于叙述。步入现代，这种或偏于叙述或偏于论证的治史旨趣，还是像钟摆那样回荡着，正如耿师指出的，没有史家单纯地采用论证或叙述，只能就偏重而言归类之，并需要做出具体的分析。

这里特为要突出来说的一点是，从以叙事见长的西方传统史学发展到以分析取胜的现当代西方新史学的过程中，它们所显示的各自辉煌与各自的困境，须稍举一例加以说明。如由近代德国历史学家蒙森写的《罗马史》，因其作荡气回肠，色彩绚丽，给读者以美的享受。1902年，蒙森因《罗马史》荣获首届诺贝尔文学奖，史学的叙事之美其风光可见一斑。20世纪以来，现代西方新史学独步天下，崇尚分析，但行之有年正当它踌躇满志之时，因过多地倚仗自然科学和社会科学，使传统意义上的历史学"被砸得粉身碎骨"，"没有了人"，以致与社会大众疏远，失却了历史学应有的社会功能与鉴世价值。西方新史学潮起潮落，至20世纪70年代，"叙事史复兴了"，它使"碎化"了的历史学重新综合，并使"人"再次回到了历史舞台，因而新史学转型时期的一些成果又重新获得了社会大众的欢迎，比如年鉴学派的第三代代表人物之一勒华拉杜里以其《蒙塔尤》纠年鉴学派重"结构"和"分析"之缺陷，生动而又细腻地描述了普通民众的思想感情和日常生活，再现了叙事之美的独特魅力，被学界誉为史学写作技艺的一个里程碑。

当下西方史学仍在发展，后现代主义史学、新文化史也正方兴未艾，现当代西方史学将"浴火重生"，开辟新途，至于如何变化，现在还不甚清楚，且拭目以待吧。不过，有一点可以肯定，即正如J. W. 汤普森所指出的，"虽然历史科学已经提出更高的问题，但这种叙事史永远不会被废弃，永远不会死亡。它存在的理由是它能够满足永远存在的需要"。稍可补白一点是，叙事的历史不会死亡，思辨的历史也将永远存在，理想的境界是像汤因比那样，具思辨之长，备叙事之才，合二而一，乃良史之求也。我辈虽不能至，但心向往之！

（写于2016年）

1973年：一位智者的最后呐喊

风云莫测，时代变幻，1973年发生的中外大事，这里不容细说。但就史学界而言，1973年的汤因比，总是难以忘却。是岁，汤氏已处耄耋之年，但他老而弥坚，完成了常人所难以做到的大事：是年5月，他与日本佛学家兼社会活动家池田大作结束了跨越两年的举世震惊的对话，后成书名为《对生命的选择》（Choose Life，中译本据日文版易名为《面向21世纪的对话》）（国际文化出版公司1985年版）。是年，写完了他的压轴之作《人类与大地母亲》（上海人民出版社1992年版）。从十二卷本的皇皇巨著《历史研究》至《人类与大地母亲》，汤因比走完了作为20世纪西方最伟大历史学家的漫长的学术生涯，两年后，他溘然长逝，在他那宏富的史学遗产中，其于1973年的呐喊，留下了经久不息的回响。

汤因比与池田大作的对话，纵览古今，横贯东西，从宇宙天体到世界大同，从伦理道德到气候变化，天马行空，无不涉及，但其核心内容却是他们两人结束对话时的真知灼见，且听：

> 池田：生命是有尊严的，换言之它没有任何等价物。
> 汤因比：是的，生命的尊严是普遍的和绝对的，它是任何东西都代替不了的。
> 池田：正如博士（指汤氏）所说，为了使生命成为真正事实上尊严的东西，还需要个人的努力。
> 汤因比：那就要看我们在多大程度上把慈悲和爱作为基调。

汤氏在结束对话时的"慈悲和爱作为基调"乃是通篇对话的"点睛之笔"，也是整个对话的"基调"。汤因比说的"慈悲"是佛教的生命观用语，而"爱"则是基督教义的常用词，这里的识见，既应和作为对话者佛学家池田的信仰，也符合和验证了他本人作为虔诚的基督教徒的理念。进言之，"慈悲"与"爱"的普适性，却道明了人类社会的基本准则和共同诉求，即关注人的生命和尊重人的尊严，这才是至高无上的，没有任何东西可以取代。然而，一旦社会与良知疏离，与正义失联，生命如草芥，尊严如敝屣，那时民众则恐惧不已，世人则愤怒莫名，此刻汤因比的"慈悲和爱"，不只是这位智者的个人的呐喊，也成了全社会的集体呼唤，让公平正义的阳光普照大地，让安居乐业的雨露去滋润每个体生命的心田。

在汤因比谢世前两年，他对时至1973年前的世界历史"进行了一次综合性的考察"和"宏观鸟瞰",终于在1973年完成了一部60多万字的通史之作《人类与大地母亲》。他在该书的最后,用凝重的笔调写道:

> 人类将会杀害大地母亲,抑或将使她得到拯救?如果滥用日益增长的技术力量,人类将置大地母亲于死地;如果克服了那导致自我毁灭的放肆的贪欲,人类则能够使她重返青春,而人类的贪欲正在使伟大母亲的生命之果——包括人类在内的一切生命造物付出代价。何去何从,这就是今天人类所面临的斯芬克斯之谜。

如果说,汤因比与池田大作的对话,全力关注的是每个个体生命,那么《人类与大地母亲》则是通过世界历史的叙事,对人类整体命运的担心与反思,此心连我心,不是吗?且看目下,每每我晨起,见天色灰蒙蒙的,顿时心情大坏,从窗外往远处看,高耸的东方明珠消失了,阴霾笼罩在城市的上空,连周围的空气似乎也凝固了,就不由让我重温起汤因比在这书中的惊世之言。环顾全球,展望当下,气候变化、环境污染、人口膨胀、贫富分化、恐怖活动等词语,也许可以缀合成为当今世界的一个缩影。试问:今日之世界,何去何从?这不正是今天人类难以索解的斯芬克斯之谜吗?如此说来,重温先贤的遗言,在今天,或在一个可以预见的将来,依然有着振聋发聩的时代意义。从史学上而言,这部凝聚了汤氏一生学术思想精华的大作问世,也就此确立了汤因比作为20世纪西方史学界大师的历史地位。

关心人、关心人类的未来和命运，一直是这位史学大师难以抹去的心头之忧。说到这里，我仿佛看见了青年汤因比的身影：1921年秋，落日的余晖给群山抹上了一层荫翳，巴尔干半岛上起伏的山峦平原，若隐若现，虚无缥缈，从土耳其伊斯坦布尔开出的东方列车上，一位年轻人伫立在窗畔凝望，窗外满目疮痍，伴随着越来越浓的夜色，他陷入了沉思：西方文明向何处去？进而人类的命运又如何？借着车厢内昏暗的灯光，他奋笔疾书，写下了这样一份大纲：1.序论；2.文明的起源；3.文明的生长；4.文明的衰落；5.文明的解体；6.统一国家；7.统一教会；8.英雄时代；9.文明在空间的接触；10.文明在时间上的接触；11.文明历史的节奏；12.西方文明的前景；13.历史学家的灵感。这就是他日后为之呕心沥血四十年写就的十二卷本《历史研究》之大纲。令人惊叹的是，四十年后的1961年，当全书出齐时，其书构架不变，仅动了两个标题。

由此可见，汤因比的《历史研究》的文脉与上述《人类与大地母亲》是相互贯通的，虽则两者述史体例与风格不一，一为分析比较的思辨型（《历史研究》），一为编年体的叙事型（《人类与大地母亲》），这不仅充分显示出他具有互为补充的两种编史之才，而且其笔调都涌动着他那一以贯之的史学旨趣和人文情怀。进而言之，他继承与发展了由德国历史学家斯宾格勒所奠立的文化形态说，无疑他是挑战兰克史学、推进西方新史学潮流的弄潮儿。到了1973年，这位当年的"弄潮儿"已是一位满头白发的老人了，但他矢志不渝，秉《历史研究》之旨，认为世界各个文明"价值相等"且可进行比较研究。在《人类与大地母亲》的最后一章，以"抚今追昔，以史为鉴"作为章名，对1973年之前的人类历史做出了整体的与宏观的思考，最后把笔墨落在了中国，说它显示出来的"良好征兆"，"人们将拭目以待"，须知这是汤氏在1973年对中国未来命运的评论。同年，他在与池田的对话中，更是看重中国。他自问："中国今后在地球人类社会中将要起什么作用呢？"他自答，说他亲身体验到"中华民族的美德"，并高度评价中国在未来世界中的作用："将来统一世界的大概不是西欧国家，也不是西欧化国家，而是中国。并且正因为中国有担任这样的未来政治任务的征兆，所以今天中国在世界上才有令人惊叹的威望。……恐怕可以说正是中国肩负着不止给半个世界而且给整个世界带来政治统一与和平的命运。"当今，中国的快速崛起，已经创造并还将继续为人类文明创造着奇迹，这就验证了汤氏的"令人惊叹"，但中国不会称霸，即使将来强大了，也永远不称霸。在我们看来，且不忙"预测"谁将能充当未来世界统一的领袖，重要的是如何发挥各个文明的长处，为人类文明做出更多的贡献，正如费孝通先生所说，"各美其美，美人之美，美美与共，天下大同"。这"世界之大同"的景观，从目前看来，虽很遥远，却心向往之也。为此，我们应该感谢汤因比，感谢他对世界史学做出的杰出贡献，更感谢他在迟暮之年作为一位智者的"1973年呐喊"，在声震寰宇中，让我们"抚今追昔，以史为鉴"，借以解开今天人类所面临的斯芬克斯之谜。倘问谜底若何？拯救人类的不是上帝，而是人类自己！这还是从先贤汤因比的遗训中得来的启示啊！

（写于2016年）

流派史：史学研究的生长点

倘若说，史学史研究需要不断地开拓与创新，那么深化对史学流派的研究，便成了它的题中应有之意，中西史学皆然。按理说，学术流派（或学派）的形成与传承之论，在通行的《史学概论》一书中，应占有一席之地。但令人遗憾的是，我翻了几种，均无片言只语。不过，晚近以来，在学术刊物上却偶有大作，如李振宏教授在2014年《文史哲》第4期上发表了长篇大论——《中国政治思想研究中的王权主义学派》，实际上说的是当代中国史学上的"刘泽华学派"。我这里只是以近代西方史学流派为中心，试作小论。

一　近代西方史学流派概览

"流派"与"学派"同义，似可混用。不过，一般在泛指时多用"流派",如本文;单指时多用"学派",如众所周知的法国年鉴学派。就西方史学而言,史学流派大体是近代的产物。在西方古典史学时期,被称为西方"史学之父"的希罗多德,始终是单枪匹马,实际上他很孤独,没有传人,当然未形成学派。其后,修昔底德在史学上另辟新路,留下传世之作《伯罗奔尼撒战争史》,但他只写到战事的公元前411年冬就中止,后续写者倒不乏其人,但也没形成一个"修昔底德学派"。古希腊史学是这样,古罗马史学也是这样,不管是希罗多德、修昔底德、色诺芬还是撒路斯特乌斯、李维、塔西陀们,都最终没有形成什么"派",遑论西方史学低落时期的中世纪史学。

近代以降,世风日变。从14世纪由意大利发端的文艺复兴运动,以及人文主义思潮,至16世纪已席卷与弥漫西欧诸国。其时,人文主义史学的兴起,回荡着从中世纪基督教神学中逐渐脱身出来的一种历史前进的音响,它改变了西方史学发展的方向,标志着近代西方史学的开端。

因此,近代西方史学流派最先诞生在文艺复兴时代的意大利。公元15—16世纪,正当文艺复兴运动盛世,在它的圣地佛罗伦萨城邦,涌现出了布罗尼、马基雅维里、圭恰迪尼、瓦萨里等历史学家,而这座城市的历史又广泛地吸引着他们,撰史之风甚盛,被后世学者称为"佛罗伦萨历史学派"。

这之后,大致从16世纪后期至17世纪,是博学派历史学家称雄的时代,他们重视史料,搜集大量的希腊文和拉丁文的文献资料,并加以整理和出版,为后世历史学家的研究创造了有利条件。

18世纪欧洲启蒙运动，以伏尔泰为首的理性主义历史学派实力雄厚，不仅在法国，而且在法国之外的英德等国都颇具影响。比如英国历史学家爱德华·吉本撰写的史学名著《罗马帝国衰亡史》，便是理性主义史学的代表作，也是"伏尔泰学派"的英国传人。与此同时，以大卫·休谟等为代表的英国的苏格兰历史学派也别具一格，卓有贡献。

18世纪60年代至19世纪初，西方史学从理性主义史学过渡到浪漫主义史学，此时德国的哥丁根历史学派的地位，不可小觑。19世纪20年代，兰克与兰克学派横空出世。兰克学派之要旨，正如吴于廑先生所指出的"两项原则"：一是史料批判的原则，即审核史料是否原始，以第一手史料为最可信；一是严守纪实的原则，即根据经批判审定的史料，写如实的、为事实还其原貌的历史。兰克学派的理念及其实践，极大地推动了19世纪西方史学的进步，并成了近代西方史学史上最具影响的史学流派，终于发展成为这一世纪西方史学的主流。

二 近代西方史学流派的总体流向

共性与个性是一对范畴，互为生存。就近代西方史学流派而言，前者要探讨的是它们的共同倾向和学术品格，我以为，归纳起来其学术共性可为以下几点。

第一，从发展方向与目标来看。

从佛罗伦萨历史学派至兰克学派，历经三四百年，他们都朝着一个共同的学术志向,就是向着史学科学化、职业化的方向前进。马基雅维里与兰克,时空穿越,史学个性迥异,但目标一致,至后者时史学职业化告成。再超越兰克学派,那就是从传统史学走向新史学,走向现代西方史学的门槛,时已20世纪了。

第二,从史学流派的新陈代谢来看。世上万物,新陈代谢,亘古不变,史学流派亦然,这也是史学生命力之所在。倘稍加考察,就可发现近代西方史学流派在发展与演变进程中,有一种"钟摆现象":或偏于叙述,或偏于论证,比如佛罗伦萨历史学派偏于论证,博学派偏于叙述,理性主义历史学派偏于论证,兰克学派偏于叙述等,各派之偏重不一,但都不弃"钟摆现象",是为它们的同一性。

第三,从历史观来看。始于近代西方的进步主义历史观从雏形到完形,对主宰中世纪史学的神学史观进行了猛烈的批判。在近代西方历史学家们的旗帜上写着"人是万物的尺度",重视人、重视人的命运和人类社会的前途,成了近代西方历史学家的"主旋律",至现代西方犹然。

三 深化近代西方史学流派的研究

研究近代西方史学流派的学术个性,换言之,对上述罗列的学派作个案研究,这是更重要的工作。可喜的是,我的弟子们都以博士论文或专题论文的形式对此做过初步的探讨,有的还出了专著,讨论诸如理性主义历史学派、浪漫主义历史学派和兰克学派等。现在的任务是需要不断深化。

如何深化？愚见以为，必须加强对近代西方史学流派学术个性的研究。对此，略说一二。

一是比较研究。唯比较方法能察其短长，观其优劣，正如我国当代比较史学名家杜维运先生所说，"互相比较，能发现史学的真理，能丰富史学的内容"。比如"捉对比较"，比较"伏尔泰学派"与"兰克学派"；又如学派内部的比较，比较"佛罗伦萨历史学派"内部的马基雅维里与圭恰迪尼，等等。

一是要知其渊源、知其发展、知其传承、知其影响。史学流派的形成是时代发展与社会变革的产物，更是奠基于某个民族深厚的文化积淀，然一旦产生，又反哺时代，回报社会，且推动社会文化的进步，在其发展与演变的同时也向外传播，扩散它的影响。以兰克学派的东传史来说明，那是再合适不过的了。

一是进一步加强中外（西）史学交流史的研究。关注史学交流，开展中外（西）史学交流史的研究，当是史学史开拓与创新的一个重要方面，更是深化近代西方史学流派研究的要务之一，以我个人主持《近代以来中外史学交流研究》的切身体验，对此深以为然。

进言之，"往来不穷谓之通"，只要人类文明还在延续，交流就不会止息，中外史学的交流也不会停步，当下我们正需要努力寻求沟通中外史学文化交流的多重路径，并进而开辟一条相互联结异域文明与中华文明的大道，这对于正在走向世界的中国史学来说，无疑具有重大的历史意义。

（原载《中国社会科学报》2016年7月11日）

影视史学：亲近公众的史学新领域

从史学史的角度看，史学大体可以分为"精英史学"和"大众史学"。自古以来，"精英史学"一般为当权者所驾驭，如传统史学着力要表现的是政治事件和显要人物，传统的书写史学正是为这一宗旨服务的；"大众史学"多以口耳相传的形式流行于坊间，以中国古代的大众史学而论，那些视觉感极强的画像、砖石、壁画、画册，那些声情并茂的俗讲、变文、词文、说话、鼓词和戏曲，那些富有影响力的口头传闻、话本、小说，等等，都可以归列其中。在西方，自荷马时代以来的民间行吟歌手所保留的口述历史以及其他诸多形式，也包含了很丰富的大众史学的内容。当前学界流行的影视史学（或称影像史学），正是大众史学在当代的一种重要表现。深刻认识影视史学的缘起与发展趋势，对于推动史学发展具有重要意义。

一 影视史学是史学和现代科技结合的产物

影视史学的诞生有着史学自身发展变化的背景。20世纪70年代以来，西方新史学在其发展进程中日渐弊端丛生，历史著作中栩栩如生的人物与引人入胜的情节没有了，史学变成了"没有人的历史学"。在这种情况下，学界让"历史回归历史"的呼声不绝于耳，到了80年代，叙事体史书又为史界所看重，有关著作陆续问世。这种史学发展的嬗变对以叙述性为专长的影视史学的产生，无疑起到某种推波助澜的作用。同时，影视史学还是时代发展与社会变革的产物，特别是近百年来媒体革命的结果。当历史学家还沉湎于档案文书、在尘埃扑面的故纸堆中爬梳的时候，电影在1895年悄然诞生了，观众被那些"移动照片"所产生的视觉冲击眩晕了。以电影发明为滥觞的媒体革命，将人类视觉图像文化不断推向一个又一个新阶段。这种延续不断的媒体革命，也日益在史学中引发了反应，现代媒体与史学开始"联姻"。

1988年，美国著名史家海登·怀特撰写了《书写史学与影视史学》一文，在文章里他杜撰了一个新名词：Historiophoty，意为以视觉影像和电影话语传达历史以及我们对历史的见解。海登·怀特这一文章发表后迅即在美国本土引起激烈争论，也迅速外传。在汉语学界，台湾学者周樑楷教授率先将Historiophoty首译为"影视史学"，但把它的内涵扩大了，认为这一概念既包括各种视觉影像，还包括静态平面的照片和图画、立体造型的雕塑和建筑等，此说获学界普遍认可。此后，影视史学逐步登上了中国史学的论坛，佳文新作不断，相关学术研讨会也不少。2011年出版的《大辞海》（上海版《辞海》的拓展本），"影视史学"终于"登堂入室"，作为一个条目赫然在列，"现代新史学的分支学科之一，当代西方史学的一个新领域、新方法。1988年，美国历史学家怀特首创了一个新名词Historiophoty，意指通过视觉影像和影片的话语传达历史以及人们对历史的见解。怀特之论断在学界流传并多有影响。不过，国内学者对此持广义之解释，认为影视史学不只是电影、电视等媒体与历史相交汇的产物，举凡各种视觉影像，如照片、雕塑、建筑物、图像等只要能呈现与传达某种历史理念，皆可成为影视史学的研究对象。它的出现，是对以书写为主的传统史学的一种挑战。但其学科地位的确立尚需时日"。这一条文不长，却简明扼要地叙述了影视史学的"前世"与"今生"，对于我们理解影视史学是有帮助的。

当下，自媒体的发展裹挟新一波的视觉图像文化浪潮奔腾而来，营造了一个由视频、照片等和文字组成的大世界。借助于有声的、移动的影像传达某种历史理念，它所具有的震撼力、表现力对受众的影响显然远胜于通过静态的语言文字来传达历史的"书写史学"。当然，影视史学要进一步发展并确立自己的学科地位，还有许多问题需要解决，但我们绝不能拒绝这种史学和现代科技结合的新趋势。

二 影视史学给史学发展带来重大影响

影视史学在对以往史学构成巨大挑战的同时，将会或彰或隐、或间接或直接地改变当下史学的生态。与传统史学（精英史学、学院派史学等）相比，有以下几个可能的变化值得探讨。

一是历史观的变革。这里主要是指由"从上而下"的历史观转向"自下而上"的历史观，这使史学家在研究"经国大业"之外还把触角伸向普通民众，去关注他们那"平凡的世界"。绝不要小看这一转向，对历史学而言这是翻天覆地的变化，因为历史观是历史学之灵魂，影视史学的发展正是叩击到了史学之魂。

二是史料观的转变。众所周知，历史研究要以史料为据，不能无凭立论。以往的历史研究多以搜集纸质的文献资料为圭臬，但新史学研究的史料来源非常广泛，如以图证史，图像不也可以成为一种史料吗？比如流行于20世纪二三十年代中国北方的《北洋画报》、南方的《良友》等，谁说不能成为史料之来源？细细考察，从中或可映照彼时之时代风貌与社会痕迹。影视史学的发展使史料进一步拓展，一些史料在现今取之亦易，真正达到了"秀才不出门，能知天下事"的程度。这种史料观的转变，是由上述历史观的转向所决定的。

三是述史方式的变化。影视史学的发展使述史方式由单一的书写编纂方式向采用多样化的表现手法转化。影视史学所具有的震撼力、表现力更启示我们，即使是传统的书面表达的精深理论与专门著作，也应深入浅出，讲究可读性。否则，让历史女神克丽奥走向坊间便成了一句空话，不是吗？再进一步论，由于学院派史学的精深，它的旁征博引和坐而论道决定了它只能在学界专业圈觅求同道，而不可能在公众中广泛流传。影视史学则不同，它的平民性与多样性决定了它在业内与业外均拥有众多的知音。可见，史学如果自视清高必日渐倦怠，只有接地气才能日渐兴旺。

四是重现历史的可能性。重现在自然界常见，比如日出，人们可以经常在泰山顶上观日出、在黄浦江畔迎朝阳，我们可以说日出不断"重现"。但倘若用诸历史，就成了很复杂的一个史学理论命题。以往万千历史学家都为寻觅史料绞尽脑汁，以为可以据此还原历史的本来面目，但静态的史料"重现"历史的能力十分有限，而当动态的视觉图像证史之门一旦打开，图文并行不悖，或许就此可以找到一条重现历史的新途径。须知，由学院派史家支配历史书写的时代已经过去，现代科技的不断发展将为公众及其"小历史书写"开拓无限广阔的天地。试想，在自媒体时代产生的海量视频，经过筛选，去伪存真，经过了多少年后或可能成为"民史"研究的第一手资料，重现当年的现场。

三 影视史学有助于中国公众史学的构建

近些年来，作为一门学科的中国公众史学正在构建中，学界在为它做"顶层设计"时也互有争议，因为公众史学是一个比较复杂的学科概念。但在诸家言论中，影视史学总被列为它的题中应有之意。影视史学的发展无疑有助于中国公众史学的构建。

首先，必须明确提出，影视史学当作为中国公众史学的一个有机组成部分与之相连接。须知，影视史学即使从海登·怀特首创至今，也不到"而立之年"，在汉语学界则更短，其理论基础十分薄弱，故既须"修炼内功"，更要"巧借外力"。现在有了与公众史学这个连接就有了依靠，在公众视域下的影视史学研究可借助公众史学的理论，让自身与公众史学相向而行，在保持学术品位的同时始终坚持自身的公众性。

其次，影视史学在公众史学这个大家族中最具"亲民"的特点，应当也能起到先锋者的作用。一旦公众拿起数码相机、摄像机、智能手机，拍下身旁的点点滴滴，记录社会一角的琐琐碎碎，人人都成了历史影像的记录者，组合起来就是一幅幅悠长的历史画卷。在这一过程中，从影像叙述的个人小历史，进而由小历史变成大历史，历史就在我们身旁。影视史学的功能为公众提供了"人人都可能成为历史学家"最初的体验与实现的可能性。

最后，中国影视史学和公众史学的发展，需要以此为职志的一批人才。在这个群体中，既应包括职业史家的"转型"与"跨界"，也应有史界之外或更多来自史界之外的人士。因为公众历史学家需有多方面的学识与技艺。

时代发展，它是催生学术开拓的温床；社会进步，它是滋生学术革新的土壤。而某种新学科的诞生又会反过来回馈时代、回报社会。以近二十年的影视史学成长史观之，庶几可矣。

（原载《人民日报》2016年2月22日）

现实、神话和虚幻*
——关于艾罗补脑汁的对话

对话者：张广智与张仲民

时　间：2013年9月4日上午。

地　点：复旦大学光华楼2017室。

张仲民（以下简称民）：首先祝贺您的新作《克丽奥的东方形象》的出版。拜读之后，我特别喜欢您的历史书写，尤其是那畅达俏丽的文字，还有那对话体的写作模式。

张广智（以下简称智）：谢谢。你约我这次关于艾罗补脑汁回忆的口述访谈，不就是我书中对话体写作模式的又一次实践吗？

民：是的。以往的口述史研究者经常说，适当运用一些口述史料，

---

*　此篇口述访谈，由张广智与张仲民两位对话者共同整理成文。

现实、神话和虚幻

对于有关主题的历史研究非常有帮助。今天就要辛苦张老师了。

智：你说得对，现代意义上的口述史学，实际上是通过有计划的访谈和录音技术，对某一个特定的问题，比如我们要谈的艾罗补脑汁，获取第一手的口述证据，然后再进行筛选与比照，进行历史研究。当今口述或口述史学很热，有些学校还建立了相应机构，不少杂志还开辟了"口述"或"口述史学"的专栏。

民：是的。我在对近现代中国广告的研究中，收集了大量的文献资料，还缺少一些有关的口述资料作为补充，很遗憾的。说来偶然，前几天您在审读我写的《"卫生"的商业建构——以晚清卫生商品的广告为中心》（刊发在《历史教学问题》2013年第5期）一文时，说对拙文的资料不仅饶有兴味，还勾起了对往事的回忆，说到艾罗补脑汁时，您说您有切身的服用体验，能具体谈一下吗？

智：我确实吃过艾罗补脑汁，那是很久远的事了。

民：我就要找吃过这东西的实际体验者，现在您就坐在我面前，真是踏破铁鞋无觅处，得来全不费功夫。

智：我首先倒要问你一点，这个"艾罗"的洋化名字从何而来？

民：这就说到这一产品的开发者浙江余姚人黄楚九了，艾罗补脑汁实际系黄楚九夺其伙计的发明制造出来的。艾罗得名于"黄"，黄色在英文中可用"Yellow"表述，但因"Yellow"不是通用的西文姓氏，所以黄楚九用了一个接近于"Yellow"的姓——"Yale"，在上海话里的发音类似"艾罗"，用这个作为一个子虚乌有的美国医生的名字,说此补脑汁系大美国艾罗医生发明,功效如何大,不但能补脑,甚至可以包医百病。这个洋化名字的药曾风行中国近半个世纪,不知骗了多少人。还是言归正传,说说您对"艾罗"的印象吧。

智:好的。也真凑巧,昨晚妻兄蔡叔健来访,为了这次口述,我特意也向他请教了艾罗补脑汁的事。他年近八旬,但回忆起艾罗补脑汁还是兴味盎然,且思路清晰。因此,我关于艾罗补脑汁的琐忆包括两部分:一是我个人的记忆,一是叔健兄的回忆。古希腊史家修昔底德被学界公认为是一个求真与客观的人,他说过这样的话,"我所描述的事件,不是我亲自看见的,就是我从那些亲自看见这些事情的人那里听到后,经过我仔细考核过了的"。关于艾罗补脑汁的事,我也遵循这位卓越史家的识见。我说的这两部分恰好与修昔底德之见相吻合。先说哪一部分呢?

民:还是请您先谈下蔡先生的回忆吧。

智:好。在这里,我先得介绍一下叔健的父亲即我的岳父蔡夷白先生(1904—1977)的情况。夷白先生是现代作家,尤以幽默的杂文见长,有《夷白杂文》(万象图书馆1948年版)等问世。我特意强调他的作家身份,是与购服艾罗补脑汁息息相关。此药价格不菲,然而,旧中国文人以稿费为生,大多家道殷实,经济宽裕,他们买得起贵重药品或保健品。叔健兄说,不但他自己服过,父亲因靠写作为生,自然更少不了补脑药,当时风行一时的艾罗补脑汁成了他的首选。

民：作家要健身补脑，而且也有经济能力，自然可列为消费艾罗补脑汁的顾客。此外，你们知道还有哪些消费者吗？

智：叔健兄说到艾罗补脑汁的消费群体，大体可分为以下几种：一为知识阶层，他父亲属于这一类；一为有地位的达官贵人，这些人消费得起；一为有脑疾而又被广告蛊惑的富裕病人。总之是有钱人，此药与社会底层的民众关系不太大，他们首先要解决的是温饱，而不是服用什么补脑剂。此外，需要指出的一点是，叔健乃长子，享有父子同服的待遇。吾妻蔡幼纹乃夷白先生三女，她见过这东西，但从未吃过。

民：叔健先生说到此药的细节了吗？

智：说了。他说，艾罗补脑汁的瓶子是棕色的，有大小瓶之分，瓶口细小，服时口感甚好，甜甜的，这个感觉与我吃时的感受是一样的。

民：他们为何而服？

智：岳父需补脑，上面已经说过。叔健兄小时身体孱弱，常生病，也许是健康原因，把艾罗当成保健品，这情况在那时相当普遍；也许是铺天盖地的广告促成的心理效应，或两者兼而有之。

民：那就说到了广告的作用，所谓医药之畅销，全赖广告之传播。某种药品或保健品的推销，比如艾罗补脑汁什么的，它通过旷日持久的广告轰炸，用尽了从补养到治病作用的说教，尔后又上升到强国强种的高度，所有这些不但诱惑了有意的消费者的需求，也引发了无意的旁观者的欲望，从而在很大程度上激起了人们的消费需求。

智：是这样的。叔健服此药时，已进入中学阶段了，他记得他们常看的《申报》等报纸上，持续地刊发过艾罗补脑汁的文字广告，还配有图画。报上刊登的艾罗广告，说得天花乱坠。他说，这些文字忘记了，但它的特点不外是摆噱头，语出惊人，做足文章骗人。他印象中还记得，在闹市区大楼上装有醒目的霓虹灯广告，那上面或许是为艾罗补脑汁做的，还是别的药品，这些都模糊了。

民：年代久远，记不准也正常，真难为他了。艾罗的广告的确花样多，内容丰富。我在关注的晚清的艾罗广告情况是这样，到了20世纪40年代花样估计更多、更吸引顾客了。

智：不过有一件事，叔健仍记忆犹新。他说，有一天随父亲外出，去药店买药，左右几人都围着他们夸艾罗补脑汁的神效，这些人现在看来显然是些"托儿"了。夷白先生在《棋摊》一文中，揭穿棋摊主用"托儿"下套骗人的伎俩。他这样写道："那摆棋摊的不是好东西，一个假装跃跃欲试的，分明是同党，结果赢了。后来从人丛里闪出一个土到不能再土的乡下人，也下赌，结果输了。我原以为那个乡愚是外人，过了几天又路过此地，见那人与摊主有说有笑，正等待下一个阿木林倒霉呢。啊，我明白了！他正和他们三位一体，此唱彼和，想方设法去骗获别人的钞票。"夷白先生这里说的是棋局设托，但药店设托，推销艾罗，其手段是一样的。这种用"托"营销的手法，商界是屡试不爽，现在不也是仍在用吗？事实上，消费者比如像我岳父那样，即便心知肚明，但仍中套，这就与他们的心态有关了。

民：接下来再说说您自己对艾罗的印象和服药感受吧。

智：好的。这就要说到我个人的经历。与叔健兄出生在上海，又多年喝浦江水长大的情况不同，我出生在江苏海门乡下，大约在抗战胜利后一年与母亲来上海，当时我七岁左右吧。记得是一个冬日，船停靠在十六铺码头，下船后一眼瞥见浦西外滩的万国建筑群，给我这个乡下小孩以巨大的震撼，让我孩提时代对申城留下最初印象的，还有那眼花缭乱的霓虹灯广告，不过那上面有没有艾罗补脑汁的广告，那上面的文字又是什么，我都记不得了，也许根本就认不出来。

民：您这个贫寒子弟背景出身的人是怎么与艾罗补脑汁扯上关系的呢？当初您和尊岳父、令兄应该还不认识的吧？肯定不是他们推荐你去吃艾罗的，呵呵。

智：是啊。你听我继续说就明白了。我们当时住在被称为"下只角"的闸北棚户区，生计尚且不保，如何能购服艾罗，我们家把青菜、萝卜视为上品，哪里敢奢望吃什么补脑之类的保健品。接触艾罗与我的二舅有关，他在上海经商，虽小本经营，但也赚了一些钱。舅舅住虹口提篮桥，当时从提篮桥到闸北鸿兴路，出行的是马车。舅舅从马车上下来，我接过他带来的包，里面有不少好吃的东西，因此我希望舅舅常来看我们。有一次，舅舅在带来的东西中有两个小口径的小瓶子,那就是小包装的艾罗补脑汁了。

民: 是疼爱您的舅舅给您吃的?

智: 想得美,哪有我们小孩的份儿。

民: 给令堂服用的?

智: 不是,是舅舅买给家父的,用以治我父亲常常犯的头痛病。自此之后,我常见这种瓶子,那瓶身上似乎贴着商标:艾罗补脑汁、中法大药房字样。顺便说及,我自幼在家乡接受过私塾教育,拜祖父为师,读(背)了《论语》《孟子》什么的,到沪上才接受正式的西式教育。这时大概是我刚读小学的时候,八九岁的样子,说这些意在证明那时我能识得商标上的文字。

民: 如此说来,您如何吃的艾罗?

智: 童年时代的孩子对世界万事万物都充满了好奇,我也不例外。一天,趁家里大人不在,我拿起小口径的瓶子,偷喝了一点点,那感觉真是好极了,凉凉的,甜甜的,与上面叔健兄的描述是一样的。后来大概也吃过几次,那味道也是差不多的。

民: 您大概什么时候与艾罗疏远乃至淡忘了呢?

智: 大概是在上海解放后两三年,50年代初吧,不久舅舅也返回乡下去做生意。现实境遇是,家父的头痛病时有发作,没见什么好转,家庭经济情况又日益拮据,此时母亲对吃艾罗补脑汁治头痛逐渐失去了信心,加上也没有继续购买它的经济能力,于是我妈便把家里的艾罗瓶子都扔了。不管怎样,仲民啊,你研究艾罗，绞尽脑汁，恐怕不再有机会亲尝此"神药"了。

民：也不一定，据说还有自称为中法药房的香港商家在生产"艾罗补脑汁"，在"淘宝"网上兜售。我联系过店主，但没有反应，后来就没有兴趣再去找他联系了，主要担心它是托名艾罗的牌子，而且即便还存在艾罗，其配方与制造工艺也与当时不可同日而语了。

智：的确，就是香港有，那也不可能是当时的原汁原味。如此看来，这艾罗补脑汁大概有巨大的利润空间吧。

民：确实如此。据一些研究者说，艾罗是一种磷质制剂，以168cc规格的艾罗补脑汁而言，实际制造成本每瓶仅0.30～0.40元，市场销售每瓶2元，利润高达400%。

智：其实服用者并非傻瓜，倘若说文化程度低的舅舅与家父被它忽悠，夷白先生是个文化人，还写了分析到位的棋摊骗术，应该很清楚艾罗的广告欺骗术，但还照买艾罗来吃，在我看来，这同我在前面说到的与购买者的心态有关，你怎么看？

民：确实与购买者的心态有关。艾罗广告虽然花哨不实，但它的促销策略和广告手法，尤其是"政治化"的宣传手段，应该有些效果，激发了很多消费者的购服需要，认为它真能补脑、真能百病可医，让很多人，尤其是外地的有钱人都会去买它。但后来许多本地的上海人都能识破艾罗的真相，不再轻易上当了。

智：说得好。这可能是当时"艾罗族群"服用者的普遍情况，即一个社会在某个特定时代中所具有的共同的"群体无意识"的显示，这就牵涉到历史人类学研究的范畴了。

民：是的。在当时，类似如艾罗补脑汁这类假药，即便有人识破其鬼把戏，但仍有很多人甘愿上当受骗，"群体无意识"的确有作用，但虚假广告也的确有真实效果，所以不能用假来否定艾罗广告的价值。像当代文化史名家戴维斯在《档案中的虚构》就更多地关注那些赦免状背后所呈现出的集体心态，而不是它到底有多大的真实性。

智：那次叔健兄对我说，他们明知艾罗补脑汁造假，是用糖水做成的，而广告上的话，他们也持怀疑态度，但在这种"群体无意识"的时代氛围中，也不由引发了他们的真实需要。你看，一个被黄楚九构建起来的虚幻世界，通过精心的商业运作与营销方略，子虚乌有的艾罗医生复活了，它引导人们走向一个真实的世界。于是，神话不再邈远，虚幻不再幽暗，而成了一个活生生的现实世界，一个触手可及的大千世界。由于这样，在老上海艾罗补脑汁拥有广泛的知名度，一如龙虎牌人丹、美丽牌香烟（10支装）等一般家喻户晓。最近系上退休教师聚会，我遇到年过八旬的陈绛先生，也向他问起艾罗补脑汁的事，他连连说知道知道，并脱口而出"Yellow"、黄楚九，可见他对此药也有相当印象。可惜他说他没有吃过。

民：在我看来，艾罗补脑汁的消费者，与其说他们在消费物化的艾罗补脑汁，从某种意义上而言，不如说他们在"消费"一种文化，一种象征自我价值、社会地位和心理渴望的精神文化。

智：是的。艾罗瓶子的口径虽小，却让我们从中观察到了一个大世界。在这里，时代的点点滴滴，社会的零零碎碎，或可显现在艾罗的小历史中，由此去充填与丰满大历史。一部"艾罗史"，或许可以撬动沉睡的历史记忆。倘如是，我是十分看好阁下关于艾罗补脑汁的研究，进而言之，更关注你的近现代中国卫生史的研究。在追求"宏大叙事"的历史学家那里，诸如艾罗之类的也许会被不屑一顾，但在新文化史家那里，却遇到了知音。"把历史的内容还给历史"，恩格斯之言给我们以深刻启示。如此说来，当今正在中外学界风行的新文化史的意义就不可小觑了。对艾罗史的研究，扩至对近现代中国卫生史的研究，亦可作如是观。你说呢？

民：非常感谢张老师对这个研究的鼓励与高看，我希望努力去尽量符合您的期待，或者"虽不能至，心向往之"吧。

十分感谢老师在百忙中的受访，您精彩的谈话对我的研究很有价值，我将来会在研究中引用您及蔡先生的回忆。我最后想说的是，您的"琐忆"，虽则零零碎碎，不够系统，但通过它，个人的印记出来了，艾罗补脑汁对当时人们身体的影响就变得更为具象化、更为生动了，也丰富了我的艾罗资料库。在此基础上，我会努力去写艾罗这个药的历史，以不辜负张老师的鼓励。还有对于我为艾罗补脑汁做的这个口述资料收集工作，您这个回忆价值匪浅，这也是我第一次在史学研究中正式使用口述资料，真是一次有趣的体验。

最后，再次感谢张老师接受我的访谈。

智： 不客气，希望你的艾罗史书早日完成。

（整理于2013年9月18日）

守望：在马克思主义史学的阵地上
——由刘大年的《论历史研究的对象》说开去

1999年秋日，时值新旧世纪交替之际，世人心绪纷繁，展望与回眸相伴，欢乐与惆怅共生，历史学家尤然。

9月24日，秋高气爽，这大概是首都一年中最好的季节了，虽则西山的枫叶尚未殷红，但桂花的芬芳早已飘香在京城的大街小巷……

是日，中国社会科学院在京举办"中国社会科学五十周年学术报告会"，只见一位老人，在台上发言，他用枯瘦的双手，捧着他的发言稿，一板一眼地声言："我是主张马克思主义对哲学社会科学的指导作用的。"这位老人就是刘大年先生，此时他已84岁高龄，且重病在身。羸弱不堪的他，仍抱病莅会，以坚定的口吻，在世纪末发出令人难忘的强音：

> 对待马克思主义,要摒弃教条主义,不把自己变成"古之人!古之人!"……今天马克思主义哲学社会科学的历史使命,应当就是全面研究现代资本主义,加上全面研究现代社会主义,来攀登上一个全新的制高点,回答人们期望得到回答的当代社会生活中一些重要的问题。

这些掷地有声的话语,均出自刘大年提交给大会的论文:《马克思主义哲学社会科学的历史使命》,它有力地回应与批驳了世纪末盛行的"马克思主义过时论",为后学指点迷津,为世纪末的中国学界抹上了一片亮色。

可叹天不假年,三个月后,刘大年即与世长辞,这距新世纪只有三天。然而,他留给后人的史学遗产丰赡而厚实,他的学术贡献璀璨而光耀,像刘大年一生服膺马克思主义,为马克思主义史学毕生奋斗不已的历史学家,在当代中国史坛并不多见。个人因限于学识,限于自己的学科领域(我是从事西方史学史的),只能就他的一篇宏文《论历史研究的对象》为例而生发开去,对其史学及其成就略说一二。但愿这种"跨界",打破"楚河汉界",在自己的"世袭领地"之外,开辟出"柳暗花明又一村"的新天地。

《论历史研究的对象》一文写成于1985年。这篇华章是有为而发、有备而来的,这就要说到国际历史科学大会了。国际历史科学大会每五年召开一次,被誉为"历史学的奥林匹克"。它始创于1900年,是年在巴黎召开了第一届国际历史科学大会。早在

20世纪30年代，中国历史学家就与它有了联系，1938年8月胡适代表中国史学界参加了在瑞士苏黎世召开的第八届国际历史科学大会，与此同时中国也成了国际史学会的成员国，后来因战乱和时局与之失联，直至中国新时期又恢复了联系，1980年我国派观察员参加了在罗马尼亚布加勒斯特召开的第十五届国际历史科学大会，1982年重新入会，1985年8月，中国史学会首次作为国际史学会的成员国与会，刘大年于是年8月25日至9月1日，率领中国历史学家代表团参加了在联邦德国斯图加特召开的第十六届国际历史科学大会，取得了圆满的成功。

第十六届国际历史科学大会学术研讨会分为三大部分：重大课题、方法论和编年史。很显然，《论历史研究的对象》正是为回应大会"方法论"这一主题而做，在结集的第十六届国际历史科学大会《中国学者论文集》（中华书局1985年版）中，是首篇文章，计有90页，是完全可以独立成篇的一本书。阅读这篇长文，我感到很亲切，因为这里面讲的内容与我从事的专业领域十分契合，虽则作为晚辈，没有像张海鹏或姜涛那样与刘大年有过直接聆听教诲与相互交流的机会，但我觉得此刻"以文为师"，我与这位前辈在心灵上也是相通的。

历史研究的对象为何物？刘大年在《论历史研究的对象》一文中，开篇就提出了这个问题："要科学地认识历史，它无论如何是一个无法回避、必须切实回答的问题。"是的，史海茫茫，往事如烟，要对纷繁复杂的人类历史进程，理出一个头绪，从而去粗取精，去伪存真，进而寻求某种规律性的东西，谈何容易。因此，首先要弄清楚历史研究的对象是什么，这也成了古往今来历史学家们所孜孜以求的目标。

阅读《论历史研究的对象》，我以为有以下几个特色。认真而细致地进行史学史的梳理，这是该文的一个重要特色。关于历史研究的对象，刘大年的学科回顾分为三种（或三类），这就是：第一种，历史研究不存在一定的客观对象；第二种，凡过去的一切事物全部都是历史研究的对象；第三种，历史上某些事物、领域或某种状况是历史研究的对象。在研讨第三种时，作者又以"人、人事对象说""社会对象说""结构对象说""文化对象说""综合史观与分散史说""规律对象说"等做了评述。回顾是反省的前提，也是开拓与创新的基础，不是吗？我们站在巨人的肩膀上，不就高出巨人一头了吗？反观时下有坐而论道者，对某一方面的史学史工作做得很浅薄，就急于评头论足，哪有不错之理，遑论切中肯綮。刘大年的这种治史态度与方法，当为我们所学习与记取。

介绍先于批判，批判也应还其原来的科学意义，这是该文的又一个显著特征。我们曾经历过极"左"思潮横行的时代，那时对一个学术观点或一纸短论，动辄就扣上"资产阶级反动学术思想"的帽子而口诛笔伐，对来自西方的东西，更不分青红皂白，一棍子打死。刘大年是从这个时代走过来的，在痛定思痛之后，在新的时代和文化语境下，他在这篇文章中，明显地体现出他的马克思主义的求实精神，着力地践行了"介绍先于批判"，"批判也应还其原来的科学意义"这一原则，如在文中说到现代美国新史学派鲁滨逊、兰克学派始祖兰克、文化形态史观集大成者汤因比等西方史学家时，公允而又平实，这迥然不同于20世纪五六十年代国内学界对他们的横加指责与全盘否定。批判，绝不是恶语相向与棍棒相加，而是还其科学与求真的本义，刘文做到了。

笃信历史唯物主义，不论在理念上还是在方法上均全力贯彻，这是《论历史研究的对象》一文最令人瞩目的特点。该文在清晰地梳理出前人关于历史研究对象的各家各派后，用大量的笔墨论证了以下四个问题：关于判别历史研究对象的根据、从社会关系及其运动考察历史研究的对象、私有制时代的社会关系体系及其运动、阶级划分与现实统一又不绝对统一的问题等。在这里，作者视野何等开阔，古今上下，学贯中西，以翔实的材料与例证，运用马克思主义的历史唯物主义理论，以"生产力"与"生产关系"、"阶级基础"与"上层建筑"、"阶级"与"阶级斗争"等马克思主义的"经典话语"，阐发作为中国马克思主义历史学家一员所确认的历史研究的对象。在文章最后，他对自己的观点作了这样的小结，"根据历史唯物主义观点，确认历史研究的对象是社会阶级、阶级斗争以及由此构成的社会关系客观体系及其运动，事情就截然不同了。它找到了历史研究如何成为科学的前提。社会阶级、社会关系体系不但是客观地存在的，它的范围明确，内容主次分明。以前人们有时拿历史唯物主义的一般规律、社会经济的规律来说明历史的运动。它们或者失于宽泛，或者失于狭窄。辨明研究的对象以后，就可以确切去探寻历史运动本身的规律了"。这些话语是在三十年前说的，作者强调了历史客体是历史研究的直接对象,虽则尚未深入探讨作为历史客体抽象的历史主体,或者说历史学家重构历史客体时的主观意识,但它仍不失为一家之言,既有史学史上的学术价值,也有启示现实的理论意义。这正如刘大年为第十六届国际历史科学大会《中国学者论文集》作序时所说,"应当想到,椎轮不过是大辂之始,往后必定一次胜过一次。有个东西做比较,那时回头来看,就知道前进了多远"。诚哉斯言,现在回过头来看,我们的再出发,总是在前人止步的地方,上文说到了回顾与创新之论,说的也是这个道理,这也是唯物主义所应恪守的一项准则。

刘大年一生著作等身,其《论历史研究的对象》也许是他学术园地中的"冰山一角"。正如他的弟子姜涛在读《论康熙》时感言:"首次领略到一种气势,一种只能出于历史大家笔端的宏大历史感。"其学生之言甚是,由《论康熙》说到正在读的《论历史研究的对象》时,我也有同样的感受,也为它的"气势"所震撼,对它的"历史感"生发许多感慨而浮想联翩。

其一,由《论历史研究的对象》联想到刘大年的全部学术生涯。曾记得我早在复旦大学历史系读书的时候,正值弱冠之年的我,在20世纪60年代初就从给我们讲授《中国近代史》的金冲及老师那里得知刘大年著的《美国侵华史》,后又从旧书店里买到了这本书,这是我读过的他的第一本著作,以后也浏览过他著的《中国近代史问题》以及其他文章,他给我的印象是一位中国近代史研究领域的专家,对中国近代史学科的发展做出了卓越的贡献。我的导师耿淡如先生曾把历史学家分成四种:历史编纂家、历史思想家、历史编辑家、历史文学家。我想，刘大年当属历史编纂家。如今看来，也不全对，他关于历史理论的思辨与历史叙事的书写同样出色，这从《刘大年史学论文选集》（1987年）到《刘大年集》（2000年）等书的文稿中可资佐证。我们称他是"历史编纂家"与"历史思想家"兼具的"两栖型"史家，想来是合适的。

其二，由《论历史研究的对象》联想到刘大年在构建马克思主义史学理论中的贡献及其重大影响。这里主要说到他在中国新时期的论作及其业绩。在此，需要指出的是，经过"文革"结束后七年左右的拨乱反正，学界勃发生机，至1983年，在史学理论界出现了新的转机，正是在这一年成为史学理论这一领域觉醒和建设的开端，其标志是历史学自身理论建设的提出。1983年，刘大年撰文指出，马克思主义历史学理论的研究，是历史学本身的基本建设；又明确指出，历史唯物主义不能等同于历史学科自身的理论。个人认为，他的上述观点，在当时的中国史学界不啻具有振聋发聩的作用。自此开始，历史学走上了构建自身理论的坦途，用1983年在《世界历史》上发表的评论员文章《让马克思主义史学理论之花怒放》这一篇名，来形容当时史学理论界的欣喜雀跃之情，是再合适不过的了。

刘大年是这一新论与新潮的提出者之一，也是一位全力推动者，据《刘大年传》（周秋光、黄仁国著）的记载，1983年以后，他为自己的马克思主义史学理论研究草拟了一份《十论书提纲》。本文所论述的《论历史研究的对象》，也正是这一计划中的佳作。在这里，无须我列举刘大年在这方面的众多作品，他也无愧为"历史思想家"之名号。还需补白的一点是，如今看来，正如上文说到他对历史研究对象历史客体的强调，尚未对历史主体做细论，他所阐述的史学理论，仍然着重于历史理论（即历史学家对历史发展客观进程的认知），而未及深入探讨史学理论（狭义的，即历史学家对历史学这门学科自身的认知）。如果他计划中的"十论书"由构想化为现实，那就全面了，但历史从来没有"如果"一说。对此，上文所议，也可适用在这里。无论如何，他在这方面的论述，应当在中国马克思主义理论建设的史册上留下浓重的一笔。

其三，由《论历史研究的对象》联想到西方马克思主义史学，尤其是它的代表人物E. P. 汤普森。放开眼界，从横向来看，中国的马克思主义史学在20世纪五六十年代，虽一度深受苏版马克思主义史学的影响，但在改革开放的年代里，革故鼎新，一边吸纳中国传统文化的精华，一边借鉴现当代域外史学界注目的成就，走上了一条能体现自身特色的新路，从刘大年1985年率团出席第十六届国际历史科学大会的良好反响，足可证明。

刘大年自1978年至20世纪末在史坛上的留影，也正是西方马克思主义史学兴起且出彩的年代。据我个人考察，刘大年与E. P. 汤普森，这一中一西的马克思主义历史学家，真有惊人的相似之处：他们那种对现实的关注，以天下为己任的崇高情怀，竟如此相同；刘大年在抗日战争中当过一年多八路军战士，在前线抗击日本法西斯，是个被张海鹏称之为"战士型的学者、学者型的战士"。无独有偶，E. P. 汤普森也在"二战"中"投笔从戎"，走上前线，当过三年战士，抗击德意法西斯，也是个"战士型的学者、学者型的战士"；他们两位对马克思及其唯物史观的守望，更是如出一辙，语境亦然。且看：1992年3月4日，这位英国马克思主义历史学家E. P. 汤普森，已沉疴缠身，但仍抱病接受了中国学者刘为的访问，声言："我仍然坚持历史唯物主义！"不久，他就与世长辞，留下的这句铮铮之言已超越时空，与十年后，即1999年9月24日刘大年的声音合拍，响遏行云，在历史的长空中久久回荡……

行文至此，时已深夜。我搁下笔，在阳台上观察初秋的夜色。夜已阑，望星空，只见在马克思主义史学的星座里，群星闪耀，我们找到了守望者E. P. 汤普森，也找到了守望者刘大年……

（原载《近代史研究》2015年第1期）

桥梁：写在第二十二届国际历史科学大会开幕倒计时一周年之际*

令世人注目，尤令中外史学界共同关注的济南第22届国际历史科学大会，距开幕已进入倒计时，它渐渐向我们走来。值此百年一遇之际，作为一名中国历史学者，我浮想联翩，遥望明年八月全球历史学家们将相遇在齐鲁大地，汇聚在山东济南时的盛况，即草成小诗一首，半是遐想，半是期待，于是题名《盼望》，以抒发我此刻的心境。

---

* 本文有关国际历史科学大会的历史，参见《中国历史评论》已刊发的郑群教授的文章。关于2012年9月5日国际史学会执行局的《第22届国际历史科学大会议题公告》《区域文化与齐鲁文明国际学术讨论会》会议综述，均参见崔华杰博士文，刊《中国历史评论》第一、第四辑。特此昭示，深表谢忱！

盼 望

浮云流逝去无踪，
百年一遇终相逢。
大明湖畔溶溶月，
千佛山下淡淡风。
儒林才子论今古，
史苑名流话西东。
喜看赤县万木秀，
寻梦瀛寰向大同。

有了这首《盼望》，因而就引发出来这篇文章，并借此预祝大会取得成功。

一 国际历史科学大会的"前世"与"今生"

国际历史科学大会被誉为"历史学的奥林匹克"，从1900年在巴黎召开第一届国际历史科学大会开始，迄今已经历了114年，共二十一届大会。学界通常以19世纪末20世纪初发生在德国的新旧史学之争为界标，开启了现当代西方史学之历程，这自然是不错的。但我以为，1900年召开的国际历史科学大会却可视为西方史学转折的新路标。回顾与了解国际历史科学大会百余年历史，的确可以让人们看到现当代西方史学发展变化的历史轨迹，并由此映照悠长的西方史学史。

国际历史科学大会发端于欧洲，它的发展历程无不受到西方文化的熏陶，故在相当长的一段时间，它与西方史学相向而行。20世纪前期（1900—1950）是它的创立时期，其时举办地不出欧洲，而会议主题多是政治军事史，为欧洲的国家史与民族史，深受西方传统史学的影响，并烙上了"欧洲中心论"的印记。其间又发生了两次世界性大战，每五年一届的大会就很难正常举行，这一时期的国际历史科学大会，还是地区性的，说不上是一个名实相符的"国际性"会议，这一时段可称之为"草创阶段"。从第九届巴黎大会至第十七届马德里大会（1950—1990），这四十年召开了九届国际历史科学大会。从各届大会的情况来看，国际史学发生了明显而又重大的变化：从内在而言，由于史学自身的变革，现当代西方新史学不断发展壮大，如日中天；从外在而言，苏版的马克思主义史学曾一度称雄（第十三届在莫斯科举行，出席者3 305人，可谓盛况空前），从80年代开始，在会上也听到了中国历史学家的声音，尽管这种声音还很微弱，但从此开通了东西方史学之间交流的渠道。1995年在加拿大蒙特利尔举行第十八届大会，由此开始，国际历史科学大会步入了"国际化时期"，举办地已"跳出欧洲"，延及北美，扩至亚太，直至第二十二届落户在中国济南。更主要的是每届大会在议题的设置上，彰显出史学国际化的趋势，它对各国各地区史学的发展及其影响力也在不断扩大。

进而言之，了解国际历史科学大会的"前世"与"今生"，对中国历史学家而言，犹如为我们开启了一扇窗，从这扇窗不仅可以瞭望到西方乃至世界各国史学的发展变化，而且还可以为中外史学交流搭建一座桥梁，这对志在快步走向世界的中国历史学家们来说，其非凡意义是不言而喻的。

二 中国历史学家的不了情

国际历史科学大会与中国之关系，在现代中外史学交流史上，写下了浓重的篇章。回溯这段历史，可以见到域外史学之绚烂，凸显现当代国际社会之纷繁，由"他者"而可窥探现代中国史学之业绩、之变革、之坎坷，虽则它只是一个缩影。

其实，国际历史科学大会在最初的二十多年里的流程，乃是西方历史学家的"自娱自乐"，谈不上对外部世界有多大的影响。然当风起于青蘋之末，就引发了国人的关注，最早是报人黄节对第三届大会（1908年，柏林）的报道，次之是1923年《史地学报》对第五届大会（1923年，布鲁塞尔）的报道，再后是1928年国际历史科学委员会（1926年成立，是大会闭幕后的常设机构，运作各项活动，简称"国际史学会"），邀请我国参加是年8月在挪威奥斯陆召开的第六届大会，但当时中国有关方面的回答是"暂不派人出席"，将要打开的这扇窗又被关上了。

然而时机来了。1936年末，时任国际史学会主席田波烈（现通译为哈罗德·泰姆普利）应邀来访，其行务实，其言恳切，他的"中国应带着复兴的民族文化面向世界"与"走向世界"，感动了中国史学界，并促成胡适临危受命，于1938年8月参加了在瑞士苏黎世召开的第八届国际历史科学大会,在会上他报告了提交给大会的论文《新发现的关于中国历史的材料》,首次让西方学者听到了中国历史学家的声音。随之,国际史学会开会通过并接纳中国为新会员。关于此次胡适与会,在学界诸多的胡适研究论著中,均未置一字。这虽是一页被尘封的历史,在中西史学交流史上,尤其是国际历史科学大会与中国关系史上,却很重要,不可遗忘。

此后,国际历史科学大会因"二战"全面爆发而暂停,直至1948年国际史学会才重新恢复活动。与此同时,中国因战乱而与国际史学会失联,遑论参加这之后的大会了。1949年中华人民共和国成立,现代中国史学"重新定向",苏联史学长驱直入,而对西方史学却采取了"封闭"与"排斥"的态度。然而,即使在这"闭关锁国"的年代里,中国历史学家与国际历史科学大会仍"藕断丝连",其关注度甚于民国时期。因而,"文革"一结束,中国历史学家即从封闭中走出去,走向世界,在1980年以观察员的身份参加第十五届在罗马尼亚布加勒斯特召开的国际历史科学大会,中断了四十二年之后又与之连接。

恰逢此时。1980年5月,国际史学会主席厄尔德曼应邀访华,他的"如果中国不是国际史学会的成员,国际史学会就失去了'国际'的意义"这番话,也再次让中国历史学家感受到四十多年前田波烈到访时的那般真情,这就迅速促成了1982年中国重新入会,1985年正式组团参加在联邦德国召开的第十六届国际历史科学大会。此后,在马德里、蒙特利尔、奥斯陆、悉尼、阿姆斯特丹，五年一次，在会上都可以见到中国史学家活跃的身影。与疏离告别，让沉默再见，在史学这座人类拥有的共同的精神家园里，借助国际历史科学大会这个平台，不分中外，难辨东西，取长补短，相互借鉴，总之，百花齐放，各显芳菲，借用厄尔德曼那部研究国际历史科学大会史的著作《走向史家之大同世界》之名，来彰显"国际历史科学大会"之重要性，"寻梦瀛寰向大同"庶几可矣。

三　中国史学家，准备好了吗？

倘若套用当今中央电视台正在热播的节目《中国汉字听写大会》之气场，或可在我们面前出现一幅超越时空对话的场景：

国际史学会："第二十二届国际历史科学大会在贵国济南举行，你们准备好了吗？"

中国史学家："准备好了，谢谢！"

国际史学会："请答题。"

是的，为第二十二届国际历史科学大会申办成功，中国交出了一份完美的答卷。申办成功后，中国史学会和承办地山东大学为会议的成功举办又做了大量而有成效的工作，从2012年9月5日国际史学会执行局已通过的《第22届国际历史科学大会议题公告》来看，知中国史学会已竭尽全力，在这届大会设置的各个环节中，我以为，关于中国的议题都可圈可点。开幕式的议题当有东道国主持，题名"自然与人类历史"，对当今人类共同关心的话题做出了正面的回应，应当说，首招相当出彩。接下来的四场"主题讨论"，首场是以中国史学会为主的"全球视野下的中国"，其视界宽宏又大气非凡，将会取得很好的效果。在接下的79个专题讨论等项目中，由中国史学会推荐，经国际史学会执行局遴选入会的中国项目有八个，真是精彩纷呈，可简列如下："东方与西方""第一次世界大战的反思""以宗教为窗口的古代研究""东亚传教士：介入与观念的发展""义和团战争在中国""世界展览会的历史研究""从马背到太空：技术进步与社会发展""古代社会中的年龄：时代和社会相互作用比较透视"等，这类议题既有传统又有前沿，兼具学术性与时代性，很有魅力，当是很能吸引与会者的。总之，在大会设置的各个环节中，中国无一缺席。进而言之，中国始终是大会的主角，不只是礼仪的而是有实际内容的，这从一个侧面显现了当代我国史学的成就以及深厚的史学底蕴。另，2013年10月在济南召开了"区域文化与齐鲁文明国际学术讨论会"，让国际史学会执行局亲临现场，真的做了一次"主考官"，"考试"结果是：中国历史学家用西文参加国际学术会议的能力、中国史学会与山东大学承办大型国际学术会议的能力，均为优秀。国际史学会秘书长弗兰克说道：山东大学显示了高超的会务组织能力，我的同人们感到由衷的高兴。

在此，需要补上一笔的是，为筹办济南第二十二届国际历史科学大会，特创办《中国历史评论》，刊发中国史和世界史的重要研究成果，尤其是该刊特设"国际历史科学大会"专栏，每期刊发与此相关的文章，据我个人孤陋寡闻所知，这在历届国际历史科学大会史上尚属首次。

如今,离大会开幕(2015年8月23日)已处于倒计时,机不可失,时不我待。盘点以往,规划未来,为了这届大会的圆满成功,作为东道国与举办地,还应当有许多的工作等待我们去做。由此说开去,"准备好了吗"不只是对会议的筹办人员,也是对整个中国历史学家的一次集体呼唤。这百年一遇、亚洲首次且意义重大的"历史学家的奥林匹克"在中国举行,能不引发世人,尤其是中国历史学家们的"集体兴奋"吗?为了让世界了解中国,进而了解中国文化和中国史学,中国历史学家们任重而道远。中国历史学家们,"准备好了吗"这一呼唤不仅回响在此次百年一遇的文化盛典中,而且将长久地回荡在中国历史学家的心中,这是中国历史学家的时代责任,更是中国历史学家的历史使命。

(原载《中国社会科学报》2014年9月15日)

求真之理念　通史之旨趣
——六卷本《西方史学通史》的脉络

一　写作进程

《西方史学通史》编纂之缘起，直接动因于"非典"肆虐的2003年之春，那时逼仄的环境，令人郁闷，但这并不能束缚学者学术创新的追求与思想自由的空间。此时，校系两级领导邀本书主编共商学科的发展大计后达成共识：发扬复旦历史系在西方史学史学科方面处于国内领先地位的传统优势，在原有成果的基础上，把西方史学史这一块做大，开拓创新，力争在这一领域取得新的突破。于是，编纂多卷本《西方史学通史》之动议，从提出、论证、实施，一步一步从构想化为现实。

实际上，编纂《西方史学通史》的源头可以追溯到五十年前中国西方史学史学科建设的先行者耿淡如先生，当时他受命主编

《外国史学史》，又提出"西方史学通史"之构想，因种种原因均未果，这成了他终生的遗憾。然而，学术薪火相传，五十年学统未断。2000年由耿淡如先生的弟子张广智主著的《西方史学史》，作为当时国家教委的"面向21世纪课程教材"出版，即被教育部历史学科教学指导委员会定为"推荐教材"，并荣获教育部全国普通高等院校优秀教材一等奖。

张广智主编的六卷本《西方史学通史》是在上述《西方史学史》的基础上，重新布局，精心筹划，力求从内容与形式、材料与写作、立论与阐释等方面有新的突破。后来《西方史学通史》被列为复旦大学"211"和"985"规划项目，还被列为国家新闻出版总署"十一五"规划重点图书，这就为全书的写作"保驾护航"。从2003年春日至2011年秋天，春华秋实，历时八年，终于成书，这既是对先辈遗愿的一种回应，也是对当代中国学界厚望的一份责任，一份担当。

二 内容特色

中国的西方史学史如果从李大钊1920年写作《史学思想史讲义》称之为发端以来，迄今已近百年。可以这样说，由国人写就的西方史学史，直至1983年郭圣铭《西方史学史概要》一书问世，晚近几十年来才取得了显著的进展。就我们视野所及，以西方史学史（或西方历史编纂学史）之名的单卷本，至今已出版十余种，当然是各有千秋，但未有多卷本写作之先例。事实上，在国外，多卷本的西方史学史作品也属空白，除了汤普森的《历史著作史》，布赖塞赫的《古代、中世纪及近现代史学》（英文版），布罗的《历史的历史：从远古到20世纪的历史书写》，伊格尔斯、王晴佳等著的《全球史：从18世纪至当代》等单卷本之外，至少在目前我们还不知道国内外有这种多卷本史学史的著作面世。

六卷本《西方史学通史》，开中国多卷本西方史学史编纂之先河。全书内容宏富，纵横结合，气度不凡，阐述了自"荷马时代"迄至现当代西方史学发展的历史进程。这一进程涵盖古代、中世纪、近代、现当代各阶段的具体情况和特征，它力图从历时性上揭示历史演变过程中西方史学的新陈代谢，从共时性上阐明时代和社会与西方史学发展演化之关系，格外关注西方著名历史学家、颇具影响的史学流派、重大的史学思潮与史学变革，尤留意西方史学思想的演变。在宏阔的西方文化背景中，展示了一幅幅令人难忘的史学画卷。

六卷本《西方史学通史》原创性与前沿性兼存，倘说"特色"，简言之，我们试图既不失全球视野，又不忘恪守自己的主体性，以中国学者的眼光，用现代汉语写作一部体现中国学者特色的多卷本西方史学史，在被视为西方人"世袭领地"的西方史学史这一领域里，让国际史坛听到中国学者的声音。我们努力学习，认真梳理、了解与阐释西方史学，在或彰或隐、或直接或间接、或自觉或不自觉中，体现出全书的"创新突破"，比如：

其一，我们力图用西方史学史上的"五次转折说"，阐述自"荷马时代"至现当代的西方史学。所谓西方史学史上的"五次转折说",是本书主编在20世纪90年代提出的,现已获得学界普遍认同与频繁引用。这"五次转折"即:公元前5世纪西方古典史学的创立、公元5世纪基督教神学史观的确立、14世纪开始的西方近代史学、19世纪末以来的西方新史学思潮、20世纪50年代前后现当代西方史学的发展与变化。六卷以上述"五次转折"为一根红线,贯穿在全书中,借以勾画出漫长的西方史学发展史。

其二,六卷本《西方史学通史》,既称"通史",就要从"通"字上努力。前辈史家严耕望先生提出的"圆而神"辅以"方以智"之说,最为我们所向往。我们追求的这种通史旨趣,首先体现在"通史精神"上,我们以"五次转折说"贯穿全书上下,力求通西方史学"古今之变"。其次体现在"通史体例"上,即不仅在纵向上要有一以贯之的精神("圆而神"),而且在横向上要努力做到史学与西方社会各个方面的联系与互动,这就是"方以智"。"分之而致其精,合之以观其通",这是我们锲而不舍的追求。

其三,我们力图从西方原典与原始文献出发,消化与解读,求真与探索,探幽索微,成就本书。这是六卷本《西方史学通史》各位作者始终贯彻的研究方法。全书参考与引用的资料,除已出版的中文本与中译本外,主要利用西文资料,从语种来说,主要有英语、德语,兼及古希腊语和拉丁语,各卷都附有参考文献和具体书目。全书研究方法,还体现出了当代学人学术研究方法的跨学科趋向。

其四,在写作上,六卷执笔者合力打造,又各施其才。为贯彻主编编纂之意图，全书经参与者反复斟酌，求同存异，各卷写作大纲都经大家讨论，各抒己见，充分发挥了集体的智慧。但在具体到各卷写作时，在立论、选材、结构、表述等方面，又都尊重各卷作者的意见。全书六卷，合则上下衔接，相得益彰，构成了一部内容丰赡的西方史学发展的历史长编；分则可独立成篇，显示各卷的学术特点和著者的个性。

三 社会影响

本书出版，激起了广泛的社会影响。

2012年3月17日，在上海举行了《西方史学通史》新书首发式暨学术研讨会，复旦大学校长杨玉良，及瞿林东、李剑鸣、杨共乐、熊月之、朱政惠等知名教授数十人与会，与会者高度评价本书的学术价值，充分评估该书对中国的西方史学史研究和学科发展的重大影响。

上海《解放日报》（2012年3月18日）率先在头版显著位置刊发消息，称该书"填补了中国在此领域的空白"。接着在《中国社会科学报》（2012年3月21日）、上海《社会科学报》（2012年3月29日）、《中华读书报》（2012年4月4日）头版头条、《文汇读书周报》（2012年3月23日）头版等相继刊发报道和文章，称"中国人在西方史学史领域内有了自己的话语权"。《复旦学报》、核心期刊《史学理论与史学史学刊》（2011年卷），发表了专文，题为《开中国多卷本西方史学史编纂之先河》，说此书出版"意义重大，影响深远"。

还需说及的一点是，本书初版2 100册，问世后近半年即告售罄，迅即加印，以供读者所需，由此也从一个侧面反映了本书的社会影响。

中国的西方史学史已走过了近百年历程，从最初译介、转述，如今已进入到一个新阶段，那就是深化、创新。六卷本《西方史学通史》为此而做出了尝试，在可以预见的未来，可望成为这一领域的重要参考著作，并为促进今后中国的西方史学史研究推波助澜，更为推动我国的西方史学史的学科建设略尽绵薄之力。

（写于2013年）

无花果树下

母亲老了,她曾用双手点亮一片星空,映照无花果树下的平凡的世界,也温暖着儿女们的心。

寻井记

小文所说的"井",具体地是指苏州九如巷张家老宅中的那口百年老井。

苏州,因唐代诗人张继的"姑苏城外寒山寺,夜半钟声到客船"这一名篇而享誉古今;因荟萃中国古典园林之精华的园林群(比如拙政园),吸引了万千中外游客,遑论虎丘的塔影。不过,我对这座古城的了解,却因为在20世纪50年代的《萌芽》杂志上,读了陆文夫的成名作《小巷深处》,这时我还是一个初中学生。在复旦历史系念大二时,我又读到了文夫先生刊发在《中国青年报》上的佳作——《苏州漫步》,他在文章一开头就说:"我喜爱苏州,特别喜爱它那恬静的小巷……它整洁幽深,曲折多变,巷中都有弹石铺路;庭院的深处,这里、那里传出织机的响声……"

我也喜爱苏州,不只是它的名胜古迹,还因为喜爱"它那恬静的小巷";我喜爱苏州,近来更是为了寻找九如巷,寻找九如巷张家老宅中的那口老井。又从报上闻知,那口百年老井的守护人95岁的张寰和(张家十姐弟中列位九,男系位五)亦于去年11月21日过世,世代绵延,潮起潮落,时光好像在催我去那里探访。

九如巷在哪里?我不知道。吾妻是苏州人,从小在那里长大,但从读大学时就一直住在沪上,是个"上海人",故我问她,她说"弗晓得"(吴语,即"不知道")。乙未之春,正是"暮春三月,江南草长,杂花生树,群莺乱飞",那是姑苏一年中景色最好的时候。是时,我与妻去苏州寻亲访友,也为了去寻访九如巷。到了苏州后,我马上就问妻的兄嫂,他们是苏州人,也回答我"弗晓得",我得自己寻找了。

我不太会认路,特别在异乡,更不必说那"曲折多变"的苏州小巷子了。一出家门就问:"九如巷在哪里?"那路人一脸茫然,操着标准的普通话回说"不知道",一听就知道他是个外乡人,我问错了对象。接着我看准一位疑似苏州当地的老妇人问,她说"弗晓得",是个苏州人,但不知。在浑然中,我走过一家医院门口,见有三轮车,便问车夫,他即与另一位年长者嘀咕了几句后,便说"上车"。

我坐上了三轮,一路回想:张家十姐弟,特别是四姐妹(即元和、允和、兆和、充和)其知名度一点也不亚于众所周知的"宋氏三姐妹"。她们于1907年至1914年间出生,个个兰心蕙质、才华横溢,分别嫁给了四位风雅名士:昆曲名家顾传玠、语言学家周有光、文学家沈从文、美籍汉学家傅汉思。叶圣陶先生曾说过:"九如巷张家的四个才女,谁娶了她们都会幸福一辈子。"这不啻是"民国奇葩"、文坛佳话,更是时代与社会变迁的一个缩影……

"到了!"车夫一声唤,打断了我的遐想。走进巷内,果然"恬静""幽深",不过再也听不到那织机的响声了。我问一位穿过巷内的年轻人,他不清楚这里发生的故事,结果被正在二楼晾衣裳的一位大嫂听到了,她朝东一指,说在3号。往右一拐,我没走几步,就找到了。开门迎客的正是张寰和的夫人周孝华女士,她接踵夫君,如今成了九如巷那口老井的真正守护人。甫一见面,看她举止文雅,优娴贞静,神清气爽,完全不像一位年已八十有五的老人。

一座长方形的院落呈现在我面前:花木扶疏,满园春色,东端的那口老井,西侧的无花果树,尤为引人注目。

我望着瓷杯,只见杯内茶色碧绿清澈,喝了一口,口感鲜醇甘厚,齿颊生香,余味无尽矣。这茶自然是中国名茶、苏州特产的碧螺春。这茶水想必是那口井的吧?于是我就问周老师(孝华女士退休前是苏二中的生物教师)。

"正是这口百年老井的水。我们从寿宁弄搬到这里时就有了,虽历经沧桑,但国家没在这儿建厂,故老井未遭污染。井很深,用石头铺砌,外层铺上细沙,井内有泉眼,水微微地溢出,故水清澈,现在我们喝的都是这口井的水。"她感叹地说,"我们的先人真是有眼光啊,购置了这块风水宝地。"

说到先人我又想到，张家十姐弟，出生于合肥大家，曾祖张树声乃淮军名将。父亲张武龄是民国著名教育家，1912年张家从合肥迁到上海，在上海住了5年，又迁往苏州。1920年前后，他们先住在吉庆街寿宁弄8号，后来就搬到了九如巷，创办了乐益女中，1948年父亡后由子张寰和接班，直至归隐，这是后话。话说张家四姐妹，在30年代初，同住九如巷，同饮那口老井的水，合办了一本家庭刊物《水》，自写、自印、自看，真是美不自禁，度过了一段美好的日子。

我未暇多想，又问周老师："张家的四位夫婿都喝过这口井的水吗？"

"喝过，每位都喝过。"

"充和的丈夫、犹太裔美籍汉学家傅汉思呢？"

"也喝过，那是1948年11月，充和和汉思在北平完婚后，回苏州九如巷小住度蜜月，小两口同饮一井水，第二年初他们就去了美国。"

"不过，1976年沈从文夫妇来九如巷，给我的印象最深刻，从文与兆和住的时间也最长，我与寰和陪他们逛观前街、游拙政园、淘旧书、登天平山，还一起去了趟黄山，真是尽兴啊！"

周老师又说："'文革'后，元和与充和从美国归来，他们四姐妹在北京团聚过，那是1986年的事。"

记得张充和早年有诗云："十分冷淡存知己，一曲微茫度此生。"这里的"曲"，当然指的是昆曲，异邦哪有知音，这诗透示的分明是"乡关何处"的惆怅。"名闻兰苑"的姐妹，无时不在思念那姑苏的云，那九如巷的水。元和在美过世后，独处异域的充和，"乡愁"更浓了。可叹一百〇二岁的张充和也于今年6月18日仙逝，顿时引发我们的深深怀念，追忆她那白发绾髻的淡雅风韵，追忆她那曲折迤逦的人生，当闻知充和生前曾想回苏州张家老宅定居、重饮九如巷的水时，令人不胜唏嘘。悲夫，造化无情，难遂人愿啊！

时近中午，我起身告辞。临行前，用手机拍照：与周老师，与孝华女士之子，尤与那口老井，都留了影。周老师足足长我十岁，但身体还如此硬朗，耳聪目明，与老态疏远，与龙钟无缘，跟我交谈，对答如流，这不由让我感叹："这九如巷古井的水，真利于健康，延年益寿呀！"周老师听后顿时笑了起来："我们家院子有两宝：一是那棵无花果树，一到成熟的季节，巷内邻居都来索食，据说无花果可以防癌；另一就是这百年老井的水了，我家小辈曾做过一个试验，用过滤器滤水，不多久自来水早就积了一层渣在纱网上，而老井水滤过的网却仍原样。"正是做午饭的时候，阿姨在打井水，周老师从水桶里舀了半杯水给我，说可以生饮，我一饮而尽，连声道：好水，好水啊！

不过，我却由此想开去，蓦然在我脑海中迸出"意象"一词。何谓"意象"，用西儒帕莱恩之说，那就是说的一种"心灵的图画"。我寻找的实地九如巷，到过后觉得其实并不难找，十梓街拐进五卅路，左边第一条巷子就是；但我还要寻找那"心灵图画"的九如巷，因为那口百年老井连接着现代的文脉，更与文化传承相融通，这种"意象"或许会出现在作家沈从文们的笔下,或张充和的"一曲微茫"的梦乡中,因为充和说过,她最喜欢故乡的这口老井。

我喜爱苏州,我喜爱苏州的小巷,喜爱九如巷张家老宅中的那口百年老井,但更喜爱寻找它那恬静与幽深背后的故事。

(原载《人民日报·大地》2015年10月14日)

无花果树下

最近，随着新的静安区诞生，闸北区已悄然消失了。我虽出生在乡下，但我的青少年时代，人生中的一段难忘的岁月，却是在上海闸北区度过的。前几天，我路过闸北区（噢，现在应当叫静安区了），特在中兴路与公兴路的拐角处停了下来，放眼望去，如今，此地新工房鳞次栉比，早已不见当年我老家的踪影，但儿时在老屋中的故事，却情不自禁地在脑海中翻腾起来，然让我首先想起的却是一棵树，一棵无花果树，它就是我要寻找的"心灵的图画"。

且把时空切换到20世纪40年代的上海。黄浦江，十六铺码头，嘈杂的人群。抗战胜利后，父母来上海打工，就带着我和大妹一起到了申城。我家在闸北落户，住在北火车站附近。这里被视为沪上的"下只角"，穷街陋巷，房屋多为平房板屋，住着劳工阶层。我家老屋也是板木结构的，阁楼上要住人，但腰却挺不直，甚是逼仄,唯一算得上阔气一点的,就是屋后那个院子了,小时候在这里做功课、嬉戏玩耍,那可是我们童年时的乐园啊。

其实,这个院子很小,只有十来个平方米吧,初来时是一块空地,杂草丛生,瓦砾遍地,父母对这个小院做了一番改造,用捡来的碎砖铺地,南侧与西侧用竹片编织成墙,另辟出西南一角,换土施肥,栽葱种蒜,不久,小院有了一点生气。一天,西风乍起,已是深秋时分,天已黑了,寒风吹拂起母亲那单薄的衣衫,昏暗的路灯映照着她急匆匆的步影。母亲从家到工厂,要走一个多钟点,全程步行,那时也无公交车可乘。一进门,就唤我接过她手中的一包东西,打开一看,原来是一株树苗。

母亲兴奋地对我们说:"这是一株无花果幼树苗啊。"又道:"是厂里的一位小姐妹给我的,她说她家的无花果树长大了,已到结果子的时候,果肉甜甜糯糯的,吃口真好。"说罢,她从包里捡出几个无花果给大家分尝,剥开黄褐色的果皮,红色的果肉诱人,一口把它吃了,味甜而带清香,味道真是不错。

晚饭后,母亲借着月光就在院子的西南角栽下这棵无花果树苗,压土浇水,半是自语,半是隐言:"让它快点长大吧。"

是的,母亲确是悉心照料这棵幼树,每天下班后,赶着做晚饭,间歇时还要到院子里看望,不时松土浇水,修枝剪叶,总要为它做点什么,小树长势喜人,很快地就要赶上我们的身高了。自种下这棵无花果树后,小院显得亮丽了。我们围在小桌上做作业,有时又望着小树遐想,就这样,我们与这棵无花果树一起在成长……

我们兄妹五人，吃饭穿衣，开销很大，加上父亲患头痛的病，无钱求医，只好熬着，但全家得靠母亲一人的收入维持生计，有时还要向亲友借点钱，甚至有时母亲还要接济比我家更穷的人，因而日子过得十分艰苦。我们挨饿虽还不至于，但母亲每顿顶多只有六分饱吧，如今对富足的人来说益于养生，但对那时劳动者而言却是活受罪。母亲在当时沪上著名的亚浦耳灯泡厂工作，是轧丝工，即轧灯泡里的钨丝，那是个技术活，且需眼力；后来，年龄渐长，眼力不济，改做最后一道工序的检验工，是该厂的巧匠，奖状贴满了墙。日子过得虽艰辛，然而，母亲总是乐呵呵的，她的乐观来自希望。20世纪50年代初，广大劳动者对新生的共和国充满了希望，觉得有盼头，苦是暂时的，慢慢地总会好起来的。

母亲的乐观与信心，很大程度上还来自我们，她从一群儿女身上看到了希望。不过，在我们还不大懂事的时候，我们的希望倒很实际，那就是等待母亲的下班归来，好去接过她手中的拎包，争食母亲从工厂食堂里带来的"美食"，如花卷、馒头，偶尔还有肉馒头或豆沙馒头什么的。此刻，母亲却去小院子里小坐，清风徐来，无花果树叶微微摆动，好像与下班的母亲打招呼。

1959年，我考取了复旦大学历史系。儿子要上大学了，在当时棚户区居民中也还少见，在父母工友们眼里很是羡慕，自然让双亲感到高兴，但他们对名校什么的，全然不知，更何况那时的复旦也没有像如今那样名声显赫，成为沪上家长择校的标杆。其实，我的父母都没有受过系统教育，即便是初等的也没有。母亲念过一点书，识点字，但写不行。父亲曾在我祖父私塾里受教，念过一些儒家经典，识字比母亲多，但写也不行。因而，父母对我们念书的事，是不大操心的，何况也操心不了。故我上大学之择校、选专业，是自主的，而来自老师的影响则是主要的。依我当时的学习成绩，是想考北大的，母亲说家里穷，出远门要多花钱，于是，我便放弃了，后来就选了复旦。秋天，要去上学了，行李自然母亲早已为我准备好。临出家门，母亲去院子里，从无花果树上摘了几颗果子，揣在我口袋里，说到学校可以当水果吃，说真的，那时偶尔吃到苹果或生梨，当是一种奢侈。我记得，我是自个儿乘73路公共汽车赴校报到的。

上学后，学校的生活条件与学习环境要比家里好得多，我不像一般沪籍学生那样每周都回家，隔两三周才回家一次，探望父母，走进小院，也探望一下我家的那棵无花果树，我还真的牵挂着它呢！如今，它像我一样，也长大了：主干粗壮，远比我高，枝叶繁茂，掌状叶片，树冠开张，其姿优雅，不但结出可口的果子，自身也是很好看的风景。后来我在《圣经·新约全书》的《马太福音》等四福音书里，都读到记有无花果与耶稣的故事，知道此树很早就在地中海沿岸和中东地区种植了，相传唐朝时由波斯入华，这"洋果子"很快地"中国化"了，在华夏各地都生根结果，据说有八百多个品种，因为它的"平民色彩"，容易栽培，产量又高，食医两用，故深受国人欢迎。无花果分夏果与秋果，我家这棵是秋果，此时已进入盛果期。我摘了一颗品尝，当然与母亲那时携来的果子味道一样,醇厚甘甜,因为它们同属一个品种吧。

有一天,我从学校回到了家,一见母亲就说:"听讲从我家到杨浦平凉路厂区,有公交车了。妈,你年纪越来越大,上下班还是乘车吧。""是有公交车了。不过,两头都要走一段路,还不如我走路爽气。""妈,你走不动了啊。"看我着急,母亲平静地说:"只要你们念书好,妈就走得动!"我望了母亲良久,又看着越长越挺拔壮实的无花果树,无花果树一派生机。母亲老了,她曾用双手点亮一片星空,映照无花果树下的平凡的世界,也温暖着儿女们的心。

日月如梭,度尽劫波,终于迎来了春天。春风骀荡,吹拂在浦江两岸,吹在每个人的脸上。院外的声音,从嘈杂热闹到一片喧嚣,到复归平和,见证了时光的流逝,时代的变迁。院子里,在无花果树下,年迈的父母看着孙辈,孩子们像我们儿时一样吃着甜甜糯糯的果子,在院子里追逐游玩,我望着此情此景,却遥想不已:岁月留痕,老屋收藏了我们的记忆,而无花果树却目睹了我们的成长,它应该会从我们孩提时的伙伴,变成我们成年时的乡愁、老年时的思念吧?

然而,我们原先栖居的穷街,终于迎来了旧区改造的好时光,老屋拆了,院子平了,无花果树也毁了。但是,存在我意象中的"心灵的图画",却一直没有泯灭。

这一揖别,多么难分难舍。时代却在这种困苦中迈步,历史却在这种阵痛中前进,拭目远望,你看一排排楼宇大厦在废墟上拔地而起,新的家园繁花似锦,当不缺歌者。面对这时代的洪流,历史的脚步,我还想为我家那棵消失的无花果树歌唱,歌唱这城市故土上一直不会老去的情愫,歌唱那一种质朴无华,却能永远留驻在记忆中的馨香。

(原载《解放日报·朝花》2016年5月26日)

京华小记

丙申春日,有北国之旅。此行何为?去北京参加一个学术会议。时值江南"杂花生树,群莺乱飞"之际,京华也已入春,会议开了一天,干净利落,甚是成功。会外收获亦丰,特撷拾一二,略记如兹。

东厂胡同

我入住的旅店,已处王府井大街的北头了,穿越马路,对面就是东厂胡同:1号是中国社会科学院世界史研究所之所在,会就在那儿召开。

太阳渐升,发散着温暖和平的气息。天,蓝蓝的;风,软软的,完全不像作家梅娘笔下所描述的北京,"风扬着沙,沙随着风……"。走进院子里,墙沿的玉兰花树幽香扑面而来,特别抢眼。早春三月,正是玉兰花开的季节。这树在南方多见,不是吗?白玉兰就被上海人选为"市花",在北京,该是鲁迅称说的"寒凝大地发春华",遇见她那就弥足珍贵了。

这里的玉兰树,沿南墙一字排开,虽只三五棵而已,但如王安石咏石榴花时写下的"浓绿万枝红一点,动人春色不须多",那艳丽的花色诱人,也已成气候了吧。不过她开的是紫花,确切地说,是紫红色的。在一片绿意盎然中,一朵朵一簇簇的紫红色花,竞相绽放,芳香高雅,这让我想起申城的白玉兰。紫玉兰与白玉兰,同属木兰科,虽"一母所生",但脾性不一,色泽相异,各有丰姿。不管是白玉兰之洁白无瑕还是紫玉兰之高贵典雅,都是报春花。于是,我钦佩当年花匠的园艺理念和布局,在往常多风沙扑面的时令,正因为有这玉兰花,这优雅烂漫的紫玉兰花,以其美丽淡忘了风的狂野,以其高雅慰服了沙的肆虐。

"这真是首都三月难得的好天气啊!"北京友人说。

"还是贵所的紫玉兰为这早春添彩啊,这次会开得好,她也有一半功劳。"我说。

东厂胡同紫玉兰,乌衣巷口夕阳斜。走在小道上,渐行渐远,不由回想起明朝的那些事儿。永乐十八年(1420年),明成祖朱棣新设一个专事特务活动的官署以强王权,取名"东厂",地点就在这里,后又设"西厂",连同这之前设的"锦衣卫",合称"厂卫",无恶不作,声名狼藉,做尽了坏事,至清王朝时被废。在中华文明余晖的年代里,历史也有过这样的一个黑幕。日月风雨,如今这东厂悄然翻开了新的一页,一如紫玉兰花开。

《俄狄浦斯》

世上因缘巧合，常成为美谈。此次京华之行，个人就经历了一次，乐也。

这事还得回到1981年。是年《北京文艺》第九期刊登了我写的《大放异彩的古希腊戏剧》，文末这样说："古希腊戏剧是人类文化遗产的珍品，在世界戏剧史上写下了光辉的一页，它不属于一个民族，已成为全人类共同享受的一笔可贵的精神财富。"小文自然是"纸上谈兵"，遑论去雅典观剧，这当然是我这个"教书匠"在当时讲授古希腊历史文化时的副产品。事隔三十五年后的春日，竟在首都剧场切身体验到了它的"可贵"，感受到了它的"光辉"，那是因为在我参会之暇，恰值罗马尼亚锡比乌国家剧院，给北京观众带来了欧洲最具影响力的戏剧名作《俄狄浦斯》（据古希腊悲剧《俄狄浦斯王》改编），于是促成美事一桩。外国艺术家的演出自然十分成功，这得之于艺术家的精湛表演，但我更归之于古希腊戏剧的大放异彩，以及它留给后世的不朽魅力。

说到古希腊的悲剧，总与埃斯库罗斯、索福克勒斯和欧里庇得斯这三大家联系在一起，而索福克勒斯是"奥林帕斯山的宙斯"，在长达七十余年的创作生涯中，他一共写了130部作品，流传至今只有七部，其中以《俄狄浦斯王》和《安提戈涅》最能反映他的才华。古希腊悲剧之源头飘浮在神话世界周围，《俄狄浦斯王》也是如此。在汉语世界里，俄狄浦斯杀父娶母的故事，已经流传得久远了，因而为许多人所熟知。故事在演绎着，在执着与命运的抗争中,当一切真相都大白于天下时,俄狄浦斯大声哀叹:"哎呀!哎呀!一切都应验了!天光呀,我现在向你看最后一眼!我成了不应当生我的父母的儿子,娶了不应当娶的母亲,杀了不应当杀的父亲。"然后举起他母亲的金别针,朝自己的眼珠刺去,在放逐中挣扎,在痛苦中残存……这是对人们心灵的拷问与震撼,在相信神和命运与人的独立自主的悖论中,此剧如同一面镜子,让人们在重温德尔菲神庙"认识你自己"的箴言时,将人的悲剧,在悠悠千古之恨的悲哀中,化作了生命的赞歌,充满着浓浓的人文情怀。

这或许就是古希腊悲剧独特的和不可替代的思想和艺术上的意义,值得观众结合自身的人生体验和审美情趣去认知,当年胡风的"精神奴役创伤"之论,或许可在《俄狄浦斯》那里获得艺术上的印证。

步出剧院,我发现了观此剧的许多不同肤色的外国人,在中外观众合流的过道上,俨然是一道亮丽的风景线。于是,我又想到三十五年前那篇小文结尾时的话,不就是现今常用的"越是民族的,就越是世界的",比如《俄狄浦斯》的请进来,中国昆曲《牡丹亭》的走出去,都在尽现民族性的璀璨中,闪烁出世界主义的光芒,这不是一种值得世人期盼的文化景观吗!

老舍纪念馆

从东厂胡同南拐转弯,没多久就到了丰盛胡同,再径直南行百来步，已近灯市口大街，到10号便是"老舍纪念馆"了。这纪念馆与故居是合一的，从1950年至1966年先生在这里整整居住了十六年。

这是一所普通的四合院，与北京常见的四合院没什么不同，进得院子，颇为显眼的是两棵柿树。室内展厅按原样陈列，书桌上放着他生前用过的眼镜、钢笔，右侧的茶杯，左侧墙上的字画，还有床上的扑克牌等，图书、照片、手稿等悉数按序展览，细致而又讲究。我在他长篇小说《四世同堂》手稿玻璃柜前驻足、弯腰、细看，遐想不已。这位中国现代著名作家，文学遗产甚丰，为中国现代文学做出了不可磨灭的贡献，从《骆驼祥子》到《四世同堂》，从《龙须沟》到《茶馆》，无不显示作者那一以贯之的写人民、写人民大众的创作导向，尤其是对处于社会底层的劳苦大众的深切关怀，渗透到他作品中的每一个词句里，处处闪烁着耀眼的人道主义光芒，1951年北京市人民政府授予他"人民艺术家"的桂冠当是实至名归，倘无1966年6月开始的那场风暴，他也就不会在太平湖殉难，那么，老舍先生于文坛的光与热，又怎么会戛然而止？

走出展厅，见院子里来了不少孩子，他们在柿树和老舍雕像前聚合，听老师讲老舍的故事。闭了眼，我仿佛看到深秋时节，那鲜红的柿子缀满枝头，因而故居就有了"丹柿小院"之雅称。倘若今秋再来京，我一定要再去看一看丰盛胡同10号院子里的那两棵柿树和枝头上的柿子，再去仔细看一看摆放在那儿的手稿和遗物……

走到院外,隐约传来了乐声,由远渐近,悦耳动听:

千里刀光影,
仇恨燃九城。
月圆之夜人不归,
花香之地无和平。
一腔无声血,
万缕慈母情。
为雪国耻身先去,
重整河山待后生!

这不是据先生长篇小说《四世同堂》改编的同名电视连续剧的主题歌吗?骆玉笙的演唱大气磅礴,气吞山河,令人刻骨铭心。

夜,入梦了。日有所行,夜有所梦,我梦见了东厂胡同的紫玉兰、刺瞎双眼的俄狄浦斯,最后还梦见了老舍,他坐在首都剧场的观众席上,观看北京人艺演出他的《茶馆》,好像还生活在我们中间,正如巴金所言,"我们都爱你,没有人会忘记你,你要在中国人民中间永远地活下去"。

(原载《解放日报·朝花》2016年7月28日)

庞贝吟

浮云潭影日悠悠，几度夕阳几度秋。罗马子民今安在？萨尔诺河枉自流。

萨尔诺河之于你，就像台伯河之于罗马，黄浦江之于上海。不管怎么说，上列这首小诗是为你而写的。岁月匆匆，物换星移，弹指一挥间，你已经离开人世一千九百三十七年了。年代久远矣！但人们还记得公元79年8月24日那一天，维苏威火山突然爆发那惊天动地的一幕：是日晨事发，天色渐暗，乌云压地，直至中午时分咆哮起来，火山灰纷下，浮石雹飞泻，大雨和着地震，恐怖伴着尖叫，你迅即被埋在地下，约有两千余人同归于难，占当时你人口的十分之一。惊天地，泣鬼神，这是震惊当时罗马帝国乃至古代世界的一场浩劫。

那时，你还未建立户籍制，伴你死亡的两千子民，我们还不知道他们的名字。迄今为止，我们只知晓一个人，他叫老普林尼，古代世界卓越的科学家，三十七卷《自然史》的作者。这归功于他的外甥、文学家小普林尼写给历史学家塔西陀的两封信函。在信中，他对当时的情景做了真实的描写，说白天"比最昏黑的黑夜还要昏黑"，"不断的强烈地震使房屋好像离开了地基"，逃命的人"把枕头顶在头上，用毛巾捆住，以防被石雨砸伤……"就这样，当时忙于指挥救灾的老普林尼被浓密的火山气体窒息而亡，小普林尼在信中写道："人们找到了他的遗体，完整无损，穿着原先的衣服，更像睡着，而不是已经死去。"在现存的有关你毁灭的史料中，这是唯一的直接文字材料，弥足珍贵。也因此，世人在记住了你的同时，也记住了他的名字，不只是因为他的科学家的声誉，而是他亲赴灾区现场指挥救灾而以身殉职，那崇高的人道主义精神光芒四射，永照后世，令人敬仰。

你也曾经璀璨，曾经绚烂，一如小普林尼以亲历所见赞美你"无比秀丽"；一如后来歌德来这里参观遗址，浏览屋宇后说"望之赏心悦目"。然而，人们尚不知道你的生日，只能约略地说，在公元前8世纪前后，你的祖先已栖居在一个靠海的小渔村，奥斯坎人和萨姆奈人是你的先祖，先民的质朴和勇敢融汇在你的血液中，加之外来的希腊文化的滋润，你很快地长大了，长大到竟敢与勃兴的罗马人的东征相抗衡，于是发生了长达半个多世纪的战事，史称"萨姆奈战争"，后你终臣服于罗马人的武力，成为罗马帝国的"殖民地"，且很快地"罗马化"，并被纳入了罗马国家统一的管制下。积以时日，只见你街道方正，屋宇栉比，商贾云集，店铺林立，蔚为大气。且这里的气候凉爽宜居，研究你的西儒毛乌有这样的描写："树叶沙沙作响，鸟儿在飞，风在日落前平息。不久，树叶再次窃窃私语起来，轻柔的风吹来，抚慰着花园，整晚不停，伴你进入梦乡……"于是，罗马名士和有钱人便纷至沓来，在空地上建造别墅，说不定某日路人会邂逅小普林尼，某晚市民会聆听到西塞罗的演讲。你俨然成了罗马世界中位居"永恒之城"罗马之下，百城之上的"王者"，吸引了四面八方的游客。嗟夫！你却突遭劫难，毁于一旦，如此惨酷，能不叫人悲怆！

亡城之亡而后知亡也，这使我想起我国晚唐诗人杜牧在《阿房宫赋》中所言："秦人不暇自哀，而后人哀之，后人哀之而不鉴之，亦使后人而复哀后人也。"城与邦兴衰存亡同理，你之大难，倘"后人哀之而不鉴之"，其结果也只能是代代相哀，毫无意义。因此，重要的是，你的毁灭，后人不能只感于悲哀，更重要的是要勤于反思。一旦当璀璨化为阴影，绚烂变成黝黑，你向我们提出了如莎士比亚在悲剧《哈姆雷特》中的名句"生存还是毁灭？这是个问题"。人类在现代化进程中，当面临城市化所带来的种种挑战，如时下的"四面霾伏"，人们连呼吸一口新鲜空气都成了一种奢望时，当年老普林尼窒息而亡的惨状又隐现，摆在世人面前，仍是"生存还是毁灭？"对此，后人"哀之"，更要"鉴之"，换言之，即由坏事转化为好事，由悲怆移情为厚意。你的这种鉴世价值，亘古不移，这份历史遗产，将会代代相沿，将会对人类的生存做出难以泯灭的贡献。

己卯（公元79年为中国农历己卯年）之灾，把现实与历史接应；七九之难，把昨天和未来牵引。为了你的后事，不知惊动了多少人：考古学家忙于发掘，从你亡迄今不断，终于在19世纪末叶，你得以重见天日；历史学家求真探索，将你的遗址视为"尤价之宝",他们的研究成果足以见证古典世界的艺术特征,现存留的六千多件铭文,亦可引领人们窥探那时普通人的"平凡的世界";尤其是专治城市史的专家,对你做了细致入微的考察,得出的结果是公共建筑有列,市政管理有序,非常和谐,比如广场无车辆入口处,行人须步行,严格执行行车禁令等,这当然会令我们感慨,原来古人也早有"防堵良方"了;而那些文学艺术家们更是为你忙得不亦乐乎,早在20世纪50年代,就有意大利、西班牙和西德联合摄制的影片《末日庞贝》,进入新世纪尤甚,2003年有电影《庞贝古城最后一天》上映,2009年出版了英国作家罗伯特·哈里斯的小说《庞贝》,2014年上映了电影《启示录:庞贝》《庞贝末日:天火焚城》。文学家,尤其是电影艺术家,运用电影镜头,特别是精湛的现代3D技术,淋漓尽致地向世人展示你人生最后一天的情景,胆战心惊又刻骨铭心,让观众既看到了早已失去了的世界,也启人心智,引发思考,以唤醒人类的集体记忆,也就是人类生存与自然环境的紧密关联,以此回应莎翁的上述之问。你应该感谢他们,反之亦然。

啊,庞贝!两千罗马子民的英灵不散,魂牵亚平宁,梦萦东方人,我们会永远记住你,还要为你吟诵:你是一份呈奉给人类文明的集体礼物,你是一页贡献给世界历史的共同篇章。虽时光飞逝,然往事并不如烟,如此看来你的往昔也变得秀丽而悦目,昭著而辉煌,不凡而伟大。让老普林尼的献身精神永放光彩!让古城庞贝的历史灯塔照亮未来!

(原载《社会科学报》2016年4月21日)

敦煌：传唱千年的诗

今年春上，我去看了《敦煌：生灵的歌》展览，来自甘肃敦煌研究院的百余件展品，虽系临摹复制品，还是给申城观者以强烈的视觉冲击和美的体验。这"生灵的歌"，从我少时的幻想到老时的期盼，一直在我心头萦绕。然百闻不如一见，总有想亲自寻访的渴望。正当沪上八月暑天，我终于踏上了西行的步伐。

夜　色

记得香港中文大学校长、文化学者金耀基先生曾说讨："敦煌是我认为一生中不能不到的地方。"贤者此言，然也。现在，我来了，这里并不是我的故乡，却胜似故乡，是我心头的一座"精神家园"，是那"春风不度玉门关"的回望，是那"西出阳关无故人"的惆怅。

到了！敦煌火车站颇为壮观，是甘肃省第二大车站。进得候车大厅，一眼就看到大厅北侧电子牌座上的几行红字特别醒目，"首届丝绸之路敦煌国际文化博览会　倒计时36天　开幕时间：2016.9.20　永久会址：中国·敦煌"。一个多月后，将有"一带一路"的五十多个国家参会，这是文化的盛会，也是为推动"一带一路"建设、促进合作共赢开辟新渠道。届时在这里将会呈现出何等的光景，照耀着敦煌，辉映在中华。

步入城区，首先映入眼帘的是迎宾广场上的五个青铜飞天，姿态各异，飞舞的衣带，曼妙无比，还有那高达13.5米的"反弹琵琶"，它是这座城市的中心城标。

敦煌的夜色来得晚，七点多，在上海已是万家灯火了，但这里落日的余晖竟如此灿烂，于是便在大街上漫步。夜渐阑，街灯把个沙漠中的一块绿洲，装扮得如此绚丽辉煌。敦煌始建于汉代，原本是祁连山脚下的一块绿洲，山上的雪水源源不断地流入敦煌的母亲河——党河，冲击与滋养出了这一小块绿洲，因地处中西交通之要冲，这个小城渐渐成了古代丝绸之路的重镇，中西文化交流的通道。

夜渐深，灯更亮。已遐迩闻名的沙洲夜市，仍是一派热闹景象，市集上大多是来自各地的游客，还有不少外国人，人头攒动，生意不凡，有风味小吃，有土特产品，有枣梨瓜果……我在一家小店前驻足，几位游客正在挑选夜光杯，立马让我想起唐代王翰《凉州词》中的诗句："葡萄美酒夜光杯，欲饮琵琶马上催。醉卧沙场君莫笑，古来征战几人回！"以磅礴气势抒发悲壮之情，雄浑的盛唐诗风于此可见一斑。

在大街上漫步，已子夜时分了，路灯照在柏油路上，胡杨树上，游人脸上，这真是一个美丽的夜晚。想着明天一早还要去莫高窟，就回去了，晚上的梦注定是敦煌的夜色。

飞　天

心驰神往的莫高窟，如今，我真的来到了你的面前。

莫高窟俗称千佛洞，始建于前秦，历经十六国、北朝、隋、唐、五代、西夏、宋、元等朝代的兴建，在广袤的戈壁滩上建造了一座石窟艺术博物馆，有洞窟700多个，泥质彩塑2 000多尊，石窟四壁与天庭上壁的壁画，其面积竟有45 000平方米，是世界上现存规模最大、内容最丰的佛教艺术圣殿、历史瑰宝和人类优秀的文化遗产，1987年莫高窟被联合国教科文组织列为"世界文化遗产"。但这份我们祖上的历史遗产，从20世纪初以来，屡遭厄运，藏经洞的经卷、文书，一箱又一箱，一车又一车，被洋人劫走了，流散在海外，现藏于世界不同国家的博物馆。中国敦煌学的专家们，不得不从国外买回这些文献的胶卷，在艰难中钻研，在钻研中提升，取得了重大的进展。昔日，有日本学者曾扬言："敦煌在中国，敦煌学在日本！"听了这话，真叫人噎气。如今，在国人丰盛的研究成果面前，外国人终于也不得不承认："敦煌在中国，敦煌学也在中国！"

八月是旅游旺季，为参观莫高窟，得事先预约。按预定时间，导游率领我们一行人，从一窟走到另一窟，这里上坡，那里下坡，目不暇接，在这有限的时间里，游客只能看到最具代表性的几个石窟，从北魏至宋元，即便如此，也令参观者震撼，叩击着每个人的心灵。当年余秋雨先生观后写道："看莫高窟，不是看死了一千年的标本，而是看活了一千年的生命……一看就让你在心底惊呼，这才是人，这才是生命。"余氏之言大好。在这里，我们穿越一千年的历史隧道，经历的不只是一次美的巡礼，更是一次精神的洗礼，在传统与现代、历史与现实之间，架起了一座心灵沟通的桥梁。

说到莫高窟的飞天，立即使我联想起远近两件事：远的是，20世纪80年代初，甘肃艺术家们奉献的《丝路花雨》轰动全国，也风靡上海，尤对飞天的图像刻骨铭心，竟然成了剧名的简称，成了敦煌乃至甘肃的代名词；近的是，前些日子，我校中文系徐志啸先生来访，闻知他退而不休，业绩昭著，真为他高兴，老友临走时给了我一张名片，那第一行标出的是"甘肃省特聘飞天学者"，而"复旦大学教授、博士生导师"则居后，大名右边的"北大博士"几个字则更小了。在志啸君看来，"特聘飞天学者"的分量很重，因而他看重这个称号的荣耀。

我们跟着导游，一洞接一洞，洞洞有飞天，据统计有四千五百余身。飞天各异，婀娜多姿，彩衣飘扬，仿佛在蓝天白云中飘下的朵朵彩云，花雨缤纷，洒落在人间片片笑语。在这超越时空的画面上，散发出的华夏舞姿，具有永恒的世界性的魅力！

驼 铃

鸣沙山月牙泉，在莫高窟西边，相距很近，它们同处河西走廊西端，自汉代即为"敦煌八景"之一。鸣沙山怡性，月牙泉洗心，苍天有眼竟为大漠戈壁养了一对孪生姐妹，游人无论从山顶鸟瞰，还是在泉边遐想，都能体验到这"沙漠奇观"之胜景，给风沙以静谧，给泉水以清丽，令人心旷神怡也。

一进游区，游人如织，只见一队队驼群，五峰一组，由专人牵着绳索导行，各式人等骑在长毛飘飘的骆驼背上，高兴喜悦之情状，无以言表。我们一行十人，都是来自全国各高校的历史教师，一致赞成去加入这个骑骆驼的行列，十人正巧分成两组，前后照应，实际上另外九位，都在照应队伍中最年长的我。行至半途，让骆驼们也卧地休息一下，我们开始爬山，同道以为我不行，都劝我别玩，其实沿栈道登山，再借助底座竹片的木制小垫下滑，我都过关了，心想：自己实实在在地做了一次体能测试，报告的结果是及格。我自然乐不可支，当两组会合再次聚首骑上骆驼时，大家都高兴地欢呼起来，说要为张先生点赞！

又出发了！坐在驼背上，望着远方，大地宽阔无垠，我心中却遥想当年：驼群阵阵，首尾难见，听羌笛胡笳声声，驼铃悦耳动听，在大漠戈壁上，激起了经久不息的历史回音，成了古代丝绸之路兴旺畅达千年的一道风景。此刻，我浮想联翩，骑在驼背上作诗，以抒发这毕生难忘的敦煌之行。诗就题名为《驼铃》吧，小诗如下：

苍穹、夕阳、风沙

西出阳关

何处是我家

唯听驼铃声声

从远古走到当下

去纵览五洲风云

去描绘赤县彩霞

大漠无垠

前路漫漫

追逐先行者的足印再出发

悠悠千载

纵横万里

行囊中始终只装着一份

中国梦的牵挂

（原载《社会科学报》2016年10月13日）

修炼内功与巧借外力

写下这个题目时，我蓦然想起了一个发生在邈远年代中的故事：公元前12世纪，希腊联军攻打小亚细亚的特洛伊，十年不克，难分胜负，最终智者奥德修斯献"木马计"，说的是，希腊人置大木马于城外，佯装撤退，敌方中计把这"礼品"拖入城内，待至深夜，藏入木马中的希腊英雄潜出，与城外的希腊将士，里应外合，终于攻下这座城市。

"木马计"的神话故事离我们久矣，然一旦掸去附在它上面的尘埃，我们悟到的不完全是为了制胜而给敌方送礼物的妙喻，还另有隐匿其间的人类最初的哲思，即内力与外力相互联系与相互影响，由此规定了事物的性质及其发展变化。

在我看来，当代中国史学之进展，既需要依靠内力，也需要借助外力，史学上这对范畴之间的相互切合又相互影响，充分体现在现当代中国史学的发展历程中。不是吗？20世纪以降，具有悠久历史的中国传统史学，开始走出中世纪，艰难地然而终于走上了现代化史学的新路。这一过程，既是中国史学内在的革命性改造，也是外力，主要是西方史学的促动。换言之，一部现当代中国史学史，倘舍弃了与西方史学之间的关联与影响，那是难以想象的。因此，如何认识与应对西方史学，一直是现当代中国史学发展进程中需要正视的重大理论与实践的命题。

19世纪末以来的西方史学之东传，如波浪起伏，我以为有三次高潮，那就是发生在20世纪30年代前后、中国新时期（20世纪70年代末）以来与新世纪的第三次浪潮，在这过程中，西方史学作为一种外力，对中国史学无不产生或表层或潜在、或直接或间接、或短暂或持久的影响。这种影响，倘对中国史学"内在的革命性改造"而言，说它完全是积极的，或完全是消极的，都失之偏颇。检阅这百年来西方史学的东传史，我认为主要的经验教训集中在如何对待西方史学这一点上。历史陈示，当西方史学大步东来，国人之应对，或一概排斥（如在五六十年代），或全盘接受（如在80年代），这一"左"一"右"，像钟摆那样回荡着，现在还不能说，这种"钟摆现象"已中止，这值得我们认真去反思。

事实上，现当代西方史学，其所昭示的前瞻性与示范性，毋庸置疑，只要稍稍考察一下法国的年鉴史学、英国的马克思主义史学和美国的社会科学史学，就可于此略见一斑，这也是不争的事实。现在的问题是，面对西方史学，不可能阻止引进，反对借鉴，重要的倒是我们应当进一步了解与认识西方史学的历史、现状和它的未来,以增强引进的自觉性,克服借鉴的盲目性,这就是我们常说的,在引进与借鉴西方史学的过程中,绝不能迷失中国历史学家的"主体意识",恰如先贤冯桂芬在一百四十多年前所说,学外国应当是"始则师而法之,继则比而齐之,终则驾而上之",这种心态与气魄,亦应为当代中国史家所拥有。我在主编六卷本《西方史学通史》时,曾提出了"西方史学,中国眼光"一说,为同道所认可,也为学界所点赞,不管怎样,陋见可为上述"主体意识"做注。唯其如此,就不会轻易地为西方的某种"话语"所宰割,也不会任意地由他们的某种"新范式"所羁绊,因为有"中国眼光",不至于迷路,可与国际史学先进,相向而行,力争在某些领域先行,做个"领跑者"。

当代中国史学之路璀璨,前行中当然需要借助外力,然我之所求,未必是人之所予;人之所予,未必是我之所求,历史经验证明,"全盘西化"如同"全盘苏化"一样,于中国史学的进展,都是"此路不通",最根本的一条还是要"修炼内功",舍此,别无他途。目下的一件事,给我印象很深:除夕晚上,从电视中看到了五彩缤纷的焰火,蔚为壮观,是在上海黄浦江畔的外滩吗?不是,而是在哈德逊河上空。啊,美国纽约第一次为贺中国新年,在大年三十晚上做"焰火秀"。这令人惊艳的一幕,使我立刻想起了"内力"之重要。试问,若没有如今中国的和平崛起、综合国力的大幅提升,美国人会做这样的"脱手穷—放炮仗"之类的暇事吗?目睹此情此景,一种大国内在的自信与自豪感油然而生,这自信源于五千年文明的历史底蕴,这自豪出典于华夏儿女的伟大创造。

　　当下，中国史学走向世界的呼声，随中华民族伟大复兴的"中国梦"，不绝于耳，更凸显出"修炼内功"的紧迫与重要。"修炼内功"，实非一朝一夕，更非轻而易举。为此，当代中国史家还须做出不懈的努力，给世界奉献出能彰显当代中国史学个性与特色的学术精品，不只是祖上传下来的二十四史。这就是说，要涌现出当代的"司马迁"，方堪与当代"希罗多德"论古今，话东西。说到"努力"，借用20世纪60年代的流行语"经风雨，见世面"，然也。当代中国沐改革开放之雨露，浴大好时代之春风，为历史学家们"经风雨，见世面"创造了前所未有的有利条件。我这里只举一例，那就是今年8月就要在我国召开的中外史界共同关注的第二十二届国际历史科学大会。这百年一遇、首次在亚洲举办的"国际史学的奥林匹克"盛会，落户在具有悠久史学传统的文明古国，传统连绵现代，东方牵手西方，这将会碰撞出什么样的思想火花，值得世人期待。进而言之，这也将是中国历史学家"修炼内功"，让世界了解中国和中国史学的一次良机。在这生机飞扬的年代，让我们朝着这个目标前行，以开创当代中国史学的新篇章。

（原载《人民日报》2015年4月9日）

与大地母亲同命运

近来,北霾南下,侵袭申城。晨起,撩开窗帘,天色灰沉沉的。隔窗向外看,路上行人稀少,往远处一瞥,高耸的东方明珠消失了,空气似乎凝固了,偌大的一座城市被令人窒息的雾霾笼罩着,压得人们透不过气来,这让我蓦然记起英国历史学家阿诺德·汤因比在《人类与大地母亲》书中最后的一段话:"人类将会杀害大地母亲,抑或将使她得到拯救?如果滥用日益增长的技术力量,人类将置大地母亲于死地;如果克服了那导致自我毁灭的放肆的贪欲,人类则能够使她重返青春……",四十三年前汤氏的"惊世之言",振聋发聩,不无启迪,从而让世人陷入人与生存环境(即"大地母亲")之关联的深深忧虑,引发了我对史学之经世作用的反思。当面对气候变化、环境污染、水土流失、穷山秃岭等生存环境恶化的现状,尤其是国人当下面临的"四面霾伏"之困境、连呼吸一口清新空气都成了奢望时,历史学家应首先与社会共呼吸,与人类同命运,岂能坐视,要有担当,有所作为。

一方面,开展城市和城市史研究,当为时下中国历史学家责无旁贷的重要任务,这是史家的角色意识与所承担的社会责任使然。为此,分工中外历史研究的学者在这里可联手合二为一。西方史学界在这方面已得先机,早在20世纪60年代,就在美国和英国专门召开过城市史研究的学术会议,与此同时,"新马克思主义城市学"亦随之而起,史家汇智,共商应对西方现代化进程中城市化所带来的种种挑战,成就甚著。我国的城市和城市史研究虽起步较晚,但起点很高,这个新开辟的领域在近年竟呈勃发之势,不仅有相关的、定期举行的城市史学术研讨会,还出版了诸如"城市史译丛"等显示中外学界关于城市史研究成果的译著。在我看来,城市和城市史研究的成果,这对于古城的保护和新城的开发,可以史为鉴,建言献策,进而言之,更为后世寻求那失落的乡愁助力添彩。在这方面,历史学家虽不是万能的,但也绝不是无所作为的,专业史学工作者将大有用武之地,它或可另开新天地,为历史研究做出新的贡献。

另一方面,应普及和传播历史知识,这更是历史学家义不容辞的担当。须知,历史与国民的素质教育息息相关,一个遗忘或冷漠历史的民族是没有前途的,法国史家米什莱不早就有"历史是民族的史诗"的名言吗?当下,我以为要让克丽奥(史神)走向坊间,走向普通的民众。史学之经世,中外皆然。在这里,历史学家运用历史知识,为历史运动的实践提供历史智慧和历史经验,让人们重温过去,面对现实,展望未来,不是吗?"历史是人类最好的老师。"为此，专业史家应当把自己深入研究的学术成果，以深入浅出的形式传播给广大民众，向国人普及历史知识，比如当今让世人了解一点域外古今治理城市的历史经验，当是史家职责之应有之意和急迫任务。如著名的罗马庞贝古城于公元79年毁于维苏威火山大爆发，被火山灰掩埋，经后世考古学家发掘，街道房屋保存比较完整，被称为"天然的历史博物馆"。从庞贝古城可以看到，古代罗马时代的市政管理与公共空间建设已有规划，倘不按规行事，盲目建设，必铸大错。因为这关乎国家的安危与文明的兴衰。

我国在继1978年城市工作会议之后，时隔37年，于去年12月20日至21日，适时地召开了城市工作会议，对我国城市发展和建设工作做出了"顶层设计"，为当下的"城市病"开出了治本良方，这犹如一阵清风，吹散了人们心头的"雾霾"，消弭了当下城市"拯救还是毁灭"的疑虑和恐惧。让城市再现绿水青山，蓝天白云，"城市，让生活更美好"，指日可待矣。

至此，上文的汤氏之语，应接续引完："而人类的贪欲正在使伟大母亲的生命之果——包括人类在内的一切生命造物付出代价。何去何从，这就是今天人类所面临的斯芬克斯之谜。"倘要解开今天人类所面临的斯芬克斯之谜，何去何从，还是要依靠人类自己，在这当中尤其是历史学家应当肩负起他的社会责任，继承与弘扬为学术而献身的求真精神，与大地母亲同命运，为人类文明进步做奉献。

（原载《人民日报》2016年2月29日）

也谈散文
——以《近现代西方史家散文选》为例

暑天大热，夏日偷闲而有兴，翻阅近期刊发在《文汇读书周报》上有关散文的篇什，先看到的是周报记者朱自奋采访散文家龚静的一篇"报告文学"（第1522期），次是拜读了柳鸣九先生的大作《散文的疆界在哪里？》（第1523期），后又见鲍鹏山先生那篇精粹的短论《穆涛的散文》（第1524期），从龚静到鲍文竟是连续三期刊发，谈的主题都是散文。我兴味盎然地读罢，自然会让我联想到三年前，笔者以历史学者的身份，涉足散文，应邀编过一本书——《历史学家的人文情怀——近现代西方史家散文选》（北京师范大学出版社2011年版，以下简称《西方史家散文选》）。书出版后，社会反响不错，销售业绩也不俗，真令我感叹：文学的影响，散文的魅力，也令我这个多年从事历史学的人感到羞愧。

囿于专业的领域（我从事西方史学史），多年来我是习惯写

"高头讲章"的人，自拙编《西方史家散文选》成功后，对散文的乐趣倍增，在当时萌生的如孟德斯鸠在《论趣味》中所说的"惊讶的快乐"，一直延伸到现在，当然会对上述华文的卓见绝识，诸如散文之疆界、之功能、之写作等话题，引发兴趣，正如龚静所言，那是一种"共鸣"，一种"相互的滋润"。不过有一点可以肯定，小文意在以拙编《西方史家散文选》为例，在学习时贤俊彦之高论后，谈一点对散文的愚见，既想让大家分享个人编书之心得，也跨界文学说上几句，凑个热闹，虽则个人于散文不通，于文学惘然。

什么是散文？换言之，散文的疆界在哪里？柳氏的回答是："在文学世界的版图上，除了诗的王国外，剩下的就是散文的莽原了。'散文世界'的幅员真是何等辽阔！"读此言，想起了前辈散文大家柯灵的"散文观"，他说散文的领域，时空无限；散文触角，巨细不捐；散文世界，百态并陈；这给读者提供了多维的欣赏空间。两者表述虽异，但对什么是散文的理解却是同调。今再读《西方史家散文选》，窃以为拙编也是与此见合拍的。

且看《西方史家散文选》，选限始于文艺复兴，迄于当下，在广阔无垠的历史长河中，筛选出三十八位史家的散文，以他们的人文情怀为主旨，在这"散文的莽原"世界里，我们可浏览或观赏到：或浓墨重彩的历史叙事，或轻松活泼的小品札记，或意境深远的思辨析论，或描述生动的自然风物。进而言之，这种不同时代史家的碰撞与交汇，不同题材与风格的融通与关联，一经组合，构成了大千世界的变幻，催生了万事万物的莫测，不由让读者感受到岁月的流逝、时代的演变，感悟到历史的凝重，从而也感悟到历史学家散文特有的魅力。我们读这些史学家的散文，也许在文学家的眼里，有些篇章不像文学体裁的散文的样子，但我以为在广阔的"散文世界"里却容得下它。不仅如此，透过这类散文的义理或辞章，将会散发出特有的历史韵味，且韵外有致，弦外有音，为散文另开一境也。谓予不信，请读读这些散文吧。

文学与史学一样，自然会具有现实的意义或经世的功能。关于散文的功能，我在编《西方史家散文选》时，曾对已出散文选本做过"拉网式"的检索，从古代的《古文观止》到当下的《世界散文八大家》，在众多选家的序跋中，个人以为林非先生在主编《中外散文三百篇》的总序中，有一段关于散文功能的话，给我印象深刻，特征引如下："经过了一番津津有味的鉴赏之后，就有可能潜移默化地提高自己对于人生的认识，陶冶自己对于情感的净化，升华自己对于哲思的揣摩。"反观拙编中这种历史散文的功能，与此也是接壤的。

想当初，出版社邀我主编《西方史家散文选》，据他们的策划构想是：一中一西，两本历史学家散文选，中者暂名为《历史学家的河山之恋》，西者即为拙编《历史学家的人文情怀》，是个"命题作编"。就我视野所及，根据中西史学的发展进程，中取史家的"河山之恋"，西取史家的"人文情怀"，还是切中肯綮的。以西方史学而言，西方史家的人文主义传统，由古希腊发端，至近代不断张扬，在它的旗帜上始终写着"人是万物的尺度"。倘由此寻踪，近现代西方史家在他们的著作中所闪发出来的"人文情怀"，或如巨川入海，汹涌澎湃；或如冰下溪流，淙淙汩汩。总之，或直接，或间接，或彰或隐，那显现出来的人文情怀，我们还是能深切地感受得到的。试问，在一个信仰缺失的年代，西方历史学家那浓浓的人文情怀，对于培养华夏儿女的人文情怀，就没有一点潜移默化的作用？对国民个体而言，于人生陶冶、于情感升华，也没有一点潜移默化的作用？答案当然是否定的。在这里，我们毋庸讳言散文乃至整个文学，乃至史学，乃至哲学等，所具有的这种社会功能，当然也不是对"教化"什么的刻意强调。散文就是散文，在它身上不可能承载更多的东西。

关于散文的写作，好有一比，据我自身的体会，在多种外语学习中，英语入门较易，但深造很难，这就如散文，易写而难工。暂且拨开散文写作的前贤时彦之高论，在此，我还是非常认同龚静的说法，散文的"写作过程，其实也是写作者的身心在感鸣中的凝聚涵泳和散发"，只有"修炼自己的生命"，才能写出一篇好文。这与鲍鹏山所言"文章不是文之彰，文章乃是心之迹，心行文显，心息文寂"如出一辙。散文写作的"身心"或"心迹"，于散文写作之联翩，在周报记者采访龚静的同一期头版头条专文中，也有范例。举个例子，2002年，北京，寒冬，狂风，沙尘，这些在作家梅娘（孙嘉瑞）的笔下，就变得很美、很好看："不过狂风没有忘记北京，沙化了的塞北草原也仍然眷恋着北京。假期中，风来了，沙也来了。从窗纱渗进来的荒漠的细沙，擦去一层，又覆上一层。正像生活中的琐细一样，擦也擦不尽……"可见，散文写作不仅是作者文字功力的考量，更是性行情操的验证。

由此说开去，现代西方史学理论中有"历史是史家心灵之重演"一说，这与上述龚鲍两位之论是"心有灵犀一点通"的。倘细究，前说尚具争议，但于文学，我以为乃是通则。写好文章，说要先把自己修炼成圣贤，那是不可能的，但"修身"与"养心"，在龚鲍两位那里，所表述的重要性，我深以为然。然而，要为读者贡献一篇散文精品，还需要其他条件，比如对历史的认知度，对现实的洞察力，又如中西兼备的知识面，又如煮文烹字的语言能力等，故散文之作就有"纯杂精粗之分，高下文野之别"（柯灵语）。总之，用当代散文名家董桥的"学、识、情"之说而得散文三昧，庶几可矣。不管怎样，这需要一个过程，就像龚静在采访结束时所说："不要着急，散文是一种'人书俱老'的体裁，'庾信文章老更成'，生命之气在生长（包括学养、审美、文字、体悟等），文章的气脉自然会生长。"掠人之美，转引于此，聊作小文之结语。

（原载《文汇读书周报》2014年10月10日）

再谈散文
——贾平凹《关于散文》一书读后

在当代中国文坛，以小说（特别是长篇小说）与散文写作兼长的名家不多，贾平凹先生当是其中一位。我读他的书很少，小说看完的只是《废都》，那还是因为它的争论，最近有点空闲正在读他的新作《带灯》，目的是为"自己点一盏灯，照亮生命的虚与实"。至于散文，也只记得那"大喊大叫"的《秦腔》，还有那篇《静虚村记》，还记得他在"雨里疯跑，滑倒在地，磕掉了一颗门牙"的情景。想来平凹先生现在已经把牙补好了，否则怎能继续"大喊大叫"《秦腔》呢？最近，欣喜地看到了出版不久的贾先生的大作《关于散文》（生活·读书·新知三联书店2015年版），自然是关于散文写作理论的一本书，我倒是认真地看完了。

我的专业是史学，不过，近年来，我也涉足文坛，附庸风雅起来，具体领域就是散文写作，在《朝花》《笔会》《大地》《夜光杯》和《文汇读书周报》等报刊上，陆续发表了《我与京城四老的书缘》《无花果树下》《东吴散记》《寄往栟茶的思念》等多篇散文习作，前文还竟被《新华文摘》等报刊转载，影响不小，一时"曝得大名"，被我的弟子们捧为"散文家"，便信心大振，愈加放肆地写了起来，今稍加盘点已数十篇矣，结集成书，暂取名《徜徉在史学与文学之间》，待出，连同前几年我编的《近现代西方史家散文选》（2011年）、学术随笔集《瀛寰回眸》（2015年），与文学结缘的，总共只有三本。鄙人之所以乐意野人献曝，是为了诚意求教。写上述这些，脸红着，翻遍了衣兜就这么些，感到底气不足。如同一个人走路，走了一阵之后，总要回头看看，当下我的散文写作生态也处于这个样子。在徘徊与迷茫中，平凹先生的大作《关于散文》犹如及时雨，滋润着我，让我不至于多走冤枉路。在本书中，贾氏关于散文之华论，小文不赘，独钟情《关于散文的通信》一文，这是他对朱鸿一信的回复，这实在是对这位初出茅庐的青年散文家的"点拨"。读朱鸿的信，似乎也是现在我要说的，贾老师给小朱的信也正合吾意，启我心智，收获甚多。于是，平凹先生也就成了我的一位从未谋面的向导，一位教我提高散文写作水平的老师。

现跨界说些读书体会，通览全书，集中于《通信》，讲几句外行话，肯定让文学界的朋友们和贾先生见笑了。以下，我尝试用"三人谈"的体例述之，限于篇幅，朱鸿信的语句稍有浓缩，在贾朱对话后，则记述我对"对话"的认识与思考，这当然是一次超越时空的谈话。

朱鸿："我在追求这样一种散文，它一定要真情真知，从而充分显示作者的人格意象，这可能是产生个性与魅力的关键。"

贾平凹："这话说得大好。读你的《爱之路》，最令我惊喜的是每一篇中大胆的心扉的暴露，这是你的真实灵魂，又是读者的灵魂，你写出了大家都可能有的隐秘，所以你成功了！"

张广智：朱鸿的话，说白了就是万念归于一心，"情动于中而形于言"也（《毛诗序》），美学家朱光潜先生也说过："一篇美文一定是至性深情的流露，存于中然后形于外，不容有丝毫假借。"贾氏的旨趣亦在于此，并强调指出这是散文写作者成功的秘诀。说到这里，不由使我想起前辈散文大家冰心先生在她步入文坛时说过的话："真的文学，是心里有什么，笔下写什么……"这与贾氏"心扉的暴露"之用语乃有异曲同工之妙。回想我写的一些篇什，能看得上眼或确能打动人的，也归之于此，它是出自作者心扉的真情，而不是矫情。比如我写的《寄往栟茶的思念——夷白先生琐忆》，写的是我岳父晚年（"文革"时）的遭遇，写着，写着，写完之后，自己也流泪了。又如《无花果树下》，写的是一位普通女性的母爱，《人民日报》年轻记者小刘在候车室读后，很为感动，若有所思，竟立即给在家乡的母亲打电话问安，他也即刻通过微信，给我发来了读后感。由此，我觉得，真文章必出自作者心扉的真情流露，而不是如贾氏批评的那种"做派拿架势，伪饰造作"，那种东施效颦的丑态，这是散文家成功之关键，舍此别无他途，"散文失去真情，散文就消失了"（第92页），贾氏之言，大好也！

朱鸿："我80年代初，学写散文，以自己的实践悟出：散文写法，描写要清要细，叙述要简要白，但意境必须深厚含蓄……同时，应该可读。"

贾平凹："你的见识是对的，作文蹈到了大方处，其写法就要讲究了，所谓的没技巧就是大技巧，那是指进入了大境界的'精变'作家而言的，对于我们，技巧是必需的。"

张广智：关于散文的写法，比如意境、气韵、含蓄乃至用句用字等，在书中，平凹先生都有独到的精论，兹不复述，这些技巧给初学散文写作的我，以不尽的启示与开导。先前读过的贾氏散文名篇《秦腔》《静虚村记》等佳文，无不体现了他所说的"写法"。《秦腔》的大气，又无不充盈在"要清要细"的字里行间，《静虚村记》的"清"与"细"，又无不蕴含在他浓浓的乡愁中，其中都隐含着悠远的意境。最近，我读了沪上散文家龚静的新作《行色》（柳鸣九主编《本色文丛》之一，海天出版社2016年版），这是一本她的散文精选本，大多从已出版的散文作品中选编而成，有许多篇章我已读过，有的未读过，但都一以贯之地呈现了龚氏散文的"清"与"细"，以及作者所要表现的"意境"，借用她在写画家吴冠中时所言，"留下的是画面，却也是他的胸臆，他的生命气息的流动"。换言之，这也是她（龚静）的胸臆，她的生命气息的流动，这就把我们带进了她那所描述的世界中，收获亦丰，这些都是值得我这个"散文新兵"学习的。文学艺术家们常说，细节决定成败，如一条红丝巾就可以贯穿在一部电影中，会给人留下难以磨灭的印象，此类例子是不胜枚举的。其实,这与我们搞史学研究工作,也是一样的,倘一篇文章遑论专著,缺少过细翔实的史料支撑,再有高谈阔论的本事,那文自然也就流于虚言了,但这种对史料的驾驭又需要如贾先生回复朱鸿时所说的"大的境界",即我们业内常说的"史论结合",我的老师周谷城先生治史倡导"博大精深",想来与上述文论也是相通的吧。

朱鸿:"我是初学,我是小卒,很稚嫩,您的气度决定了您不会笑我这个后生不是吗?"

贾平凹:"我真心祝愿你保持真气,往大的境界迈进。还要扩大你的读书面,除读散文书外,多读些小说、诗,若能练习写写小说、诗,情况就可能改观。"

张广智:个人于文学而言,如朱鸿一样,也是初学,是小卒。贾师的这些话真是经验之谈,初学散文写作者颇可一试。以我个人的实践与体验,确是如此。有时候,为了练笔,我也写诗,新诗和古体诗都写,不求发表,也拿不出来,但这对散文写作的构思与遣字造句等,颇有助益。也正在尝试写小说,当然是写与我专业西方历史研究靠近的历史小说,或是人物(比如恺撒),或是事件(比如庞贝古城之毁灭),一时虽然写不好,但我相信,持之以恒,必见成效。至于说到读书,我很相信"工夫在诗外"的道理,贾氏之言,也是这个意思。对此,还是鲁迅先生说得好,"应做的功课已完而有余暇,大可以看看各样的书,即使和本专业毫不相关的,也要泛览。譬如学理科的,偏看看文学书,学文学的,偏看看科学书,看看别个在那里研究的,究竟是怎么一回事"(《而已集》)。稍补白一点的是,我以为文学界的朋友,于写作余暇,浏览一下史学类的书,如我专业领域的西方史学名著,也许会对"往大的境界迈进",进一步提高写作水平会有一种潜移默化的作用,不是吗?

  末了,需要说明的一点是,小文是接续前年刊发在《文汇读书周报》上的《也谈散文》(2014年10月10日),故题名为《再谈散文》。行文最后,我想借《文汇读书周报》一角,向贾平凹先生请益,倘像对朱鸿一样,以书信的形式赐教于我,在《文汇读书周报》上公开发表,让渭河水也流入浦江,于我,也于朱鸿,更于广大读者受益,幸甚!幸甚!

(写于2016年10月)

从秋霞圃出发……
——读龚静散文漫记

梅雨时节，雨乍歇，夜未阑，偕着亮光读龚静的散文，竟入神了，连家人唤我吃晚饭的声音都未听见。此刻，让我立即联想起大仲马在《基度山伯爵》中的一个情节：深夜，在罗马郊外圣·西斯伯坦的陵墓里，盗首罗杰·范巴借着暗淡的油灯微光，全神贯注地读着恺撒的《高卢战记》（商务印书馆1979年任炳湘中译本），以致当有人进来时，他竟没有听到脚步声……（第37章）这两者自然没有可比性，但却有相似的意象，这倒让我感觉到书的力量，领悟到文学的魅力。记得"英伦才子"、作家阿兰·德波顿在十多年前接受《文汇读书周报》（2004年5月21日）专访时说过这样的一段话："一本好书，应当像一个好朋友，一个分享你个人复杂思想的地方，一个摆脱孤独的避难所。"中外先贤论读书者夥矣，但窃以为"一本好书，应当像一个好朋友"与《我与京城四老的书缘》(《文汇读书周报》2014年10月27日)一文中的我与"四老"的结缘,皆"缘于书,传于书,情于书"是心灵相通的,故深得吾心。

我与这位沪上知名散文家龚静的结缘也是如此。记得两年前,我在《文汇读书周报》(2014年7月4日)读到周报记者朱自奋对她的一篇专访,在随后我写的《也谈散文》(2014年10月10日)一文中提到了龚静的散文,被她看到了,由此以文结缘。凑巧我家亲戚的孩子正在复旦中文系读研,顺便带了我新出的《瀛寰回眸》给她,于是就收到了她的回赠,新作携旧著,共有四本:《遇见》《写意》《上海细节》和《书·生》。读着这些书,或参插浏览,或寻觅浏览,或随意浏览,读着,读着,我就结交了这四位"好朋友"和它们的主人。

其实,我至今还没见过龚静,她教职甚忙,而我也没闲着,都是借文借书结的缘吧。这篇小文不再谈已有好评的新作《遇见》,而是以一位史学工作者的身份漫谈龚静散文,倘说错了话,亦望文学界的朋友们宽宥与指教。我之所以喜欢读她的散文,很大程度上是因为"跨界的愉悦",从史学走向文学,顿时有一种《走进别人的花园》(作家李辉散文集)之感,步入园内,既有多姿的《繁花》(作家金宇澄小说),也有《沉默的冬青》(作家赵丽宏诗集),总之有一种如法国思想家孟德斯鸠所说的"惊讶的快乐"。

在龚静的书里,我看到了一座城市的变迁,车水马龙,市井生活,日复一日,年复一年,回看那逝去的岁月,尤想到了"一个人与一座城市的牵念",勾引起我与汪曾祺同年(1946年)来到"十里洋场"时的往昔,不过,汪老那时来沪是去做致远中学教员,而我还是一个随父母打工来上海的儿童。(《上海细节》)

在那里,我遇见了"旧雨",也邂逅了"新知","旧雨"说的是老友陈鸣树先生,这位从我系(历史系)转往中文系的"苏州才子",与我一度共事过且因我"苏州女婿"的身份而过从甚密,他老兄晚年反季节的冬泳与反年龄的西装短裤,令我吃惊,竟也成了复旦校园里的一道"风景"。后者指的是古琴家林友仁先生,读了感人,心想早一点与他结识,兴许我也会向他习琴。然斯人已云游远方,但"风景"依稀,《流水》仍潺潺。(《遇见》)

在那里,我沿着龚静的指引,画境文心,满眼风云入画中,从画面遥想出广渺的历史空间和悠远的意境,感悟着艺术的魅力,一如马克思在论及古希腊神话和史诗时,说它"作为永不复返的阶段而显示出永久的魅力"。且看:《拉奥孔》的静穆,《蒙娜丽莎》的微笑,《大卫》的力量,《夜巡》的场景,不都在显示着"作为永不复返的阶段而显示出永久的魅力"吗?进而言之,我以为古希腊的雕塑、文艺复兴时代的绘画和19世纪西方的古典音乐,都是不可复制的"高不可及的范本",世界文化史上的"奥林帕斯山上的宙斯"。(《写意》)

在那里,我贴切地感受到了"光阴铺展着书影,摩挲身心",乃龚氏肺腑之言也。比如她说起张爱玲时写道:"读这些信件(张爱玲庄信正通信),我不把张爱玲作为研究对象,而只是以女性对女性的体贴，尽管人生的身受各有不同，但其中的感同总有相通……"，我在这儿停了下来，想到近年来很热的"张迷"现象，想到了"南玲北梅"的命运（"北梅"指梅娘），想到了自陈衡哲、谢冰心、丁玲、萧红、杨绛至张爱玲的中国现当代女性文学的荣辱沉浮，不胜感怀，小文难以赘说。且把上面这段话引完："书信中看到的是一个纠结敏感孤单的女子，一个为写出欲写之作焦虑的作者，一个一生没有愈合伤痛的女子，一个拘于他乡一角却时时故乡书写的写作者。"这四个"一"，虽从书信中得出，个人以为也是蛮中肯的，或可为张爱玲画像。(《书·生》)

我喜欢读龚静的散文，还有一个重要的原因，那就是喜欢她的文字。作家赵丽宏在为龚静的《写意》作序时褒其文字"隽永清丽""活泼灵动"，此言甚是，尤其在梅雨湿答答的天气时，读她的散文，犹如夏日吹来了一股凉爽的风，令人心旷神怡。稍补白的一点是，我看到她的文字在"隽永清丽"后隐含着俏皮，在"活泼灵动"中蕴藏着调侃，随手撷拾一二，比如"指望托福托到美利坚去呢""异国他乡的中国胃还是要吃中国菜的吧""在唯西味为首瞻的气息间做个东方人都要不及格了""肉、鱼、蔬菜、蘑菇统统悱恻缠绵，若得神仙也难罢手"，等等，俯拾皆是，不一而足。然俏皮而不失俏丽，调侃而不失幽默，工笔细致，写意达境，犹如京剧正旦青衣的念白，雅致而别有韵味，把我们引进了她所描述的世界中，走进古希腊，进入大上海，令读者爱不释手。她对文字的态度，更是敬畏和真诚，而疏离那种在写作中常有的"文字自恋"。这或许有别于她（他）者而可自成一格的，当然"龚氏风格"还在流,未成派。

沿着"还在流,未成派",我还得漫说几句。史学史上的史家或流派个性的形成,都需要时间,比如西方史学史上的兰克及其学派,比如中国史学史上的两司马。我不谙文学史,文史联通,我想也是这样的吧。我读龚静的书不多,仅以所看过的这几本书而言,足见其才华不凡,她落墨细腻、心随笔运的文字风格与写作技巧,给我留下了难忘的印象。不过,作为一个槛外之人,我总感到还缺少些什么。放下她的书,掩卷而思,觉得我们业内常说到的"博大精深"之境界、"博观约取"之技艺等,似乎应与龚静分享吧。就我专业的西方史学史而言,我很希望她再多读些史学类书籍,比如阿诺德·汤因比的《历史研究》和《人类与大地母亲》,比如法国年鉴学派第二代布罗代尔的《地中海》、第三代勒华拉杜里的《蒙塔尤》,等等,无须精读,翻翻而已,总有收获的吧,至少可以为上述"博大精深"与"博观约取"作注。或者翻一下前几年拙编《历史学家的人文情怀——近现代西方史家散文选》(北京师范大学出版社2011年版),也可充作"便当",虽未"走进别人的花园",但也在园外张望了一阵子,略知一二。

文题《从秋霞圃出发》,是龚静《遇见》中的一篇,之所以借用作为这篇"漫记"的题目,在于它的象征意义。从字面上看,这篇散文借着"秋霞圃"这样的江南名园,回忆她小时候的家园,家乡乡野的风俗习惯。然而,人们看到她拂去从十岁开始就被叫上当伴娘时的稚气,揣着外婆包的粽子出发了,沐时代之春光,去燕园鸣钟立志,到曦园上卿云亭观天下(燕曦两园皆复旦邯郸校区胜景),行走在望道路上(复旦邯郸校区正校门口东西向的第一条马路),走着,走着,当与世界贯通,以瀛寰回眸,以寻梦天涯。我相信,龚静在文学道路上会走得很远,取得更大的成就,至所盼望!

(原载《文汇读书周报》2016年7月25日)

东吴散记(续)

2006年下半年,我曾作客台湾东吴大学任客座教授,迄今已有整整十年了。前几年偷闲写了散文体的《东吴散记》,计12篇,结集在2015年出版的《瀛寰回眸》学术随笔一书中,《文汇报·笔会》又从中选了5篇,刊于2015年8月27日,发表后在两岸都产生了影响。今趁商务出新书之际,我又写了续文6篇,不时怀念起那里的风景,那里的民情,那里的人,那里的事,总是难以忘却。

我以那时记下的"东吴随记"为底本,稍作整理,力求还原其当时"随记"的样子。

东吴的小与大

台湾的大学大多集中在台北,东吴大学在台北近郊,一进校,它给我的感觉就是一个字：小。

台北的土地，寸土寸金，在20世纪50年代东吴在台湾复校时，昂贵的地价，逼使它只能在城郊发展，依山而建，占地很小，于是有形的空间，就显得很逼仄了。我粗略考察，发觉东吴有三"小"：

一是路小。2006年9月10日，大雨如注，泼天泼地下个不停。接我的车子是奔驰，即使在倾盆的大雨中，也照样奔驰着。但当车一开进东吴校园后，就不那么奔驰了，因为路窄又逢雨天，我看着司机小心翼翼地沿标示开往教授楼，倘当时迎面也开来一辆车，不知咋办？不过，这样的事终究没有发生，但我对东吴的路小，却留下了很深的印象。雨乍歇，浏览校区，校内各处都由条条小路接通，然曲径通幽，校园深处自有一番好风景。

二是楼小。前两年，东吴大学人文社会学院院长黄兆强教授来复旦讲学，他看到三十多层高的光华楼直耸云霄，半是惊叹、半是羡慕地说："复旦真是大啊！"而在东吴没有高层建筑，屋宇多数只有三层，我住的教授楼、学生宿舍劲枫楼等也是三层楼，这就省却了电梯，东吴最高最大的建筑楼，也就六层吧，且只有一栋，坐落在半山坡的教师研究室，是一间间平房，连"小楼"都挨不上。

三是河小。蜿蜒东吴校区，有一条小河，名叫外双溪，河水清澈，细而不绝，被认为是台北的最后一条清流，这条小溪为东吴争脸了，带给它的不只是白鹭戏水、鱼儿悠游的景色，还有诗和远方，"曾经行走溪边多少回，溪边处处留有我脚步，东吴啊，扶我中流砥柱，关关难度关关度……"，东吴诗人如是说。

然而，东吴又很"大"。东吴没有气派非凡的大校门，但人们只要一进门庭，看那白色牌坊上的四个黑体大字——"东吴大学"，虽小却很大气。进得校园，在行政楼一侧墙上的校训："养天地正气，法古今完人。"这不仅大气，而且志存高远了。有形的空间确实很小，却营造出了思想自由的无形的广阔空间，彰显出一个无比广袤的大千世界。不是吗？不怎么宽敞的地下室礼堂，不时迎接来自四面八方的客人，总是人头攒动，嘉宾云集。在东吴可以经常看到大陆学界同道，有时还会遇见复旦人，还有那域外学者的身影，比如，在"萧公权学术讲座"上，我邂逅主讲者、老友李学勤先生，那真是高兴万分的事。是年秋，东吴主办的"跨越与前进：从林语堂研究看文化的相融·相涵国际学术研讨会"，我应邀全程参加了这个学术盛会，还有幸结识了"诺奖评委"马悦然先生。

其实，我蛮喜欢东吴的"小"，但更喜欢东吴的"大"，那思想自由的无形的广阔空间。

"习明那尔"

"习明那尔"是西语"Seminar"的汉语音译，意思是专题研讨会。在西方史学史上，19世纪德国史学大师兰克用"习明那尔"的教学方法，培养与造就了一大批史学人才，遂形成了对后世产生深远影响的兰克学派。西技东传，可以这样说，我尝试用

"习明那尔"培养人才，从中也出了一些在当今中国西方史学史学界甚有影响的青年才俊。

我在东吴客座时，有一门"西方史学专题研究"的硕士生课程，就继续用这种方法，收获甚丰。说到这里，我得插叙几句：有一年，我校在招收博士研究生时，有一位台湾学生报考，他给我的"礼物"是一本个人的专著——《美国政治发展的特质》，翻阅之后，这本像模像样的著作，是在他的硕士论文基础上修订而成，真令我对坐在众考官面前的这位考生刮目相看，也对台湾硕士生的学习之精进有了具体的认识。

修我这门课的学生有九人，算是相当多的了，因为每届招生人数不多，东吴历史系这届只招了十几个人。据此，我拟了十二个题目，从《希罗多德的史学贡献》到《后现代主义与历史学》，在第一次上课结束时由选课者挑选。其实，他们都是可塑的，选任何题目都可以，于是他们很快就选定了。该课每周一次，三节课，实际上是一个上午。我大约用六周时间讲一个导论，使大学本科上过这门课的学生有所提高，没有上过的聊作补课，对同学们已选论题，按序在讲课时做了格外的关注，并提供具体书目。后进入专题讨论的环节，报告者大多写了文章的初稿，报告时中规中矩，足见他们准备之认真。记得最后一位学生，轮到她报告《后现代主义与历史学》，她带了二十几本书放在桌子上，中英文皆有，有的连我也没看过，经问这位学生原来是台大历史系本科毕业生，在求学时已经修过名师周樑楷教授开设的《西方史学史》一课。每一次专题讨论，均事先确定评论人，他们也马虎不得，认真做了功课的。讨论是相当热烈的，这时学生在自由畅谈的气氛中，在讨论到比如希罗多德的天意、修昔底德的史法、马基雅维里的霸术、伏尔泰的视界、兰克的求真等感兴趣的问题时，不经意会在同学之间或师生之间，碰撞出思想的火花，此时既是我也是学生们最开心的时候。其间曾有过几次课堂练习，均以多样性的题目让他们做，使西方史学史的学习充满乐趣而不再枯燥无味。在一个学期的课程中，我还插了两个专题讲演，一是"材料·思想·表述——漫谈学术研究工作者的素养问题"，一是"如何搜集材料——以马基雅维里为例"，学生听后反映甚好。其实，这是有的放矢，为这个"习明那尔"专题研讨班"量身定做"，事先是要做好充分准备的。

多年过去了，一次该班最年长的学生老李从台北给我打电话向我问安时说："老师的这门课，使我终生难忘！"这溢美之词，让我汗颜。不过，却验证了用"习明那尔"教学方法培养人才之法的成效，不信吗？你不妨也来试一下。

买　书

我或可忝列为"一介书生"，于是买书就成了生活中的一部分。进入东吴的第二天，我就去找书店。不难找，学校地下餐厅一角，就有一家很有模样的"书局"。进得店堂，正是午饭时刻，学生顾客不少，我在历史栏下扫描，一眼就看见了史景迁著的《胡若望的疑问》，此书在大陆并不容易买到，找到了一本有用的书,犹如遇见了一位老朋友,真是高兴得很。可以这样说,在东吴客座的日子里,每次午饭或晚饭后,总要到这里转一圈,好像成了我的习惯,否则连晚上睡觉也不会安稳的。这之后,我又在这里买到了章诒和的《往事并不如烟》,这书在大陆是买不到的。我冲着这点,业余连看了几天放下了,书中所记真伪难辨,章女士能有那么好的记性?倒是《胡若望的疑问》,反倒没有疑问了。

校外买书,诚品书店当然是首选,有人说,一个读书人到台北,没去过诚品,等于白来了。此言虽有点夸张,但由此可见诚品在读书人心目中的位置。此番我去诚品全赖辅仁大学历史系戴晋新教授之助。戴君是我的老朋友了,记得1998年6月,他当时主政辅大历史系,我与北师大的几位同道访台,在他那里做过讲座。此次来东吴前,8月初北师大在扬州召开了"面向世界的历史学"国际学术研讨会,我们又在那儿碰面,同游瘦西湖,其情景犹在眼前。今隔一个多月,老朋友又见面了,自然是格外高兴。有一天,他开车到我的住处,一见面就说:"今天你没课,我们逛两个好玩的地方,既有精神的,也有物质的。""啥地方?"我问。"诚品,好地方吧。"他答。"好地方!那还有一处呢?"我问。"暂时不告诉你。"他诡异地一笑,卖关子了。"留个悬念也好。"我也笑了。

进得诚品,果然名不虚传。走入店堂,所展图书,按类排列,琳琅满目,美不胜收,几个楼面,逐一浏览,不时驻足,翻看有兴趣的书。"老兄,快来看你的大作。"戴君常来大陆,瞧,连对我的称呼都"大陆化"了。我走近这架图书,多系史学理论方面的书，我在台湾出的《西方史学散论》、《史学，文化中的文化》（与张广勇合著）、《影视史学》等几种，竟也上架滥竽充数，好不羞愧也。

时近中午，他说："我们到另一处地方去，不过要有思想准备，要排队噢！""老兄，还是先找个地方吃饭吧，这次我请客。"两岸同胞犹如一家，也分不清主客了。戴君说明白了，车开往信义路与永康街交会处停下，大名鼎鼎的鼎泰丰就在那儿，自然是排队拿号，等待了好一阵，终于挨到我们，热气腾腾的小笼包子确是可口，有幸品尝到了台北的美食。其实，鼎泰丰生意做得很大，在日本各地的分店红火，在上海新天地也有分店，不过我却没有去那儿尝过。今天，正如晋新兄讲的，精神的与物质的双丰收呀，鼎泰丰的小笼包子齿留余香，直至今日。而在诚品买的如凯斯·詹京斯的《历史的再思考》和西方新文化史名家（如戴维斯）的几本著作（中译本），从东吴带到了上海。

当然，台北书店还是蛮多的，尤其在台大和台师大周围的二手书店（旧书店）很多，如雅舍、胡思、古今书廊等，都是值得读书人流连忘返的好去处。

辅仁演讲

敝人在史学界也没多大名气，但我到台湾、客座东吴的消息却不胫而走，台大、台师大、辅仁等校历史系的主任先后都打来电话，邀我去他校演讲。台大被我婉拒了，唯恐讲不出什么新名堂。台师大非但推不掉，在系主任林丽月教授热情邀请下，还讲了两次。当辅仁历史系雷俊玲主任邀我做讲座时，我二话没说，就爽快地答应了，这是因为，兑现八年前对那时学生许下的承诺，"我还会再来辅仁的"，这是为了与辅仁学人群结下的学术情缘。这里的"学人群"除老友戴晋新教授外，另有三人也早已与我有交往：一是克思明，他与我的专业相异，但在复旦一次见面就成了故交；一是张淑勤，她与我不仅同姓，而且专业相同，且其女儿在复旦历史系读研，自然就有了更多的联系；一是邵台新，他与著名历史学家逯耀东先生来上海和复旦时，我与他都有过交往。

10月15日下午，我在辅仁大学历史系做讲演，题目是"关于西方史学史研究的几个问题"。这当然是一个于我可以讲些研究心得且有所发挥的题目。我以"班门弄斧"开场，因在台湾的大学中，辅仁以西洋史而闻名的，比如专注西方史学的周樑楷教授，就毕业于此。有些"小鲁班"（指研究生）还真行，比如郑智鸿的硕士学位论文《雅克·勒高夫的法式新史学》经修订后出版，即便我这个专治西方史学的人，也为这位年轻学子的学术成就所惊叹，从中体验到了辅仁"小鲁班"们的厉害。不过，那天来的"小鲁班"并不多，当然"大鲁班"就是上列四位了。

讲了一个半小时，很顺畅的。接下是互动环节，提问题的学生倒不少，略记一二：

"我看到书店有老师著的繁体字版《西方史学史》，这与您主著的简体字版有什么区别？"一女生问。

"内容差不多,但繁体字版删去了附录和后记,而变成了我一人著的了,出版前也没跟我联系过。这是一个盗版!"

"对于学派,老师怎么看?"一男生问。我以近代西方史学史上流派的产生及其演变细做说明,全场听众都觉得满意。

但那提问的学生对我的师承显然有所了解,问:"老师培养的弟子一大群,是否也可以称作'张广智学派'呢?"

"不可以,倘硬要说,还是称'复旦学派'或'耿淡如学派'。不过,大陆学界不时兴以个人命名什么学派的,这个你懂的。"我笑说,那位同学也笑了,与会者也发出了会心的微笑。

讲毕,还有动人的一幕:学生要我在他们的本子或《西方史学史》(台北有专营大陆简体字版的书店)上签字,我都题了词——"读史使人明智"。有一位叫小吴的学生,不仅要我为他题词签名,而且还准备好一张纸,为他在台湾南部成功大学念书的女朋友签名题词,可真是我的铁杆"粉丝"了。到了系办公室稍息,还有一个大"粉丝"在等我,她从书架上抽出两本书——《影视史学》和《现代西方史学》,请我签名留念。她是谁?她就是辅仁大学历史系主任雷俊玲教授啊。

游阳明山

多年前,复旦友人访台回来谈观感,说起阳明山的趣事时,眉飞色舞,令我不胜歆羡。我1998年初访台湾,由于时间紧迫,还来不及登过这座神奇而又有名气的山。

阳明山，位于台北市北郊，山上长满茅草，故旧称草山，它包括大屯山、七星山、沙帽山所环绕的山谷地区。1950年，蒋介石为纪念明代哲学家王阳明，把草山改名为阳明山。此山风景独特，森林茂密而物种繁多，有1 200多种，栖息鸟类近60种，有蝴蝶130种，流水飞瀑中听鸟语虫鸣，云山雾海时呈峰回路转，美得细腻，美得令人陶醉，如置身于祖国江南的诗情画意之中。为此，政界首领、文坛名流，如蒋介石、林语堂等人纷纷在山上建造别墅，入住阳明山，它的名气、它的神奇也就由此而来。

11月初，台北一直时阴时雨，好像江南的梅雨时节。4日这天放晴了，天气出奇地好，于是我与几位研究生约定一起出游，分乘两辆小汽车（正巧有两位学生有小车），径直向阳明山方向驶去。于1985年改建的阳明山国家公园范围很大，我们只能选择其中几个景点浏览，首先来到了擎天冈，好大的一块空间，那是养殖牛的地方，故绿草遍地，正适合牧养。此冈"擎天"嘛，当然位居阳明山高端，太阳被厚厚的云层遮掩着，没有透出一丝阳光，风大且凉，又有很重的雾气，几位穿得单薄的女生，看样子冻得瑟瑟发抖。此处岂能久留，于是下山来到了冷水坑，不过这冷水坑一点也不冷，我们看到，硫黄的热气不时地散发出来，地表一些地方冒出很烫的水，不知能否煮熟鸡蛋？

阳明山的神奇还在于它移步换景，也移地换天，当我们在王阳明纪念区浏览时，天气好极了，与擎天冈迥然不同。我们在花坛附近观台北城貌，尽收眼底；在阳明湖两岸漫步，遐想不已。此时，秋色正浓亦妩媚，倘若在春天，这儿满山遍野，盛开杜鹃花和樱花，争奇斗艳，那该是另一番诱人的景象吧。阳明山啊，真不愧为"台北人的后花园"！

午饭在半山腰的一家饭店用餐，乘此良机，学生们抢着做东，点了很多菜，十分丰盛，所有的菜皆可口入味，无论荤素，全部吃光，连平时很秀气的女孩子，也狼吞虎咽起来，大概都饿了，吃什么都香。他们说笑间，也不忘数落东吴餐厅的菜，一致说"不好吃"，他们又问我："东吴的菜好吃不好吃？"我故意用台湾腔答道："还好啦！"说着大家都笑了起来。

下得山来，在半途又重访林语堂故居，学生们已多次参观过，我是第二次踏访，第一次是在上个月的夜晚，看得不很清楚，这次是在白天，仔仔细细地参观了语堂先生这幢自行设计的中西合璧的小楼。他晚年在此定居，笔耕不辍，为后世贡献了丰厚的文化遗产，如今他已长眠于阳明山脚下，接受后人对他的膜拜与敬仰。

在图书馆

图书馆是读书人的"圣殿"，何况我出门在外，这"圣殿"就成了我难以割舍的宝地。到东吴的第二天，一是去找学校的书店，以便暇时买书；一是去图书馆，立即办证并随之去馆内各楼面浏览，所有藏书都是开架的，可以随手翻阅，十分方便。我一眼瞧见四楼右侧书架上那排列整齐的六十卷本的 *Great Books of the Western World*（《西方名著》），丛书颇具完整性与权威性，包括从远古荷马到现代爱因斯坦之作品，它成了我在东吴时结交的"好朋友"。

教学之余，我大多泡在图书馆，系上有事找我，打房间电话（我没手机）没人接，再打图书馆办公室，准可在四楼阅览室找到我。平时在复旦忙于正业，这时有点空余时间了，除不间断地去啃那套《西方名著丛书》外，觉得累了，读点文学书，让身心处在中外文学名著所营造的氛围中。就这样，徜徉于文史之间，其乐融融。有道是，人生的快乐时光，有时候是为了好书而停留，不是吗？

图书馆真是厚待我，我会经常应邀参加馆里所组织的一些活动，令人难忘的事是应丁原基馆长特邀，参观了中山楼，这座气宇不凡的中国宫殿式建筑，开车随行的徐小燕是她的学生，小燕知道我的专业旨趣，就主动地说起到过北京，访问过北大史学前辈张芝联先生，我也曾多次去朗润园拜访过张先生，于是就有了共同话题，由芝联先生说到西方史学，再说到台湾西史研究之现状，扯到胡适，谈到杜维运，真是海外遇知音，没完没了。

我到东吴后，由于频繁地出入图书馆，很早就结识了丁馆长，经常在她办公室聊天，她常会主动说起到过上海，到过复旦，并与复旦图书馆交流的往事，这使我这个身在异乡的学人感到亲切。在闲话中，她知道我将在台湾出一本《西方史学散论》续集，需要一张工作照。她主动请缨，说要为我以东吴图书馆为背景拍一组照片选择，由黄秘书操办。小黄选择在馆内各处，用那时很时兴的数码相机拍下了一组，制成光盘，植入电脑。丁馆长一张一张过目，终于选定三张，令我十分满意，连声向她俩道谢，她们也连声回复："不会啦!"（台湾风行的客套语，意思是"不必客气"。）

新年过后，我很快地就要结束这里的教学工作，打道回沪了，检点东吴图书馆借的书，竟有一大捆，学生小陈助我去图书馆还书，并与丁馆长话别。事毕，那位学生要我在他笔记本上写一段励志的话，以作纪念。我想了一下，迅即在他本子上写了这样一段话："在科学的道路上是没有平坦的大道可走的，只有那些在崎岖小路上攀登不畏劳苦的人，才有希望达到光辉的顶点。"小陈看后，满意地笑了。

我步出图书馆大门，径直前行，走着走着，忽回首朝东吴图书馆投去深情的一瞥，我想以上述这一段话，与东吴莘莘学子共勉！

（写于2016年9月）

杜甫草堂里的童声

1984年夏天,我去过成都,那是到川大参加一个西方史学史教材编写的会议。丙申秋日,又去了锦城,仍是到川大,参加了史学理论前沿论坛的盛会。这前后两次,竟相距整整三十二年多,不由记起毛泽东的《七律·到韶山》中的名句,"别梦依稀咒逝川,故园三十二年前"。在这无意的巧合中,让我深刻感受到光阴的流泻与时代的变化。不过,我这三十二年的时代剧变应是"感逝川",感叹祖国面貌的日新月异,感叹社会进步的飞速发展。

会后,川大的朋友们都说:"倘来成都,不去杜甫草堂,凭吊诗圣,那就白来了。"此言不虚,在他们的心目中,杜甫草堂是成都的文化坐标,是这座城市的灵魂,一如南京路和外滩之于上海,故宫与天安门之于北京。

说着,说着,就出发了。我们一行五人,来自京沪苏三地,除我之外，清一色的年轻人、博士、教授，算得上是一个"重量级"的团队吧。杜甫草堂于我而言是重寻"故园"，对他们来说则是首访，自是兴奋，但都有一个共同的心愿：寻觅杜甫的屐痕，拜谒先贤，向古典诗祖致敬。

到了，草堂内游人如织，秩序井然，大家都抱着敬畏的心情，朝拜的虔诚，一处又一处，浏览、驻足、细看、省思。

蓦然间，从不远处传来朗诵杜甫的《春夜喜雨》的声音：

> 好雨知时节，当春乃发生。
> 随风潜入夜，润物细无声。
> 野径云俱黑，江船火独明。
> 晓看红湿处，花重锦官城。

声纯，音悦，然稚气未脱，分明是一个孩子的声音。虽时值秋天，但在此地听到这首写春雨的经典名作，也以润物无声的诗情震撼人们的心灵，更不用说那悦耳的童声是多么的动听。

童声吸引了我们，只见一群游人跟着一个孩子，从柴门至大廨（类似杜甫办公的地方），在清癯消瘦然目光犀利的杜甫雕像前，那孩子义娓娓讲来，他小小的个头，却戴着一副眼镜，估摸十岁的样子，身穿红马夹，背后四个大字很引人瞩目——"杜甫草堂"。他步履稳健，俨然像个"小大人"。

公元759年岁末，杜甫来到成都，在城西七里浣花溪畔，找到一块荒地，先开辟一亩大的地方建屋。他四处张罗，十分忙碌，百般操劳，草堂终于在次年春末落成，饱经战乱、深受颠沛之苦的他，终于有了一个温馨的安身之所。别小看这简朴的茅屋，它的落成具有象征意义，文学大家冯至先生在他的《杜甫传》中指出："这座朴素简陋的茅屋便成了中国文学史上的一块圣地，人们提到杜甫时，尽可以忽略杜甫的生地和死地，却总忘不了成都的草堂。"

是的，忘不了啊，杜甫草堂。文脉也需世代传承，前几年，杜甫草堂管理部门在附近的草堂小学及其他学校招聘志愿者，他们从千余人中挑选四五十人，经培训担任小讲解员，这个孩子就是他们中的一位，那应该是百里挑一吧。此举值得点赞，它不仅让孩子们从小受杜诗熏陶，而且通过小讲解员的讲解，向众人传诵诗史，进而传承中华民族的文化基因和优秀的传统文化，功莫大焉。

在诗史堂，又见杜甫雕像，他并不孤独，有李白陪着，也只能是李白。此景激起了那位小讲解员的诗兴，且听："黄河之水天上来，奔流到海不复回。"（李白《将进酒》）这分明是从童声中吟出来的"盛唐之音"！小朋友的声调忽而变得深沉，但仍以磅礴的气势背诵《茅屋为秋风所破歌》：

> 八月秋高风怒号，卷我屋上三重茅。
> ……
> 床头屋漏无干处，雨脚如麻未断绝。
> 自经战乱少睡眠，长夜沾湿何由彻！

安得广厦千万间，大庇天下寒士俱欢颜，
风雨不动安如山！
呜呼！何时眼前突兀见此屋，吾庐独破受冻死亦足！

杜甫在成都草堂住了三年零九个月，写下了240多首不朽的诗篇，唯这首最为有名，唯其如此，才使杜甫草堂扬名天下。

走过工部祠，走过草亭碑，最后就是杜甫的草屋了。杜甫当年住过的茅屋，历千年之久，早已不复存在了，后经历代培修，不断扩充，才扩至现在的20万平方米，好像是座公园，园内树木葱茏，林荫蔽天。现在我们所看到的草屋，其地理方位与当年应该差不多，因为有"浣花溪水水西头""万里桥西一草堂，百花潭水即沧浪""背郭堂成荫白茅""时出碧鸡坊，西郊向草堂"等杜诗佐证。草屋是杜甫草堂的核心，游人到此均慢步，似乎个个都在踩着杜甫当年所留下的脚印，走在先贤走过的路上。

杜甫生活的年代，是唐代社会大变革的时期。他历经"开元之治""安史之乱"，国家的危难，人民的疾苦，无不激起他的诗思，故有诗评家说："少陵之诗，一人之性情，而三朝（玄宗、肃宗、代宗）之事会寄焉者也。"是的，正是在杜甫的诗里，社会现实的洞若观火，山河壮丽的多姿多彩，黎民百姓的喜怒哀乐，命运多舛的个人遭遇等，他都写下了名篇，故称杜诗为"诗史"，称杜甫为"诗圣"，此乃实至名归也。

从唐代到当代，我的思绪穿越在千年时空中，然童声再一次中止了我的遐想，从中古回到了现在。我问小讲解员："你叫什么名字?"答道:"骆鸿宇。《骆驼祥子》的骆……"说到这里,他戛然而止,反问道:"《骆驼祥子》是谁写的?"我故意说:"不知道。""不知道了吗?让我来告诉你们吧,那是大作家老舍先生写的,写的是北京普通百姓的故事。"同行北京友人王君问:"你到过北京吗?""到过,今年夏天。""与爸爸妈妈一起去旅游的?"他说不是。事情是这样的:今年暑假,他去北京参加全国性的第十二届中小学生创新作文大赛总决赛,得了一个二等奖,没得一等奖,这孩子心是不甘的。赛后,他参观了北大、清华后,更坚定了自己的志向。说到这里,众人问:"什么志向?"他坚定地回应大家:"进北大,将来当作家。"不等我们夸他,他继续介绍他的名字:"鸿是鸿图大业的鸿,宇是宇宙的宇。""骆鸿宇,好样的,有志气!"我们都齐声赞扬他。

从柴门至草屋,一路讲来,骆鸿宇小朋友的讲解真是可圈可点,他不时即兴背诵杜诗及其他唐诗,又不时回答人们的提问,有条不紊,言简意赅,显出了一副"小大人"的面相。行至门口,他捧着手中的本子,向我索词,给他的讲解做出评估,我不推辞,略加思索,便在鸿宇的本子上写下了一段文字,字迹有点潦草,个别字还写了繁体字,我要他读一下,他有板有眼地读了起来:

"骆鸿宇小朋友是个可造之才,希望不断努力,愿你的文学梦能够有圆梦的那一天。那天,在繁花似锦的园地里,去抚摸春天。"我在这段文字后,又加了一则"附记":"11月13日下午,复旦等校一行五人,与骆鸿宇小朋友邂逅相遇,倾听讲解,人生之乐事也。"他念完这则"附记",又不假思索地在最后加上一句:"不亦快哉!"

门外,鸿宇的母亲已经在等候儿子了,鸿宇一见妈妈,便飞快地扑在妈妈的怀里,他毕竟还是个孩子,是个小学生啊!从鸿宇妈口中,我们还知道,孩子当杜甫草堂讲解员从小学一年级时就开始了,当时还不能叫小讲解员,只能称"小小讲解员",过了三四年后才脱掉一个"小"字,成了一名真正的小讲解员。杜甫草堂的小讲解员,时有流动,又不断更新,大体一直保持在五十名左右,而他却一直坚持着,每人每月两次,穿上背面有"杜甫草堂"四个字的红马夹"上岗",童声阵阵,此起彼伏,在这"月白风清一草堂"里,组成了一道亮丽的风景线。她又告诉我们,鸿宇在小学二年级时,语文老师在课堂上表扬了他的作文,孩子很兴奋,回来后马上告诉爸妈这个喜讯,并声言将来要当作家,真是人小志气大!

我伫立在杜甫草堂前,浣花溪畔观景:夕阳悄悄西下,晚霞与浮云聚合,暮霭与晚风相依,灿黄的树叶倒映在水面上,这美丽的景色,正是因为有了杜甫,有了草堂,就成了千古不易的"圣地"。我看着溪水静静地流,遥望这河水汇锦江、入岷江、穿三峡,直达长江下游我的故乡——海门,归入东海,于是情不自禁地想起了杜甫也在卜居成都草堂时的《绝句》:

> 两个黄鹂鸣翠柳,一行白鹭上青天。
> 窗含西岭千秋雪,门泊东吴万里船。

这首在孩提时代我们都能背诵、无人不晓的千古名篇，声画融和且雅致，意境深远又明丽，分明也是一首朗朗上口的童诗。我进而想到，杜甫虽离我们久远矣，但杜诗不老，是我们这个素称"诗的国度"里的"奥林帕斯山上的宙斯"，让骆鸿宇这些小讲解员们传诵杜诗，传诵诗史，一代又一代，必将使"诗圣"和"诗史"永葆青春，永葆其生命的活力！

（写于2016年）

最是长相忆

同饮一江水,形影难分离。闲坐话往事,
最是长相忆。

深深的水　静静地流
——忆先师耿淡如先生

今年是复旦大学建校一百一十周年，金秋季节，又逢历史系建系九十周年，在这个双庆的日子里，《复旦百年经典文库》系列丛书（复旦大学出版社2015年版）首批十六卷，8月在上海书展甫一亮相，就惊艳学界。吾师《耿淡如卷》（张广智编）赫然在列，抚书摩挲，对影凝思，啊，他老人家离开我们已四十年矣，缅怀与思念之情不禁油然而生。

耿淡如先生（1898—1975）是学界公认的中国世界史学科的第一代元老，在这个学科的多个领域内均做出了重大的贡献。在他的生命档案里，可见到中国的国际关系史、世界中古史、西方史学史行程的缩影。

让我们首先把时空切换到20世纪30年代初，上海外滩。

"太阳刚刚下了地平线。软风一阵一阵地吹上人面……风吹来外滩公园里的音乐,却只有那炒豆似的铜鼓声最分明,也最叫人兴奋。暮霭挟着薄雾笼罩了外白渡桥的高耸的钢架……"

稍读现代中国文学名著的人都知,这不是文学大师茅盾在《子夜》开篇中的文字吗?他的这部长篇小说写于1931年4月至次年12月,这段文字对20世纪30年代初5月上海外滩的描写,实在很切合青年耿淡如从美国返回上海时的情景:1932年5月,他留美归来,风尘仆仆,全然无视茅公笔下"这天堂般五月的傍晚",脱下哈佛的硕士服,朝市区东北角赶去,对母校的思念写在他那兴奋的脸上,对影顾盼,他是何等英气勃发,时年三十四岁。先生乃江苏海门人氏,农家子弟,但不识字的父母却立意要把他培养成一个文化人。他不负众望,于1917年考入复旦大学文科,1929年赴美哈佛研究院求学。1932年归国,同年5月即被聘为教授,开启了任职复旦大学四十余年的教授生涯,从政治系转为历史系。在1949年前,他还在沪上多所高校任教授兼任系主任等职。

与此同时,他倾心对世界史的重要分支国际关系史展开了深入的研究,成就斐然。据耿氏后人为纪念先生一百周年诞辰于2000年辑集的《耿淡如先生国际论文集》,两卷共辑文190余篇,近百万字,卓然自成一家。通览耿师这期间的论作,可以说他是一位具有历史学家底色的国际关系史研究专家,受过厚重的史学训练,尤具深通的世界史的素养,其作无论是分析东亚形势、欧美政局,还是探讨西亚北非事端,说今道古,前瞻回眸,其文透彻而不流于表象,精深而不肤浅,文笔洒脱而具文采,以此迥异于泛泛而论、言而无史的空头文章。即便他当时为报刊所写的时论，从史学意义上讲亦可视为"史论"，是当下新史学家所津津乐道的"即时史"，也就是恩格斯所称之"活的历史"。耿师当时全力研究国际关系史，从1933年至20世纪40年代末，足足耕耘了十五六年，"深深的水，静静地流"，取得了丰硕的成果，为20世纪20年代前后才开始进行的中国的国际关系史研究，承前启后，做出了卓越的贡献，无愧后人"名满天下"的赞誉。

1949年，现代中国发生了翻天覆地的变化，时代列车隆隆响，新生的共和国的前进步伐，就像那飞速转动的车轮，带动了祖国的各个行业，也带动了耿淡如先生。1951年8月，他从上海到了苏州，在华东人民革命大学政治研究院学习。苏州被视为国内当今十大宜居城市之一，江南水乡，温婉动人，荟萃中国古典园林之精华的拙政园，移步换景，婀娜多姿，犹如一位美人吸引了八方游客，而一首"姑苏城外寒山寺，夜半钟声到客船"的唐诗，更是让她享誉天下。不过，先生来这里不是游山玩水，休闲度假，没那么轻松，他是来这里"改造思想"的。这在中华人民共和国成立之初设立的旨在为旧社会过来的知识分子改造思想的"人民革命大学"，不止华东地区苏州的这一所。在那时，一个从旧时代走过来的知识分子，痛感自己落后，跟不上时代前进的步伐，迫切地需要改造自我，跟党走，他们是真诚的，发自内心的，这种"思想征候"成了当时耿淡如们的"一种集体无意识"。不是吗？先生在《自传》中这样写道："来这里学习，将可更进一步地改造自己，也可更忠实地服务人民了。"这一心路全凝聚在那张穿着中山装的报名照上了。

为了"忠实地服务人民",1952年1月他告别苏州,虎丘塔影已化为遗梦,寒山寺的钟声也成了一种遥远的回响,回上海,回复旦,回到院系调整后正处"第一次腾飞"的历史系。

为了"忠实地服务人民",他根据系里的整体布局和工作需要,专事世界史领域世界中古史的教学与研究工作,自此与专事世界古代史的周谷城先生(1898—1996)同事,直至逝世。两老同庚,同为中国世界史研究的第一代元老,恃傲的谷老与谦和的耿老和谐合作共事了二十五年,加之系上的予老(周予同)、守老(陈守实),合为历史系"四老",与历史系的俊杰,共同撑起了那时历史系的大业,在中华人民共和国成立十七年的史学界,赢得了可与北大历史系相媲美的地位。耿老、谷老虽同为历史学事业尽力,但命运却迥然不同,耿老还没等"文革"结束就逝世了,上帝没有给这位老人留下更多的时间,而谷老却在粉碎"四人帮"后,亲历大地重光,劫后重生,在其耄耋之年,重操旧业,还入阁人大,积极参政,官居两届全国人大常委会副委员长,经历过一段很璀璨的人生之路,着实让人羡慕,也不由令世人感叹:造化无情,命运不公啊!

为了"忠实地服务人民",在"以俄为师""向苏联学习"的时代氛围下,他在花甲之年,刻苦地自学俄文,并很快地掌握了它,翻译出版了《世界中世纪史原始资料选辑》《世界近代史文献》等,以服务于当时的教学与科研的需要。

为了"忠实地服务人民",他借鉴苏联历史学家所取得的令国际史学界同行所认可的优秀成果,精心编就的《世界中古史讲义》于1954年出版,供系内学生作教材,又泽被他校,很快地成了当时高教部下达的高等学校交流讲义。细察全书,编者的"主体意识"随处可见,而耿氏之见更充盈于他写的各章提要中。

先生作为中国世界史研究初创时期的第一代先贤,他为中国的世界中古史学科打造基业,为后来者铺路,虽无引领潮流之壮言,也无震撼史坛之巨著,默然奉献,"深深的水,静静地流",做出了在那个时代所允许的最大贡献。

1959年我入复旦大学历史系读书,1964年我考取了耿老的研究生后,发现我与先生竟是同乡。写到这里,我突然想起中央国际频道"海峡两岸"节目播出前,总看到如下一则广告画面:江海相连,一望无际,一桥横亘,气势恢宏,画外音响起,"江海门户通天下·江苏海门",下方出现字幕——"通江达海,汇通天下"。海门籍的耿师是较早践行"江海门户通天下"的前辈,须带上一笔的是,与耿师同生于海门汤家乡的我国现代派著名诗人卞之琳(1910—2000)也踵步前辈,走出故乡,先去沪上,继又北上,成为诗坛之泰斗。继承先贤之志,同为海门籍学子的我也于1946年(时年七岁)踏上了黄浦江的码头,重走"江海门户通天下"之路,以寻梦天下。

在大学念书的时候,我听到这位老人最多的声音是:"耿老不服老!"那是1960年全系召开的"反右倾,鼓干劲"的大会上,我第一次近距离地打量着这位老人:稀疏的头发,略显花白;脸上的皱纹,略显苍老;有神的双眼,略显深邃;讲话舒缓,慢条斯理,略带乡音。如今半个多世纪过去了,先生在那次会上讲些什么全忘了,但他不服老的声音却响彻会场,超越时空,迄至今日,催人奋进。

20世纪60年代初,国内兴起"史学史"热,学界讨论甚烈,吾师发表了传世名篇:《什么是史学史?》,率先提出"需要建设一个新的史学史体系",大义微言;率先揭示"世界史学通史"之概念,蕴奥开示,指点门径。(半个世纪后,我与弟子们合力写出了六卷本《西方史学通史》,了却耿师之多年的夙愿。)越到晚年,他越加努力,耕耘不辍,因为他是不服老的。

1961年年底,为了贯彻当时高教部关于编写文科教材的精神,在上海召开了外国史学史教材编写会议,出席者全为当时国内学界的"大佬":北京大学的齐思和、张芝联,武汉大学的吴于廑,南京大学的蒋孟引、王绳祖,中山大学的蒋相泽,杭州大学的沈炼之,华东师范大学的王养冲、郭圣铭,复旦大学的耿淡如、田汝康等,会议决定由耿师主编《外国史学史》,他欣然受命。此后,他越显老当益壮,像一个年轻人那样勤奋工作,且看:深夜了,上海西南角,天平路288弄7号书斋里的灯光长明而不息,老人的背影伴着不间断的咳嗽声在摇曳,他为何如此奋力工作?因为他是不服老的。

1964年以后,复旦师生因参加"四清"运动,打乱了学校正常的教学计划,故有耿师1965年12月15日开始为我系本科生开设《外国史学史》一课,此时我已是这门课的助教了。是日,我在新校门一侧,不时朝东望去,呵,先生来了,移步缓慢,蹒跚而行,他一大早得换乘三辆公交车,从市区西南穿越大半个市区,赶往东北角的学校上课，怎能不气喘吁吁，因年初大病开刀，原本羸弱的身体较前更为虚弱了。两节课下来，更是疲惫不堪，课后沿原路返回家中，如此往返，毫无怨言，他指导我这位"关门弟子"，更是竭尽心力，遑论随时牵挂着的主编之职志。先生是中国的西方史学史学科的先行者和奠基者，为此他老人家豁出去了，因为他是不服老的。然而，岁月无情，鬓发凝霜，老态显现，若有所思，这就是耿老的夕照。

他像一条大河，深深的水，流过秀丽青山，平原沃野，也流过悬崖陡壁，急流险滩，静静地流淌，不舍昼夜，汤汤汨汨地流向浩瀚的大海……

末了，需要说明的一点是，文题是借用秦绍德先生在介绍复旦文科成就时一篇文章中的标题。我以为以耿师生平之事略，以"深深的水，静静地流"来形容，那是再也合适不过的了。

（写于2015年）

寄往栟茶的思念
——夷白先生琐忆

栟茶，一座位居黄海之滨的千年古镇，乃是现代散文名家蔡夷白先生的故乡。当下，说起栟茶，大约会有不少人知道，因其在前年荣获了中国特色镇最佳案例奖，又是江苏省的历史文化名镇，现已名闻遐迩；倘要说起蔡夷白，恐怕只有很少人知道了。其实，在中国现代文学史上，他留有踪迹，活跃在20世纪40年代的上海文坛，计有一两千篇杂文散见于当时沪上的各类报刊上，被学界认为与冯雪峰、夏衍、平襟亚等齐名的杂文大家，更为当时的上海市民所熟知。

余生也晚。当我随母亲于1946年冬天来上海时，年仅7岁，自然不识蔡文，童蒙时代的我，也是不会去读《夷白杂文》的（上海中央书店1948年版）。然而，后来我与这位杂文大家却结下了不解之缘，他成了我的岳父。虽说如此，我与夷白先生也只见过三次,但每次谋面都刻骨铭心,总是难以忘怀。

先生原名蔡清述(1904—1977),字晦渔,夷白是他的笔名,用得很频繁,后来就成了他的名字。他生于如东栟茶,父亲蔡少岚,清末贡生,能书擅画,乃当地名士,与士林贤达交往甚笃,尤与清季末代状元、后为著名实业家的张謇结成世交。夷白先生幼承庭训,受教良多,1927年自上海法政大学毕业后,即秉承先父遗志,回到栟茶,兴学行善,为家乡做了不少有益的事。夷白先生在20世纪30年代开始步入文坛,1943年移居上海,40年代成了他创作的"黄金时代",他写的《终身拘役》(中篇小说)、《狭路》(短篇小说)在《紫罗兰》(1943年第7、8期)上发表,获主编周瘦鹃激赏,得广大读者喜爱,但大众最喜欢的还是他那丰赡的杂文作品。他1949年后迁居苏州,经"江南才子"范烟桥的推荐,先后供职于苏州文化馆、苏州图书馆。我与妻是复旦同学,这首次见面,我是以"毛脚女婿"的身份从上海去苏州拜见夷白先生夫妇的,时为1965年春节。此次姑苏之行,距今已有半个世纪了,现在回想,仍觉愉悦。那年头,物质生活尚裕,社会安定祥和,被伟人称之为"莺歌燕舞"与"流水潺潺"的时代。我个人记得的是,姑苏美食可口,陆稿荐的酱汁肉比现在的要好吃;我还记得的是,苏州园林可赏,给我印象深的是游拙政园,没有像现在游人如织的情景,即便是过年,那时园内人也不多,漫步曲径幽廊,走过亭榭溪桥,尽览中国古典园林之美;更让我高兴与难忘的是,先生赠我他的代表作《夷白杂文》,连同他们送的采芝斋芝麻饼等,一并带回了上海,糕饼很快地就吃完了,但那册赠书一直珍藏着，寒舍虽几经搬迁，那书却一直放在我的书架上，不时翻览。

再次见面是在上海，时为"文革"中。像夷白先生这样的家世与身份的人，在那个灾难横生的年代，怎能逃过一劫。风暴初起他就在单位受到批判，继后又在清理阶级队伍时，以漏划地主之罪名，被遣送回枡茶监督劳动，从1969年直至1977年，八年炼狱，漫漫长夜，形单影只，茕茕孑立，度过了他的晚年。正如他在一篇早年的文章中所引其父的诗所言，"秋山惨淡不成妆，深院无人草自黄。只有斜阳如故客，晚来依旧到空堂"。是呀，"晚来依旧到空堂"，这也成了他自身现状的写照。历史真像给他开了一个玩笑，从枡茶出发，又回到枡茶，兜了一圈，完成了他人生的一个轮回。

此时，岳母栖居申城，病重求医，先生好不容易获准来上海探望，令人唏嘘与酸楚的是夷白夫妇俩的这次见面，竟成了他们的永诀。吾妻一见面如土色的爸就落泪了："爸，吃苦了。"爸说："还好。"我说："爸瘦了，吃不饱吧？"爸说："还好。"他一见小外孙就异常兴奋地说："你们都好吧。"我也说："还好。"他打量四周，逼仄的空间，却摆放一只红木书橱，特别耀眼。噢，这是娘家给妻的唯一一件嫁妆。先生随手打开书门，一眼就瞥见他的《夷白杂文》插在书中间，默然。说真的，我们当时年轻，还不属于"横扫"对象，因而读书时积下来的书像我们一样，都幸免于难，这真是谢天谢地了。此次见面给我印象深的是，先生一见到书，他呆滞的目光顿时就显得炯炯有神起来，如同干旱开裂的大地，突遇甘霖的滋润那样。他翻看着书，神情是那么专注，好像完全忘却了置身在这个纷乱的世界中。先生在《定盦文集》一书中停了下来,问:"你读过龚自珍的《己亥杂诗》吗?""读过。"又问:"欢喜哪一首?""自然是那首:九州生气恃风雷,万马齐喑究可哀!我劝天公重抖擞,不拘一格降人材。"我也问:"爸喜欢哪一首?"他说:"我喜欢这一首:浩荡离愁白日斜,吟鞭东指即天涯。落红不是无情物,化作春泥更护花。"念罢,与我对视,亦默然。其实书橱中存有《唐诗三百首》、《宋诗选注》(钱锺书选编,1958年)等,何以都不受先生青睐,独对龚自珍的《己亥杂诗》感兴趣呢?当时我不理解。如今看来,龚自珍(号定盦)这三百多首的《己亥杂诗》,其意蕴与境界与他那时的心情颇多吻合,对人生的眷恋与通达、对未来的信念与期盼,尽隐匿在"落红"句中了。又,"定盦"的"盦"字,又与其父蔡少岚所建庐屋之名"绿云盦"及日后他重建的"小绿云庵"("盦"同"庵")重合。我这样想,在生命的长河里,即便身处逆境,他终也不可能抹去潜意识的因子吧,至于先生当时是怎么想的,唯有上苍才知道!

这第三次"见面",神州已是春风拂面,万木竞秀的时候了。我们的处境也发生了重大变化,都相继回母校母系工作。妻致信老父,告知了这一切,又说冤案终将洗白,出头的日子不远了。信末,在"爸保重"之后特意加了三个惊叹号。先生接信后,续读再三,无比激动,又无比兴奋。然而,悲剧发生了,乡下小凳子低矮,他坐空摔落在地,从此再也没有站起来过,溘然而逝,这是发生在1977年冬天的事。1977年的冬天好像来得特别早,又特别冷。妻与大姐冒着严寒来到栟茶,在仓廒河边、小绿云庵

（已毁）旧地，捡取了几块遗骨，带回到他的第二故乡苏州，但他的魂灵却永远留在了栟茶，即使在天上，也隔不绝他对故乡的思念与牵挂。

1978年秋，正是姑苏好风景，但悲怆却消退了桂花的香气。这次见到他，是在苏州图书馆为夷白先生平反昭雪的追悼会上，看到的是他的遗像。我凝神望着他，还是老样子：宽阔的前额、深邃的眼神，戴着眼镜，目光注视着众人，分明很熟悉，却已恍如隔世。嗟乎！漫漫长夜快走到了尽头，他终未能否极泰来，等到霞光的来临，但他的《夷白杂文》依然在坊间流传。他死了，正如他在《蜡烛颂》一文中写道："它（蜡烛）用自己的血肉，给黑夜以光明；最后，它整个牺牲了，也许只剩下一些泪痕。那时候，天光已亮，大家忘记了蜡烛，蜡烛只知完成它的使命，再不斤斤于人的同情。"夷白先生就是如他在此文中所描述的"蜡烛"，"天光已亮"，他却"整个牺牲"了！

时下，我们欣喜地看到，有些当代文学史家，以敏锐的目光和睿智，去寻找文学史上的失踪者，收获甚丰，且意义不凡。在这样的学术语境中，早在20世纪40年代已在文坛享有盛名的夷白先生，蛰伏了40多年，也被淡忘、遗忘了40多年。自20世纪90年代开始，他又被人们重新审视，那时的同好与"作家朋友圈"，如平襟亚、周瘦鹃、程小青等人，也大体经历了这样的过程。这正如当代作家刘心武先生所言，"作家和作品被人淡忘、遗忘，是很正常的事情……已经被筛掉的作家、作品，因某种机缘，又被拾回到筛面上。历史的筛子随时都在摇动。如果还没有被漏下筛眼，就依然创造吧"（见《文汇报·笔会》3月11日）。且看：在研究者（如郑逸梅、陈青生等）的目光里，在《中国新文学大系》《上海大辞典》中，在《苏州杂志》《居旅栟茶》等刊物上，蔡夷白的名字和他的《夷白杂文》"又被拾回到筛面上"，说夷白杂文，站在大众的立场上，针砭时弊，贬恶褒善；世态万象，巷里巷外；笔锋犀利，明白晓畅，叩击了老百姓的心灵，用时下的话来说，就是他写的文章"接地气"，故受到了那时广大读者的喜爱。当然，他的杂文写作已成历史，夷白先生已不可能"依然创造"，因为他死了；但在人们的心目中，他依然活着，因为他的《夷白杂文》还在人间流传。

（原载《人民日报·大地》2015年7月4日）

附录：蔡夷白杂文选刊[*]

请禁刊贪污新闻

报上登的贪污新闻，实在太多了！看了这些新闻，使人感到这时代的贪污好似特别多，但转念一想，贪官污吏何时何地没

---

[*] 附录之三篇，均选自《夷白杂文》，万象图书馆1948年版。

有,一半还是因为报上好登这些新闻,因而就觉得多了。

窃以为报上登这些贪污新闻,并没有什么良好效果相反的是流弊可称甚多,颇有应予(劝导)以后少为登载的必要,理由是很多的,约略有如下述:

市长曾说过新闻记者应隐恶扬善,与其专记贪污,不如多刊廉洁的,譬如某官家里太太穷得连裤子也当了之类,此其一。

桃色新闻,黄色新闻,每每为人所不齿,事实上专记怎样作弊,怎样行贿,与怎样被强迫褪下裤子,怎样下部疼痛,有什么分别?其为有伤风化则一,此其二。

记述一件犯罪新闻,往往给继起者以一种默示;自杀新闻一多,自杀的不独不有所警觉,有时因与变态心理好似看了家死出风头自己竟也想一试,贪污也未尝不如此。例如登出大官贪污,小官心里就要想到,管他妈的,他会捞,我就不会吗?于是适足给他们一条邪路;诲淫,诲盗,何尝不诲贪污?此其三。

官吏是人民的公仆,人民是国家的主人。据老辈说,主人御下如有佣仆犯过,应将他唤到无人之处善言劝导,切忌当众辱骂。现在我们做主人的好似碰到一群"贵价",今天汽车夫偷了汽油,明天大司务偷了火腿,主人只是咆哮如雷,双脚直跳,这么一来连不揩油的公仆也蒙上一层嫌疑不好看了。何如大家不响?此其四。

贪污新闻都是已破案或已被检举的,不登,国法也是要惩治的,登了呢?要知道那个犯官是连名誉损失也预计在内的。假如登出来是可怕的，姜公美以后早该没有其他案子了，所以登了还是等于不登。此其五。

以后贪污新闻一律不登，让我们看了个个都廉洁，眼里多清净？假如说是这不过是掩耳盗铃，那么类似这种仅装饰门面的办法，又岂仅这一端？

百合钥匙

在抗战期间沦陷区里，大部分人甘于淡泊，坚贞自守；这些人当然因为正义不灭，故国不忘。但也有看了汉奸卖国之流——说句诛心的话——未尝不跃跃欲试的，正像一个年轻的寡妇，虽然不做，未尝不想，未尝不羡。不过一转念想到那班人的下场呢？叹一口气，又惋惜，又轻蔑的咽下那口下垂的涎，心又冷下去了。

果然不出意料之外，日本投降了。于是这些曾经垂涎过汉奸的忠臣节夫，更是揩抹得干干净净，做出硁硁自守的样子；一方面准备看到汉奸卖国，如他预期的惨烈下场了。居然出乎意料，当大家天天搜索报上谁来了谁来了，好像开彩以后对号一样想对出一个什么奖，可以攀龙附凤，谁知道自己连木尾也不着。而那些一向认为不得好下场的货色呢？也不懂是不是"大国民风度"对内也适用，倒好像得法了的很不少。

西厢记上说："这人一事精，百事精。"我以为他们正是一路通,路路通,他们都有一把百合钥匙,任何方面都可适用。至于那些伪(这"伪"不是那"伪")道学自命人材的人,正是一块废铁,谁还像文王访贤的来找着你?于是先生懊悔——也许在心里如此想——怎么当初没在浑水里捞一下鱼,现在,早知如此的话。

蜡烛颂

好多年没有看到烛光。从前在乡下,至少有一盏煤油灯,到上海以后,城开不夜,更无缘看到它。昨天因为电灯线坏了,于是点上蜡烛。多年不见的蜡烛,到并没有改变它的脾气,很觉令人可敬,因而代蜡烛说一番好话。

蜡烛,它的颜色雪白,不染丝毫污迹。它的身躯弱小,但能挺立不屈。

我不大喜欢电灯,因为它有许多等级,有钱人就能做到灯泡大,无钱人只好力求灯泡小,颇有些因人而异的气息。蜡烛就不然,它们的光辉只是一律;只要你出得起一支的代价,它们总平等地为你出力。电灯虽然开关自如,但全靠暗中那条线路,假如电力一停,你只有空自发急。蜡烛就不然,它的精神独立,一从你将它点上,它保证决不中途熄灭,直到它烧尽最后一滴。

蜡烛,它有血肉,也有热心,偶然一阵微风,它自己挣扎,也尽力镇静;风头过了,它晃了两晃,重又站定。它用自己的血肉给黑夜以光明；最后，它整个牺牲了，也许只剩一些"泪痕"。那时候，天光已亮，大家忘记了蜡烛，蜡烛只知完成它的使命，再不斤斤于人的同情。这就是所谓"蜡烛脾气"，也正是蜡烛的可敬。

"望尽天涯路"
——清华园内访何老

一

十月二十五日,是中国社会科学院世界史研究所建所五十周年纪念日,我应邀出席该所庆典。开会前一天,乘京沪高铁,南站下,直奔清华,专程去看望何兆武先生。

夕阳西下,京城渐渐被暮霭笼罩着。此刻,我已走在清华园内的小路上,忽然想到了季羡林先生在二十三岁时写的一篇散文《黄昏》,作者用诗化的语言写道:"黄昏真像一首诗,一支歌,一篇童话……"一路遐想,连近春园之荷塘、水木清华之意蕴、二校门之风格,都未及一一细看,即使是陈寅恪、梁林(梁思成、林徽因)故居,也只能投去深情的一瞥,为的是要拜访编织这"童话"故事的主角何兆武先生。

先生知道我要来看他，早就在书房等候。何老住三楼，老房子，没有电梯，过道很小，扶梯也很狭窄。我拾阶而上，房门开着，一眼就瞥见了他。我捧着一杯茶，看着上面冒着热腾腾的烟气，三十年前与何先生相见时的一幕又顷刻浮现在我眼前……

记得那天是与先生第一次相见。那次他南来复旦开会，同行者有中国社会科学院哲学研究所张文杰教授，他与我同姓亦同行，研究西方史学，专注汤因比。说实话，那次开会的具体情况全忘了，但有一件事迄今还难以忘却。说的是，我在文杰兄引导下去看先生，先生正躺在床上，文杰兄说他来上海后，水土不服，腹泻不已，不思茶食。我听后，即刻向文杰建议，在复旦招待所对面，新开一家吃食店，那儿的阳春面我吃过，好吃，要不我去买一碗试试看。文杰说好，我的建议也获先生赞同，他说，腹中空空如也，试试吧。少顷，一碗沪式阳春面放在他面前，热气腾腾，褐色的汤中浮着丝丝银白色的面条，面条四周飘洒着青白相间的葱花。我生怕先生吃不了，特为要了个中碗，要我吃，肯定要大碗，还得加一块焖肉或熏鱼什么的。先生先喝了一口汤，连说好喝，接着"奇迹"发生了，竟把这一碗面吃了个碗底朝天……

何老从书堆中，很麻利地取出康德的《历史理性批判文集》一书赠我，中止了我的回想。他还在扉页上题了"学无止境"四个字，笔力遒劲，掷地有声。康德的这本名著，我读过，很难读懂，不过其首篇《世界公民观点之下的普遍历史观念》英译文，我倒是啃过，不管怎样，确如先生所言，要读懂康德，确实是要费一点力气才能啃得动。

其实这本书（1997年），先生早几年就寄我了，是他老糊涂重复送我了？不，何老并不糊涂。我稍一浏览，发觉这次他给我的是一个经先生精心修订的新版（2013年），今年又恰逢康德诞辰二百九十年之际，何老的历史哲学成果的结集，又与康德这书同名。当下，学界于康德研究日隆，康德的哲思再现时代魅力，与中华民族伟大复兴的"中国梦"同步，并非偶然。在此，我们对先生的"引渡"之功，该是何等感激。对于这位前辈学者的"学无止境"，又是何等崇仰呀！

作为翻译家的何兆武，确实居功至伟。我最早接触到的，也是何先生的译作。就我所知，他的译著不下十余本，在此不容一一胪列。在中国新时期，何译《历史的观念》《二十世纪的历史学》等，流传坊间，泽被学林。其译作"意达辞雅，文质兼美"。在学界，"何译"已成为一个专用名词，"何译"之于西方史学，就像傅雷之于巴尔扎克，朱生豪之于莎士比亚。当代儒林之佼佼者，有哪一个能绕开"何译"，就我个人而言，也在"何译"的伴随下，慢慢地臻至老境。想到这里，我不由要对这位坐在我面前的老人，深深地鞠上一躬。又，听说商务印书馆要给他颁发一项西书中译的终生成就奖，这一项殊荣颁给何老，当是实至名归。

二

何老住的是老式工房，与我曾在虹口凉城新村五区住过的旧房子差不多，估计也是20世纪90年代初盖的，现在已落伍了。进得屋内，是一个小厅，阿姨收拾得很洁净。步入书房，空间逼仄，近窗是一张写字台，桌子上堆满了书，根本没有写字的地方，右侧靠窗是一张单人床，室内除一把椅子外，没有沙发，其余空间为书柜所占，来客人还须从厅里搬凳子来坐。

来客见状，都很惊诧，这就是一位史学大家的居所？

先生总是很淡然地回应说："清华在蓝旗营，为教师盖新楼，分给我一套三室两厅的房子，条件很好，我有机会搬到那里去住。"说到这里，他看了我一眼，半是自语，半是回答："但是，你想我还能活几年，搬一次家要操多少心，还不如在这里踏踏实实地住着。前几年，我因病住院，家里人趁机把房子装修了一下，但是这间书房还是没有动，保持了原貌。"

一旁阿姨边给我添水，边说，先生不让我整理，怕我弄乱了，找不着要找的东西。

的确，这对于一个读书人来说，都有这样的体会。在这里，不妨插上几句：19世纪西方史学大师兰克，在耄耋高龄之际，双目已失明，但还在口述《世界史》，由助手记录成文，需材料佐证要查书时，这位德国老人说："那本书在里层靠窗口的那一格书架上，"又不忘唠叨，"请不要随便搬动我的书，更不要根据大小把它们放在一起。"我想，何老于此，不仅做法一致，且心灵相通，东西方的这两位史坛元老，或许有着超越时空的对话。

何老就在这所普通的房子里，生活着，工作着，做着非凡的事。

他为中国的西方历史哲学研究做出了卓越的贡献。20世纪90年代前后,这位古稀老人写出了系列华文,多个案之作,持论精辟独到,分析深邃有力,堪称佳作,成为当时史坛一道亮丽的风景。随着他的引导,克罗齐、柯林武德、波普尔、梅尼克、沃尔什等西方历史哲学名家,为中国学者所知,他们的思想,也极大地影响了我国学术界。何老在这方面的成就,确立了我国的史学理论研究范式,是这个领域中的"奥林帕斯山上的宙斯",在可以预期的时间里,还没有他人可以企及。

他为中西思想文化的交流做出了卓越的贡献。先生学贯中西,又毕生献身学术,矢志不渝。已如上述,他的译作等身,为国人了解西方,睁眼看世界,创造了条件。他既西译中,也致力于中译西,他与友人合著的《中国思想史》,由先生译成英文西传,又在弟子彭刚的协助下,用英文撰写了一部古典时期中国哲学史的英文著作,为域外读者了解中国文化提供了方便,有人称他为"文化摆渡者"。是的,倘若没有何兆武们,中国人也只能望河长流,望洋兴叹,永远到不了彼岸,反之亦然。

最重要的是,他是一位具有思想家底色的历史学家,因而在学术研究中,他成了一个"领跑者",与众多的跟跑者保持足够的距离。那些浸透思想的文字,在他书中闪现,始终昭示出生命的活力;他坚信,没有思想就无以了解一个历史时代的灵魂,而没有了"史学之魂",其历史研究只留下一些"碎片",那还有什么意义,遑论探究历史发展的规律。

三

何老就这样工作着，快乐着，全然不顾生活条件与工作环境，整天喜眉笑眼的样子。看着他，我想起了前不久刊登在《文汇报》上的《我与京城四老的书缘》一文中的题头照：左边的何先生乐呵呵地，也感染了我，笑嘻嘻的。回想这张照片，大约是在2003年秋日拍的，具体日期记不得了。距今十年前，在复旦园又见到他的身影，那是在复旦文科楼九层历史系会议室里，我正与先生聊天，其乐融融，一旁的学生抓拍了这张照片。就这样，他不断地哺育与滋润着我的众多弟子，而通过他们又传递给我，温暖着我的心……

我们就这样聊着，漫无边际，没有目标。此时，我不只是一个聆听者，也是一个参与者，在这交互融通的对话中，分享与认知先生生命旅程中的欢乐与痛苦，顺利与坎坷。

何老祖籍湖南岳阳，1921年生于北京，自幼在京城受教，直到高一时才回到故乡。1939年考入西南联大，1956年至1986年任职于中国社会科学院历史研究所，1986年至今，任清华大学教授。每当说及1939年至1946年在西南联大这七年的读书生涯，他就会显得十分兴奋，笑道：那真是我一生中最惬意、最值得怀念的好时光。这也许是他一生中的"黄金时代"。

那就让我们分享吧。

老人娓娓道来，仿佛有点"白头宫女话玄宗"的况味。在那里，他四年本科，三年研究生，先生读了土木、历史、中文、外文四个系，自由地转系，自由地读书；在那里，他曾得以一睹陈寅恪、钱穆、沈从文、雷海宗等学士名流之风采，并在他们的教诲中受益；在那里，既有像他的同学汪曾祺在"跑警报"中那样的趣事，也有闲情去茶馆喝茶、聊天，还有看好莱坞原版电影的逸致……

他说聊天最好。聊着，聊着，他与文靖就聊出了颇受关注的《上学记》（何兆武口述，文靖执笔，生活·读书·新知三联书店2006年版）。说不定，聊着，聊着，还会聊出一个《上班记》，再继续聊，就会聊出一个《退休记》（或《黄昏记》）来。

先生对我摆摆手，笑道：《上班记》不好写，《退休记》没什么可写。对此，我并不以为然。在我看来，在先生已近一个世纪的生命旅程中，他见证新旧中国，经历"文革"前后，目睹世纪交替。倘《上学记》接续《上班记》再接续《退休记》，串联起来，将会折射出现当代中国的风云变幻，更可映照着现当代中国学术史的新陈代谢。记录这一页历史，不仅是口述史学的题中之意，而且是我们后辈的一项历史责任。

夜幕降临，我起身告辞。先生频频向我招手，微笑着。

夜色渐浓，我又走在清华园的小路上，校园静悄悄的，行人稀少，不由又想起了季老写的《黄昏》，不，那是刚过弱冠之年的季羡林写的，我佩服青年季羡林能如此惟妙惟肖地揣摩老年人的黄昏："黄昏真像一首诗，一支歌，一篇童话。"且看，为何先生口述的《上学记》执笔的文靖女士在《后记：把名字写在水

上》中这样描写何老的"黄昏"与"童话":

> 何先生讲话风趣得很,八十多岁依然像孩子一样满是奇思妙想,平平常常一件事,被他一类比果然显得滑稽,说到兴起处自己先忍不住咯咯地笑,就算一只路过的蝴蝶也要染上他的快乐,每天陪着这样一位老人,书房里的桌椅板凳该是怎样的幸福呢。

如今,何先生已九十有三了,还依然像个孩子。不过,近年先生为病所困,已很少外出散步了。但我仿佛觉得他仍行走在路上,饱经沧桑的背影仍闪烁在清华园内。想到这里,我忽然有一种"昨夜西风凋碧树,独上高楼,望尽天涯路"的喟叹。是的,先生在路上,留下了他无数次行走的脚印,这脚印,犹如茫茫大漠中听到先行者的驼铃。"望尽天涯路",我们后辈将沿着先贤的路,一步一个足印前行。

(原载《文汇读书周报》2015年1月26日)

缅怀齐世荣先生

齐世荣（1926—2015），江苏连云港人。1949年毕业于清华大学历史系，曾任首都师范大学校长，教授，博士生导师。中国现当代世界史学科的奠基者之一，著有《齐世荣史学文集》《史料五讲》等，与吴于廑共同主编六卷本《世界史》。主编《世界现当代资料选辑》等。又，2003年11月24日，曾在中央政治局集体学习会上讲解《15世纪以来世界主要国家发展历史考察》。

12月3日，清晨，北方冷空气南下袭申城，天气显得特别寒冷，随之也传来了噩耗：我国当代著名历史学家，世界史学科的泰斗齐世荣先生于6时15分病逝，惊悼莫名，泫然欲泣，尤在先生生前长期工作过的首都师范大学，学子们更是陷入哀痛中，纷纷道："昔日看见您，莫名的崇拜；如今想念您，莫名的伤心！"这也正是我这个晚辈学人此刻的心情。

去年秋上,我在《文汇读书周报》上发表了《我与京城四老的书缘》一文,迅即在网上广传,又被颇具影响的《新华文摘》转载,使我一时"曝得大名",远胜于我的那些"学术论文"。当然,拙文得到了"四老"——何兆武、齐世荣、刘家和、金冲及四位先生的首肯,令我窃喜不已。

自从写了这篇文章后,我对"四老"自然会有别一样的关注与牵念。不是吗?上个月的20日,我与几位学生一起去京城,参加由北京师范大学主办的史学理论与史学史的全国性学术研讨会。临行前两天,同城华师大王斯德先生在电话中告知我,齐老病重住院。我没有把这个消息告诉弟子们,但他们总觉得老师一路上神情有点不安。21日开会,会议的主题报告还是安排家和先生领衔,我接续。只见刘老报告时中气十足,且思路敏捷,宏论旨远,获得了与会者的热烈掌声。会议茶歇,清华同人说何老安康,令我放心;首师大同人说齐老病重,不让探望,比王先生说得还严重,令我揪心。次日下午,我和我的弟子们一行八人,冒着漫天飞舞的大雪去毛家湾,相约在中共中央文献研究室办公室拜访金冲及先生。金老早就在等候着,他带我们参观院宅,纵论古今,笑谈中外,话锋甚健,好似一位年轻人,令我舒心。想着我们的前辈,耄耋之年,仍老骥伏枥,笔耕不辍,不由想起了顾亭林的"苍龙日暮犹行雨,老树春深更着花",甚佩。少顷,金老说到齐老时,深情地对众人道,他是我平生数得着的挚友啊!

金老的话,让我思绪万千,心潮起伏,一下子把我带回到五十多年前,当时我正在复旦历史系念书,自然与齐先生是无缘识荆的。但由于个人的世界史专业方向的缘故,我在20世纪60年代初就知道了"齐世荣"的大名,那是读了斯宾格勒的《西方的没落》(齐世荣等译,商务印书馆1963年版)。读后我不仅为斯氏的"新说"所吸引,同时也被这个中译本所折服,后来该书坊间曾流传多个中译本,但我认为以齐世荣领衔主译的这个本子,当为中译之"善本"。前几年我编的《近现代西方史家散文选》(北京师范大学出版社2012年版),斯宾格勒入选,于是便选了这个译本的"导言"部分,通过花开花落、日出黄昏的自然景观的透视,让读者感悟到斯氏对西方文明的忧虑与悲怆,读着,读着,这既是思想的美,更是散文的美,题名取自首句,曰《在黄昏的时候……》。

在中国新时期,齐老双栖于学政两界,十分忙碌,在全国性的世界史学术会议上,我多次见到过他,虽然直接请教的机会并不多,但他给我留下的印象总是很深的,尤其到了新世纪。比如2000年4月,由中国史学会、北京大学历史系联合召开的"二十世纪中国的世界史研究"大型学术讨论会,少长咸集,群贤毕至,我也忝列此会。关于这次盛会的详情忘了,但会上的一则"花絮"却总是让我难以忘却:会议开幕式后,休息时,有与会者说齐先生正在到处找我呢!我即刻找到了齐老,他问我:你的老师耿淡如先生和周谷城先生,哪个年长啊?我说:他们两位同庚,均生于1898年,但耿先生生于3月,周先生生于9月,曾听周先生生前打趣,称耿老为哥。齐老听后,乐了。接下在齐先生做的大会主题报告中,说及中国世界史学科的第一代元老级的名单中,按序列为耿淡如、周谷城……前辈大家那种一丝不苟与严谨求真,实实在在地给我上了一课;先生对学界的情况了然于胸,还对我这个耿淡如先生的"关门弟子"给予了那么多的关注，令我终生难以忘怀。自此，又拉近了我与齐老的距离。

距这次会议两年后，齐老的代表作《齐世荣史学文集》（人民出版社2002年版）问世，文集收录了先生世界现代史、现代国际关系史和西方史学史等多方面的研究成果，在阐释中见真知，在求索中显灼见，堪称佳作，值得人们含英咀华。不久，我就收到了他的赠书，书中还附有他给我的一封信：

广智同志：

寄上拙著一册，请指正。其中评《西方的没落》一文，与您的研究有关，尤希指教。此书世人多未看内容，仅凭书名即云Spengler认为西方已经没落，而未深究Spengler其实并不甘心于西方的没落，而是主张西方的复兴、重振。此人西方中心论（更是德意志中心论）思想极为严重，决非主张西方文化与其他文化不分上下者（表面上也有类似言论）。

我国治西方史学史者日益减少，而您坚守此岗位，做出卓越成绩，尤可钦佩。

去岁赴沪，多蒙盛情款待，甚感。今后有暇来沪，当再赴贵校请教。专此即颂

文祺

齐世荣
2003年2月23日

由于数度搬家，我在纸质文本盛行时的书信，大多遗失了，此番惊闻齐老驾鹤西行，特意找出《齐世荣史学文集》重读，竟意外地发现了这封信。如今，抚简怀人，先生之音容笑貌，恍若眼前；先生之教诲，犹在耳旁。大函中对斯宾格勒的评价，切中肯綮；先生对晚辈的厚爱，对我个人学术上的赞誉，对我来说真是羞愧难言，是种无形的鞭策与鼓励。此时我主著的《西方史学史》已在坊间流传，而六卷本的《西方史学通史》亦正在酝酿之中，此后积八年之辛劳，我主编的这部书终于问世，以不辜负齐老和前辈们的厚望。

我与齐老的交往，由疏至密，越到他的晚年，越是密切，当然除了我到北京开会去探访外，更多是通过电话，齐老笑称：随着京沪高铁的开通，我们也开通"京沪热线"吧。我怕打扰他老人家，所以电话多是老先生打给我的，在他筹划召开某个学术会议时、在他晚年写作《史料五讲》时、在他闲适与我聊天时……齐老的《史料五讲》出版后不久，一天他在电话中对我说："我还要再写一本书。"

"您不是对我说好，《史料五讲》写完后，就搁笔了吧。"我说。

"那个话不算数！"电话那头传来一字一句的京腔，我则无言。

"再写一本书。"先生好像要做出某种承诺，对他的学术事业，对他的璀璨人生，对他的……然而12月3日的清晨，先贤谢世，他老人家再写一本书的愿望已经不可能了，凭窗遥望北国，能不怆然！翻开案头的《西方的没落》，随手浏览，一行文字跳进了我的眼帘：

> 初生的绿芽从寒冷的大地中滋生出来，蓓蕾饱满，百花怒放、香气馥郁、争奇斗艳和瓜熟蒂落的全部有力的过程——这一切都是实现一种命运的愿望……

齐老在当年翻译的这段文字，竟成了他老人家璀璨人生的生动写照，也为后世树立了一座不朽的丰碑，有道是，"高山仰止，景行行止"，虽不能至，但心向往之。

（原载《文汇读书周报》2015年12月14日）

金冲及先生印象记

岁月易逝，抚简怀人，读柬忆事，往事历历在目，记忆的碎片不时在脑海中浮现，犹如雨丝风片。这风吹起一道感情的涟漪，这雨化作一片诗化的彩霞，总是难以忘却。这里只记下金冲及先生的点点滴滴，然而，他给世人，更给我留下了挥之不去的深刻印象。

一

去年是复旦历史系1964届毕业五十周年，为了那"总是难以忘却"的纪念，我班同学合力撰文，出了一本纪念册，名为《岁月如歌》。

当年6月5日，先生在给我的信中，这样写道：

> 最近我收到历史系64届毕业五十周年纪念册《岁月如歌》,看到那么多同学的回忆文章,我大多都读了,又勾起了对那段岁月的怀念……

我在"对那段岁月的怀念"这儿停了下来,思绪把我带回到半个多世纪前,时间定格在1961年,地点为复旦老教学楼(即现在的第一教学楼)1239教室。

我是1959年进校的,记得我们班级的人数共有98人,为复旦历史系史上学生人数招得最多的一届,我想在可以预期的将来,或许仍然不能突破。

1239教室坐得满满当当,先生信步走上讲台,讲授中国近代史。中国近代史自鸦片战争起,鸦片战争自林则徐禁烟始,"若犹泄泄视之,是使数十年后,中原几无可以御敌之兵,且无可以充饷之银";"若鸦片一日未绝,本大臣一日不回,誓与此事相始终,断无中止之理"。先生在课堂上那斩钉截铁的声音,恍若赵丹在电影《林则徐》中的念白,真情感动了大家。

平时读先生的书与文,感悟到他笔端所流露出来的真情;听他讲的课,更能直接感知他的情感,喜怒哀乐,溢于言表。前几天(今年1月28日),我在电话中又说到了上课的情景,先生回应道:"一个历史学家,应严格恪守求真,更不能歪曲历史。但他绝不是一个'客观主义者',无论是撰史还是上课,都应该充满感情。"

是的,先生教我们中国近代史,他的"充满感情",我们是真真切切地感受到了:讲龚自珍"九州生气恃风雷"时的豪兴、讲太平天国金田起义时的炽热、讲英法联军火烧圆明园时的愤怒、讲甲午战败后签订马关条约时的遗恨、讲"武昌起义天下应"时的畅快……这里值得多花些笔墨,记上先生说邹容《革命军》时的真情:"巍巍哉!革命也。皇皇哉!革命也。"他动情地接下背诵道:"革命者,天演之公例也。革命者,世界之公理也。革命者,争存争亡过渡时代之要义也。革命者,顺乎天,而应乎人者也……",仿佛此刻他就是"邹容",感动得我们全班个个热血沸腾,豪情满怀。

是时,老师正当而立之年,在学生眼里,他是那样英姿勃发,那样风华正茂,这课堂简直成了他"指点江山,激扬文字"的精神家园。课后,我找来了《革命军》,读了又读,每读一次,都禁不住内心的激动,先生讲授时的真情,感染了我,感染了我们班上的每一个人。那次通话说到这里时,先生又情不自禁地背起了《革命军》。顺便说及,先生当年给我们授课时,虽带着教案,却从不照本宣科,对史事与史料,十分娴熟,了然于胸。

先生重视教书育人,非常关心我们的成长,他一再要求大家要打好基础,强调"三基"(基本知识、基本技能和基本理论),而那时小环境的宽松,也为我们这一届提供了一段难得的可以用功读书的好时光。我后来虽入行史学史,专注西方史学史的研究工作,但历史学的基本训练,却得益于先生良多,我的中国通史课的收获,以中国近代史这一段为最丰。

先生这种对学生的关心,一直延续下来,我们1964届毕业生都是深有体会的。后来，即使由于工作岗位和任务的变动，他也不疏离教育战线，自1984年开始担任中共中央文献研究室副主任、常务副主任后，工作再繁忙，任务再艰巨，也依然不能忘情于下一代史学人才的培养，还兼任北京大学和复旦大学教授、博士生导师。就我知，他仅在母校母系所带出来的博士研究生就有6名。前几年，每年夏初高校的"答辩季"，我在复旦园都可以看到先生的身影，在文科楼里与他迎面叙谈。

不过，他仍羡慕我这个"教书匠"，对我在这方面的成就点赞，在读到我主编的六卷本《西方史学通史》并得知写作团队后，由衷地在信中写道：

> 看到你有那么多弟子，既各有侧重的研究点，又能密切合作，成为浑然一体，对教育工作者来说，这是理想的境界，使人羡慕。（2014年6月30日来信）

捧读手书，惆然许久。作为学生的我，取得了一点微小的进步，就获得了老师的百般鼓励与褒扬，真令我这个学无大成的学生无地自容，从中也可以看出他对教书育人的矢志不渝和无比热爱，这给我留下了一个难以磨灭的印象。

二

这几年，先生留有余暇，很喜欢与我神聊，有时聊着聊着，你来我往，不觉移时，最多的一次通话竟达一个多小时，我想这个纪录会很快打破。我与先生聊的内容天南地北、海阔天空，无所不谈，但聚焦在一点，那就是读书。先生在给我的信中，也常常谈及他的读书之道。平时零零碎碎，听多了，也就"聚沙成塔"。我觉得先生的"读书之道"有几点印象特深，或可与广大读者分享：

一为"跨界读书"。先生多次说道：我空下来大多是读世界史和中国古代史方面的书，对西方史学名著也很感兴趣。总之，杂七杂八地读，那是一种"跑野马"式的读法，那不就是"跨界读书"嘛。记得有一次，先生在电话中兴奋地告诉我，他花足了时间，读完了希罗多德的传世之作《历史》。

这下，撞在我的专业上了。须知，希罗多德在西方被称为"史学之父"，他写的名著《历史》是西方史学史上第一部真正意义上的历史名著。一位当代中国史学名家与我交流读这部书的体会，那是何等享受啊！他语出惊人，说《历史》又名《希腊波斯战争史》是不对的；《历史》应是一部世界史，希罗多德纵览天下（当然是他那个时代的"天下"），书中也说到了东方对西方的影响，他这个"西方人"很不简单；其著文字生动，是那样地富有吸引力，使你欲罢不能，不得不读下去，我们今天的史者能做到吗……我应答时，说到了希罗多德的《历史》，应是当代人写当代事，且这一点是古希腊史学的一个传统，修昔底德写的名著《伯罗奔尼撒战争史》，更是当代人写当代史的范例。这一点引起他的共鸣，先生著《二十世纪中国史纲》就是他秉持"当代人要敢于写当代史"的结晶。在电话中交流师生间的读书心得,是我最愉悦的时候。其实,人生的快乐时光,有时候就是为了好书而停留,不是吗?如此神聊,竟忘了时已中午,直至我听到了电话那头师母开饭的声音。

这就是"跨界读书"带来的快乐,平素我这个专注"泰西"的人,闲时也十分爱读中国古代经典、唐诗宋词或纳兰性德词什么的,从中寻求与享受这种快乐。鲁迅先生在《读书杂谈》中说得好:"应做的功课已完而有余暇,人可以看看各样的书,即使和专业毫不相关的,也要泛览。譬如学理科的,偏看看文学书,学文学的,偏看看科学书,看看别个在那里研究的,究竟是怎么一回事。"

一为"潜移默化"。先生曾多次说到了读书要力戒功利,立足长远,注重积累。在去年6月给我的一封信中,他这样写道:"这些西方经典名著,不仅是一个史学工作者应该了解的,而且读多了,有一种潜移默化的作用,眼界会放宽。"读书之"潜移默化"的作用,是他个人读书的经验之谈,而且以此指导他的学生,也要多读书,多读一些一时看来似乎无用的书。记得百年校庆相见叙谈时,我们说着闲话,又聊到了读书的事。他说,记得在1960年指导学中国近代史的黄保万等五位研究生时,曾要求他们都读读泰纳的《艺术哲学》,积以时日,可以在思路上得到不少启发,思想境界会发生变化。听了之后,我真感觉到前辈育人有方,令人佩服。

说到泰纳,对这位享誉19世纪的法国历史学家兼文艺理论家、哲学家,还得借此插叙几句。《艺术哲学》不是作为史家泰纳的代表作,而是作为哲学家泰纳的传世名著。此书之所以在现代中国读者中广为流传,这部分也得归之于翻译家傅雷的"摆渡"之功,那出神入化的文字,是可以当作散文来读的,读者诸君不妨找来读读看。

一为"学会思考"。先生最近新出了一本书:《一本书的历史:胡乔木、胡绳谈〈中国共产党的七十年〉》,他在赠书中给我题词:"学而不思则罔,思而不学则殆。"这是孔老夫子的话,出自《论语·为政篇》。孔子在这里讲了"学"与"思"之间的关系,"学"易之"读书",则"读书"与"思考"之间的辩证联系,当然也是这样。读书万卷,却不思考,就会惘然无知,成为一个书呆子,遑论"读书益智",反之亦然。用他在《八十自述》中的话,那就是"一面读书,一面就用心想","边阅读边思想",才会有更大的收获。他新近给后辈的这个题词,寓意深刻,不只是"读书之道",进言之,读书如此,要做好其他任何事情,也是如此。

三

先生忠于教书,乐于读书,更勤于著书。

放眼中国现当代史学史,金冲及先生是当今杰出的马克思主义历史学家,他踵步马克思主义史家之先贤"五老"(郭沫若、范文澜、翦伯赞、侯外庐、吕振羽),著书立说,为奠建中国的马克思主义新史学做出了卓越的贡献。

先生1930年12月生于上海，今已耄龄八十有五。他1947年入复旦大学历史系读书，正是在这一年，他从一个政治上处于中间状态的青年学生，转变成一个如"邹容式"热血沸腾的革命青年，翌年入党，成为一个信奉马克思主义的先锋战士。此后，他历经旧中国的覆灭、新生的共和国成长与曲折坎坷、"文革"的风暴及新时期的改革开放，直至新世纪的中华民族伟大复兴的"中国梦"，积数十年之人生经历，他认准了马克思主义。十年前，他在给我的信中出自肺腑地写道：

> 我们解放前接受马克思主义，并不是外来灌输，而是自己经过比较后选择的。直到现在，我仍然认为从总体上说明历史的发展，还没有其他学说胜过马克思主义的。（2005年10月10日来信）

在这封信中，他说要为"建设马克思主义的新史学"而奋发工作。是的，自这之前的五十多年，自这之后的十年，积一个甲子，他在马克思主义的指引下，沐唯物史观的雨露滋润，浴晚近30多年的大好春光，勤于著书，为中国马克思主义的新史学，添砖加瓦，硕果累累。

先生曾主编《毛泽东传》《周恩来传》《刘少奇传》《朱德传》，这是他自1984年至2004年任职中共中央文献研究室二十年间的呕心沥血之举，为革命事业，亦为马克思主义的新史学添上了浓墨重彩的一笔。

他学术论著甚丰，从其1955年在《历史研究》上发表《对于中国近代历史分期问题的意见》一文开始，至他的2014年新作《一本书的历史》，涵盖了从晚清至改革开放一百多年的历史，从早年与胡绳武先生合著的《论清末立宪运动》《辛亥革命史稿》到其独著的《孙中山和辛亥革命》《辛亥革命的前前后后》《转折年代：中国的1947年》《五十年变迁》《决战：毛泽东、蒋介石是如何应对三大战役的》《二十世纪中国史纲》，等等。他之卓越，获得了国际声誉，2008年6月当选为俄罗斯科学院外籍院士，是中国历史学界继郭沫若、刘大年之后获此殊荣的第三人。

令人感怀的是，先生一直是个"双肩挑"的学者，上述列举的许多作品多在"公余"或他从领导岗位上退下来之后写作的。且看，从七十五周岁的第二天开始，一位老人，在冉冉斜阳中，伏案"爬格子"，不用电脑，而是一个字一个字地写，从中日甲午战争一直写到20世纪末，这样写了两年多，得120万字，四卷本的《二十世纪中国史纲》终于在2009年问世，至今已发行八万多册，获得了社会各界的热烈欢迎。对照之下，不禁自问：也已满七十五周岁的我，还能有什么作为吗？刹那间，我感到羞愧难当，怎能甘于慵散而不作为？

前几天，金老的孙儿金之夏与我通电话，我把这个在我系念书的高年级学生还当作孩子，与他说笑。

我问："你跟爷爷很像吗？"

他说:"有点像。"

我又问:"那你爸呢?"

小金回答很干脆:"很像!"

说完,我和这个大孩子都笑了。

我真的没有注意过儿子金以林、孙子金之夏与先生到底有多像,"形似"大概由基因决定的吧,这并不重要,重要的是"神似"。瞧这祖孙三代,都是"复旦人"。有趣的是金以林,其历史启蒙于人大,硕士在香港,再去新加坡国立大学"攻博",最后"博士后"在我系,终也获"复旦人"的名号。更令人惊奇的是,这祖孙三代人,在历史学科的专业方向上,竟出奇地一致:中国近代史。这三代人的浓浓的"复旦情结",流淌着"复旦人"的血脉,着实令人感动,也令人惊奇,可列为"史林佳话"也。

2015年,对复旦大学及历史系,都是不平凡的。是的,今年是我校建校一百一十周年纪念,我系建系九十周年纪念。在这双庆的日子里,我们热切盼望先生南行,再访复旦园,重温那段"岁月如歌"的时代……

(原载《文汇读书周报》2015年4月13日)

我的"宝岛四友"

在我国,松、竹、梅素有"岁寒三友"之称,而梅、兰、竹、菊则被誉为"花中四君子"。据此借用,我视王、周、戴、黄为"宝岛四友"。这里说的"四友",全名是:王汎森、周樑楷、戴晋新、黄兆强,皆是享誉两岸学界中生代的精英、史林俊彦,我与他们的结缘,均与学术交流相连,其结果无一不成了我的志同道合的挚友。以下,按这台湾"史中四君子"与我首次见面的先后为序,逐一道来,从中或许会看出两岸学人间的交往,情同手足,谊如松柏,或许是两岸一家亲的一个缩影。

说起王汎森,在当下两岸学界中鲜有不知的,人们知道他,不只是他拥有台湾"中央研究院"副院长和院士的双重头衔,而是他的学问,他专长从明清到近现代中国的思想史、学术史、文化史,于思想史更有精深的研究,我手头就有他赠送的《傅斯年:中国近代历史与政治中的个体生命》《古史辨运动的兴起》等多种,而他的论著,每每甫一问世,就会在学界广泛流传,并引发了不小的"读书热",如最近的那本《权力的毛细管作用:清代的思想、学术与心态》(北京大学出版社2015年版)出版后,"毛细管"一度成了学人间的流行语。但如果把他当成一位专注思想史的学者,那就未免太狭隘了,其实他的学术视野和知识面相当宽广,这或许得益于普林斯顿攻读博士学位的海外经历。这一点,我与他首次见面就留下了深刻的印象。话说二十年前(1996年5月),我们在山东聊城一起参加"海峡两岸傅斯年百年诞辰暨学术研讨会",会上我与他有一则"关于兰克史学的对话",这是会议程序所没有的,既出乎会议主办者的意外,又合乎学术交流的情理之中。对突如其来的"对话",汎森兄却应答自如,他关于兰克及西方史学的知识,令我这个专治西方史学的学者佩服。就这一则"对话",我便与他一见如故。此后,在两岸举办的多次学术会议上,我和他都有机会见面聚谈,共话学术,互赠新作,谈天说地,增添情谊。

汎森兄是个极其忙碌的人,如我们常说的是个"双肩挑"的学者,从"中央研究院"史语所所长到"中央研究院"副院长,他有做不完的行政要务与杂务,有永无休止的社交与宴请,有不可推辞的系列学术演讲(如2011年春在复旦、2016年春在北大),这需要花费他多大的精力啊。我每次见到他,都打趣地说:"老兄的头发又少了。"他总是笑笑,显出一副无奈的样子,终日益趋同于"苏格拉底的前额",显现出一副大学者的"王者风范"。不过,他平素又十分低调,我比他虚长几岁,他见面时总是十分谦虚,不像有些人,有了一点学问和名气,就唬人、摆架子了。

我想,面对这些,他的应对只能是勤奋,除此之外,别无他途。我在上个月,读到他的一篇文章:《天才为何成群地来》,说的是学术环境与创造力之间的关系,一群人(或"小圈子")的交流讨论,会把一个人的学问功夫"顶上去",其功效往往是"四两拨千斤"的。这个理,我信。我每每到台北南港史语所就会想到,在那里留下了多少个天南海北学者的足迹和吉光片羽,这正是天才萌生新想法的好地方啊,如鲁迅在《未有天才之前》一文中所言,"在要求天才的产生之前,应该先要求可以使天才生长的民众。譬如想有乔木,想看好花,一定要有好土,没有土,便没有花木了,所以土实在较花木还重要"。在这里,鲁迅强调了天才产生依赖外部环境的重要性。不过,倘"顶上去"的这个人不"修炼内功",没有"白首太玄经"的功夫,到头来,也是无所作为的。汎森兄之所以在一群人中脱颖而出,正是巧借外力,更由于修炼内功,于是就成为中国思想史研究领域的领跑者。

接下说的是周樑楷。1998年6月,由台湾中兴大学发起,召开了"海峡两岸史学史学术研讨会",我应邀与会,大陆学界同行者有北京师范大学的瞿林东、吴怀祺和陈其泰,浙江大学的仓修良,共五人。此次会议意义非凡,在当时两岸交流还很冷漠的情况下,它在两岸间架起了史学交流的桥梁,两岸的史学史家迄今仍难以忘怀。这架桥者有周樑楷教授的功劳，因为他是这次学术会议主办方的负责人。

在我的"四友"中，樑楷兄与我从事的西方史学史专业最为贴近。因而，我们很早就有了书信往来，他寄赠大作《近代欧洲史家及史学思想》《史学思想与现实意识的辩证：近代英国左派史家的研究》等专著和许多单篇论文，于我颇多教益，然也有颇多商议。不过，他在两岸学术交流中的主要贡献，还在于他对影视史学的真知灼见，故我最近在《人民日报》发表的《影视史学：亲近公众的史学新领域》（2016年2月22日）一文中还提到他，"台湾学者周樑楷率先将美国学者海登·怀特的Historiophoty译为'影视史学'，并把它的内涵扩大了，周说获得学界普遍认可"。此后，影视史学便登上了汉语学界的论坛。在大陆，本人也是这个史学新领域的推手，在引介海登·怀特与周氏之见的基础上，融入了自己的看法，并在我系西方史学史的教学中讲述它，受到了学生的欢迎。教学之余又撰文，还写了一本小书《影视史学》在台湾出版，算做了一回"班门弄斧"，这底气还不是得益于樑楷兄的无私帮助嘛。

我最近一次见到他是在前年6月，是时宁波大学召开了中国公众史学学术研讨会，我与他作为特邀代表莅会。老友重逢，倍感亲切，临别相约在台湾再见，我想这是能如愿的，纵然风云变幻，但"一湾浅浅的海峡"，也不致疏离成遥望，落得个"霜红一枕已沧桑"（陈寅恪致傅斯年的"望海诗句"）。有道是，滚滚向前的历史潮流，是任何力量都阻挡不住的，对此我笃信无疑。

"正是申城好风景，花开时节又逢君。复旦园里话中西，仰看先贤杜维运。"2013年4月初，辅仁大学戴晋新教授来我系做学术演讲，题目是"杜维运中西史学观的变与不变"，作为会议指定的"点评人"，我即兴以这首打油诗开头，为的是活跃场内气氛。晋新教授是中国史学史方面的行家，而杜先生又是他的老师，讲杜氏的"变与不变"，自然是驾轻就熟，切中肯綮，深受学子们的好评。其实，我与戴君的结识也是在1998年，记得那年6月"海峡两岸史学史学术研讨会"结束后，我等一行即移师台北，此时正值他主政辅仁大学历史系。晋新兄热情地邀请我们一行五人去他系上演讲，与学生交流。后来我们在台北的访问，又多蒙他关照，其热心与乐于助人，令大陆同道甚为感激。特别是参观台北故宫，得到了在该院工作的嫂夫人冯明珠女士（现为台北故宫博物院院长）之助，看到了许多馆中之宝。

上面"赠戴君"的小诗写到"又逢君"，说的是自那之后，我与他在两岸各地相见甚夥，还由于辅仁与北师大的天然的历史联系，因而在京华碰面的机会更多。不过，2007年1月初，晋新兄设家宴款待我，至今仍难以忘却。是时，我在东吴大学做"客座教授"，他家与东吴很近，但他怕我不认路，特地驾车来接我。进得府内，我惯有的习惯，是征得主人同意后参观书房，他自然十分乐意。他与明珠女士各有一间书房，只见顶天立地堆满了书。在晋新的书房，发觉他把我各个时期的赠书都放在一块了，我顺便找出了早年写的那本《克丽奥之路：历史长河中的西方史学》（复旦大学出版社1989年版），没有题签，顿时好生奇怪，他看出了我的疑问，在一旁说："在台大附近，有一家书店专卖大陆的简体字版的学术著作，我在那儿买到你的这本书。价钱只有人民币2.50元，真是价廉物美啊。"说着，他笑了起来，我也被他逗乐了。一本我于20世纪80年代末出版的小书，还早就为一位海外同行所收藏，岂不乐也。如是，我们早在20世纪90年代初就相识了。以书为媒，以学术牵引，其力大无穷矣！噢，还需记上一笔的是，那次吃饭的难忘，还因为他与嫂夫人轮流下厨，他们各施绝招，厨艺精湛，做出了味美可口的拿手菜，令我这个不会做饭的"上海男人"汗颜。

新世纪伊始，我记得黄兆强教授曾来复旦与我急匆匆地见过一面，那是星期二的下午，系上各教研室老师们固定活动的日子。我一进文科大楼九层，系办小王就告诉我，说有一位台湾友人指名要见朱维铮和我。待我进得会客室，见兆强与朱老师已在交谈，看来甚是融洽。我是初次见面，倒是维铮兄先把我给介绍了一番，弄得我很脸红。大概台湾友人的集体活动已做安排，我们的见面时间很短，兆强起身告辞说："我给两位带来的'伴手礼'，既不是凤梨酥，也不是高山茶，而是我的一本小书，不好意思啦。"他握住我的手说："后会有期啊！"他的礼物是他的大作《廿二史札记研究》，我没有准备，没什么"回礼"，好在2012年他来我系做学术演讲时，我赠他本人主编的六卷本《西方史学通史》等书,算是还了礼。

在此顺便插叙一下,看似傲气的朱维铮,其实有时也十分谦和,特别对待有志于学术的同志,总是相互切磋,相当客气的,遑论远道而来的台湾学界同人。那次碰面时间虽短,我们三人都觉愉悦。事后兆强兄还曾告诉过我,说朱先生不难打交道啊!

的确是"后会有期"。2006年秋天,我们在东吴大学又相逢了。是年9月至次年1月,我应邀做客东吴大学,在人文社会学院历史系做"客座教授",整整一个学期。是时,他在人文社会学院院长任内,掌管东吴五六个人文社会系科,可想工作之繁忙,可他还十分关心我这个来自复旦的"大陆教授"。他家离我住地很近,每天上班,总要经过我这里,碰上我为本科生上第一节课,常会在路上相遇,于是就边走边聊,从校内到校外,从教学到起居,无话不谈。他抽空,总是约我吃个饭,已记不清是多少次了。节假日,他驾车出游,常邀我同行,在台北的各个角落,都留下了我们的足迹。记得有一次,去台湾北部野柳观女王雕像。我发觉,一路上黄君只管开车,遇到拐弯时,总由坐在一旁的嫂夫人引路,每每在这时他总是自嘲:"我听老婆的!"一路行来,一路笑谈,从中我对这位当今台湾中国史学界的头面人物(他任台湾中国历史学会理事长)有了更多的了解:他祖籍广州,生在香港,大学在香港新亚研究所,后去法国留学,师从国际汉学界泰斗谢和耐教授,以优等成绩获巴黎大学博士学位后,便来东吴大学任职至今。我有时也偶尔看见,在工作之余,他在外双溪河边散步，观鱼儿悠游，望白鹭戏水……看得出来，他爱东吴，爱东吴的一草一木，一砖一瓦。

其实，东吴很小，台北的黄金地价逼使它只能依山而建，往高空发展，有形的空间相当逼仄，连孩子们谈情说爱，也找不到一些隐蔽的地方；然而，东吴又很大，逼仄的空间阻挡不住四面八方的来客，不怎么宽敞的地下礼堂，总见人头攒动，营造出了一个广阔的思想自由的无形空间，在我们面前彰显出一个无比广袤的大千世界，不是吗？在东吴可以不断听到来自大陆同行的声音，发现域外学者的身影，比如在"萧公权学术讲座"主讲的"旧雨"李学勤、参加"林语堂研究学术研讨会"的"新知"诺奖评委马悦然……

台北的亚热带气候，与四季分明的上海迥然不同，校园的树木总是绿色的，从初秋到冬天，呈现在我眼前的，都是这个样子，这让我对季节转换变得迟钝了。然而一个学期很快地过去了，我在东吴的兼职已经完成，告别了东吴学子、同人、黄君，小车沿外双溪蜿蜒而下，回眸送行者，终于消失在我的视野中。蓦然间，在我耳畔遥闻李白《赠汪伦》的声音：

李白乘舟将欲行，忽闻岸上踏歌声。
桃花潭水深千尺，不及汪伦送我情！

"桃花潭水"，此刻我与李白的情感是相涌的。延伸之，我与台湾"史中四君子"的学术文缘,将如台北的榕树长青,如上海的玉兰芬芳。

(原载《文汇读书周报》2016年5月16日)

远逝的声音　永恒的回响
——写在复旦历史系建系九十周年暨《怀念集》出版之际

时光流逝,物换星移,犹如白驹过隙,复旦大学自1925年设立史地学系,迄今已整整九十年了,沧海桑田,桃李遍天下。在人类历史长河中,这九十年弹指一挥间,但在复旦历史学系的系史上,仍是一段相当漫长的行程:它历经民国沉浮、新旧中国、"文革"前后、世纪交替,可以毫不夸张地说,历史系这九十年的历史,演绎着时代的巨变,社会的进步,折射出一部鲜活的中国现代史,尤其是中国现代教育史和学术史。

为了庆贺历史系建系九十周年华诞,早在前年5月,经系党政领导决定,向生活在祖国各地的系友们刊发征文启事,举办九十周年系庆征文,其后得到了各方面的热烈响应。是的,当我们回顾复旦历史系建系九十年的悠悠岁月,自然会回忆起曾为当今复旦历史系的教育事业和学术研究奠定基石或添砖加瓦的前辈，于是就有了这部书。这部以追忆与怀念为主的文集，辑录十四位历史学家，倘以他们的出生年月为序，依次是：陈守实、周予同、耿淡如、周谷城、王造时、蔡尚思、谭其骧、胡厚宣、杨宽、章巽、田汝康、程博洪、金重远、朱维铮。说来有趣，十四位大家的这个数字，在不经意间便成了复旦历史系的代码14，这当然是巧合，但在冥冥中，偶然也暗示着必然，这就是：他们是历史系的一个标杆，是历史系的一张名片，是历史系的一种象征。总之，他们在中国现代史学上的业绩斐然，大音希声，声震史林，薪火相传，犹如空谷石崩，留下了经久不息的回音。因而，称他们是历史系系史上的一代宗师，现当代中国史学史上的大家，这应当是实至名归的。

为方便本书读者阅读计，特作小诗一首，以为导引，每句兼作本文子题。诗曰：

> 天光云影九十载，
> 大音希声飘天外。
> 且将薪火代代传，
> 旦复旦兮风华在！

首句略说系史。"大音"句简述这十四位传主的情况，"且将"写先贤给后人留下了什么。尾句则是展望未来。

一　天光云影九十载

为了传承历史，继往开来，学习与继承这十四位大家的学术遗产，在这里我们有必要回溯与重温历史系的历史。标题"天光云影"取自朱熹的诗《观书有感》之一，诗云："半亩方塘一鉴开，天光云影共徘徊。问渠那得清如许，为有源头活水来。"倘用诸具有九十年历史的历史系也是这样，换言之，历史系之所以能代代绵延，成卓然气象，皆出于它的"源头活水"，唯其如此，才能成就历史系的"天光云影"九十载。

20世纪以降，具有悠久传统的中国史学发生裂变，开始剥离传统史学的脐带，艰难地走出中世纪，迈进了现代史学的门槛，从而开创了中国史学现代化的新途。随着20世纪前期中国现代高等学校的纷纷创立，各校也随之先后创建了史学系，北京大学率先在1919年首创，接着复旦大学于1925年创办，随后，燕京大学和清华大学于1926年、辅仁大学于1927年、北京师范大学于1928年相继陆续设立。可以这样说，在中国现代高等学校历史系设立的排行榜上，复旦历史系当为前列。

当1925年复旦大学新设史地学系，已在复旦创校二十年以后。学校最初未设史地科，那不是创办人马相伯的讨错，恰恰相反，由马校长亲自制定的学校章程，凡攻读政法文商各科的学生，从预科到本科，每年都要把历史、地理当作必修课程，中外史地两课列为"大文科"学生人人必读的通识教育项目。因之，倘说到历史学在复旦成为中西兼备的现代性学科，便应说它与建校一百一十年的复旦同步诞生。

说来也巧,复旦历史系的建系之日,正是复旦校歌制定之时。这首校歌由刘大白作词、丰子恺作曲,歌曰:"复旦复旦旦复旦／巍巍学府文章焕／学术独立、思想自由／政罗教网无羁绊／无羁绊,前程远／向前,向前,向前进展／复旦复旦旦复旦／日月光华同灿烂……"自此,它唱响在东海之滨,也一路伴随着筚路蓝缕之际的历史系成长。

复旦历史系,当其发轫之初,随时运跌宕,备历曲折,真是举步维艰。比如,至1948年为止,在有资料统计的九年中只招收学生共88人,平均每年只招到9.8人。1949年中华人民共和国的成立,不仅开始了中国历史的新纪元,也为复旦大学、复旦历史系开创了新篇章。自此,翻开历史系系史,它经历了三次重大的转折。兹略述如下:第一次发生在1952年的院系调整时。20世纪50年代初共和国这次重大的教育变革,使复旦的文理诸系综合实力大为提升,跨上了前所未有的新台阶,历史系尤甚,由于江浙与沪上多所大学的著名史家加盟,复旦历史系顿成东南史学第一重镇。经过院系调整后的本系,其阵营可谓秀冠群伦,在中国史方面,有陈守实、周予同、谭其骧、胡厚宣、马长寿、蔡尚思等;在世界史方面,有周谷城、耿淡如、王造时、陈仁炳、朱澂、章巽、田汝康、程博洪等,还有当时已脱颖而出的中青年史家,如张荫桐、胡绳武、金冲及、赵人龙。在院系调整的基础上,经过50年代到60年代初的锐意进取和开拓创新,全系在教学体制、专业建设、人才培养、学术研究和教材编选等各个方面,无不创造了带有基础性意义的成就，为尔后历史系的发展打造了坚固的基石。正因为此，当1961年年初，中央宣传部副部长周扬对全国重点大学文科进行调研时，认为在史学系科，复旦历史系可居鳌头。

第二次重大转折发生在党的十一届三中全会以后，拨乱反正，改革开放，犹如春风拂面，迎来了"科学的春天"，也迎来了历史科学的春天，作为"文革重灾区"的复旦历史系尤然。度尽劫波，所幸老成未尽凋谢，比如周谷城、谭其骧、蔡尚思、杨宽、章巽、田汝康、程博洪等，个个焕发出像年轻人那样的活力，老而弥坚，奋发有为，在中外史学的诸多领域做出贡献。

新世纪伊始，复旦大学迎来了新的发展机遇期，也使复旦历史系发生了第三次重大转折。国内外大环境为校、系大发展创造了有利条件，在教育战线吹响了建设中国特色世界一流大学的集结号，国家级投资教育重大工程的启动，如"211"和"985"，都有力地促进了高等教育事业的发展。复旦历史系乘势而上，借助"外力"，修炼"内功"，在教学科研、学科建设、师资队伍、人才培养等方面都取得了新的长足的进步，在继承传统中又有了创新，这是众人都目睹的事实，在此不一一赘说。"以管窥天，以蠡测海"，进入新世纪，十四位传主逐一谢世，这时期历史系的学术成就，或可以一中（朱维铮）、一外（金重远）两位学者那里得到印证。

复旦历史系经历了这三次重大的转折，首次奠定了历史系的基业，复次使历史系壮大，再次迈开了新的步伐，虽历尽坎坷而坚韧不拔，终铸就今日成就，以增复旦之荣光，更添史学之辉煌。

二 大音希声飘天外

复旦大学建校已一百一十年，具有悠久的历史传统；复旦历史系亦逢九秩大庆，亦具有深厚的学术文脉。须知，大学所承载的基本使命就是不断推动学术的发展，校庆也好，系庆也罢，该纪念什么呢？那就是学术，正如李大钊所说，"只有学术上的发展值得作大学的纪念"。同样，复旦历史系九秩纪念，也应当首先关注"学术上的发展"。为此，我们从历史系的历史上，寻找出对本系学术发展居功至伟的这十四位代表人物，因为在他们身上揣着一部中国现代学术，尤其是现代史学的发展史，可以这样认为，中国现代史学的缘起及其发展史，复旦历史系的系史可称得上是一个缩影。

以下对十四位传主逐一做索引式的介绍，旨在为历史系学术传统与创新贯联，让历史与未来对接。

陈守实（1893—1974），江苏武进人。1949年由周予同引荐入复旦历史系任教，著有《中国土地关系史稿》《中国土地制度史》等，终生服膺马克思的社会历史理论与方法，其文高度凝练并充满思辨色彩。

周予同（1898—1981），浙江瑞安人。1945年起开始在复旦任教，1949年后在历史系任教。院系调整前后，曾主政本系五年多。

主编《中国历史文选》，享誉史坛的经学史家，其成就可见朱维铮编的《周予同经学史论著集刊》。

耿淡如（1898—1975），江苏海门人。1917年入复旦大学读书，1932年在本校政治系任教，院系调整后转入历史系，耿氏一生与复旦结下了不解之缘。中国的世界史研究第一代先贤，尤其是中国的西方史学史学科的先行者与奠基者之一，著有《西方史学史散论》等，译著有古奇的《十九世纪的历史学与历史学家》等。

周谷城（1898—1996），湖南益阳人。在复旦大学抗战内迁重庆北碚时期即任教本系，研究领域广泛，著述甚丰，当年在学术辩论中坚持真理的顽强精神令人印象深刻，周氏又因我国史坛唯一以个人之力撰写《中国通史》和《世界通史》而名闻天下，罕有其匹。

王造时（1902—1971），江西安福人。1949年后入复旦政治系任教，院系调整后转入历史系，讲授世界近代史，著有《中国问题的分析》《荒谬集》等，他译的黑格尔《历史哲学》为中译善本，至今仍在学界广泛流传。不过，"七君子"之一的民主斗士的形象却淹没了他的学术成就。

蔡尚思（1905—2008），福建德化人。20世纪50年代初转入复旦大学，出任院系调整后的首任系主任，后又任复旦大学副校长，他双栖于教育与史学，著述甚丰，尤长于中国思想史研究，服膺墨子、提倡墨学。

谭其骧（1911—1992），浙江嘉兴人。上海解放后加盟复旦历史系，曾主政本系十余年，"文革"后又任历史地理研究所所长，中国科学院地学部委员（院士），中国现代历史地理学科的奠基人之一，主编八卷本《中国历史地图集》，著有《长水集》《长水集续编》等。

胡厚宣（1911—1995），河北望都人。1947年至1959年间曾任教复旦历史系，后调往中国科学院历史研究所，早年参加安阳殷墟发掘，专长于古文字学和甲骨文研究，主编《甲骨文全集》，著有《甲骨文商史论丛》等。

杨宽（1914—2005），江苏青浦（今属上海）人。1953年入复旦历史系任教，1960年调任上海社会科学院，1970年后又专任本系教职，长于先秦史、战国史研究，著有《战国史》《西周史》《古史新探》等。

章巽（1914—1994），浙江金华人。1948年至1949年，曾在复旦历史系兼职，1956年正式入复旦历史系任教，专长于中亚史、中西交通史、中国航海史的研究，著有《我国古代的海上交通》《〈法显传〉校注》等。

田汝康（1916—2006），云南昆明人。1953年入复旦大学历史系任教，世界史家，专长于南亚史、中外关系史研究，著有《滇缅边地摆夷的宗教仪式》《中国帆船贸易与对外关系史论集》等。

程博洪（1917—2001），湖南醴陵人。从名门望族走出，投身学界，1950年入复旦大学，院系调整后入历史系，是复旦大学拉丁美洲研究室创始人之一，专长世界近代史、拉丁美洲史，编校有《拉丁美洲史》等。

金重远（1934—2012），江苏常州人。20世纪50年代留学苏联，归国后于1959年加盟复旦历史系，世界史家，专长于世界近现代史、法国史研究，著有《20世纪的法兰西》等，主编《20世纪的世界》等。

朱维铮（1936—2012），江苏无锡人。1960年复旦历史系本科毕业后留校任教，治史崇尚以古史的眼光看近代史（或反之），用考据学的方法做思想史（或两者结合），专长中国思想文化史研究，著有《走出中世纪》《探索真文明》等。

三　且将薪火代代传

众所周知，大凡历史稍长一点的学校（或系所），都有属于其自身的历史传统和学术精神，而这些传统和精神的建设就仰仗于卓然绝伦、令人仰止的大家。试想，倘复旦历史系没有"四老"（两周、陈、耿）、没有"两公"（谭、蔡），相信路上会显得冷清多了。旨在不断开拓与创新的历史系，在当下迫切需要把这些大家所熔铸的传统发扬光大，使他们的学术精神与信念薪火相传。简言之，先贤给我们留下了什么？从上述十四位传主身上，我们试作归纳，不妨列举以下几点。

第一，"博大精深"，这是历史系最为显著的学术传统。

从某种意义上说，复旦历史系是与周谷城的名字联系在一起的，在新时期欢迎历史系新生的黑板上，常写着"欢迎你，未来的周谷城"，令人触目难忘。是的，翻开系史，第一次大革命失败后周先生来到上海,从研究中国社会的历史与现状,转到研究中外历史,先后撰写《中国通史》与《世界通史》,在内迁重庆时的复旦史地系任教,抗战后又任迁回上海后史地系首任系主任,自此与复旦历史系结下了不解之缘。在院系调整后本系勃兴的日子里,在共和国十七年本系曲折坎坷的岁月时,在新时期本系蓬勃发展的时代中,即使在入阁人大任副委员长、政务繁忙之际,他也不忘我系的发展。历史系的广大师生总能感知到周氏倡导的"博大精深"的脉搏,深刻地影响着我们。

历史系"博大精深"的传统,周谷城先生身体力行,但他也由"博"返"约",院系调整后改授世界上古史,带这个专业的研究生。本系同人亦相向而行,仍以"四老"为例,周氏之外,陈守实笃信马克思的历史理论,周予同与耿淡如均有过编写"本国史"与"外国史"教材的史学实践,因而他们三位前辈从事各自的专业——中国土地关系史、中国经学史、西方史学史,也都具有"通识眼光"。唯其如此,他们方能在各自专长的研究领域中游刃有余,做出重大的贡献。

复旦历史系"博大精深"的传统,是通过"通专并举"的教学体系来实现的。20世纪30年代,本系"通专并举"的教育理念就已确立,此后渐成制度,80年代初周氏提出的办系建议仍是"通"与"专"兼顾,直至当今实施通才的"通识课程"等举措。以本系1964届毕业生为实例,或可佐证:这届学生于1959年入读复旦历史系,正逢"教育革命"余波,即使在这样的形势下,重新修订的历史系培养计划仍强调要有"较广的历史科学知识"。

此时学制五年,先用一半左右的时间集中全力学习两门"通史"(《中国通史》《世界通史》),后全班学生按志愿分列成中国古代史、中国近现代史、亚非拉民族解放运动史(实为世界史)三个"专门化",学习为各"专门化"开设的系列专业课程。在当时整个本科教学过程中,十分强调打好"三基"(基本理论、基本知识和基本技能),并辅之以相关配套课程,培养学生具有中外历史学的系统知识和文史哲各科的广博知识,以及写作能力。总之,"通专并举"的教学体系,成了践行"博大精深"传统的支撑点,由于这一方针的贯彻,历史系造就了一批"通专兼具"的专业人才,他们在走向社会以后,发挥自己的"通才"优势,利用扎实而宽广的基础知识,具有较强的分析问题与解决问题的能力,而赢得了同行和领导的点赞。

第二,彰显独特的个性,这是历史系的特色。

在复旦大学,历史系的老教授们所彰显的独特个性永远是校园内的一道道风景,不是吗?已出版的《名师剪影》中多有描绘,对此不赘。在这里,要注重的不是流传的逸事、出彩的风姿,而是他们的专长。本书的十四位传主,个个显示了才华出众、独立不羁的学术风范与个性。上述"四老"之外,其余的如王造时之于政治学说史,蔡尚思之于中国思想史,谭其骧之于中国历史地理学,胡厚宣之于甲骨学,杨宽之于先秦史,章巽之于中西交通史,田汝康之于中外关系史,程博洪之于拉丁美洲史,金重远之于法国史,朱维铮之于中国思想文化史等,我系简直成了专业人才的荟萃之地。如同我们在翻译界常说的朱生豪之于莎士比亚，傅雷之于巴尔扎克那样，他们创造了后人一时所难以企及的学术成就，不愧为各自研究领域中的"奥林帕斯山上的宙斯"。

彰显独特的学术个性，日渐成了历史系的办系理念，成了历史系的又一个好传统。事实证明，唯其如此，复旦历史系才能不断发展，不断培养出为学界所公认的专家，于是不仅在20世纪60年代初与北大历史系比较而言，"可居鳌头"，而可望在当今史坛擢居海内一流。

为了彰显独特的个性，需要"兼容各家"的胸怀与气魄。在这里，老一辈为晚辈做出了榜样。比如，院系调整后周谷老与耿老同在世界古代史教研室工作，自傲的"西周"与谦和的耿老，各有所长，又相互合作，足足共事了二十五年，也和谐相处了二十五年。这不只是个案，其中谭其骧主持编绘的传世名作《中国历史地图集》，更是"兼容各家"、合作精神的范例。在这项重大学术工程中，面临着周期长、人员多，参加者学风有别，个性各异，倘没有一种"兼容各家"、和谐合作的精神，那这部巨著的完成确是难以想象的。此后这种精神，薪火相继，始终坚守。在中国新时期历史系所出的重大成果中，比如《中国文化史丛书》《世界文化史丛书》等，无不体现了这种精神。又如在新世纪之初，历史系启动的重大项目《中国史学的历史进程》三卷本，由朱维铮主编，他集全系之力，各展所长，主编与大家切磋琢磨，既能商量，也能妥协，很是随和，并不像外界传言的"难以合作"。此外，本系的"中外现代化研究中心"，从申报、立案及其获准后的运作,倘没有全系各方的相互配合,那也是难以想象的。

第三,以学问为生命的真精神,此为复旦历史系立系之本。

"博学而笃志,切问而近思。"这是复旦的校训,也是复旦历史系系训,本系九十年来所取得的成就,确是属于那些矢志不渝,终生为历史学发展而献身的人。本书十四位先贤之事略,当为范例。你看那些前辈,他们那种一丝不苟、严谨求实的学风,令人肃然起敬,也令人称道。在此,我们特地还要添上一笔,为本系离退休老师点赞。他们是,"老骥伏枥,志在千里",越至老境,越加奋发,笔耕不辍,成就非凡,有的甚至比在岗时的成果还要多,令人惊叹。在他们身上,我们能清晰地看到,学问是一种生命的延续。

在此,我们要补白一点的是,以史学史专业为例稍释题旨。复旦历史系自院系调整后,便逐步形成重视中外史学史的传统。当时相继主持系政的"东西两周",都十分重视史学史,强调史学史是文化史的核心成分,史学专业应该同时设置中国史学史、世界史学史(实为西方史学史)两门主课,以及与之相辅相成的原典教程。经过多年政治运动的扰攘,到20世纪60年代初,两门史学史同时讲授,才在复旦历史系变成现实。中国史学史方面,由陈守实率先开设,"文革"后谭其骧重主系政,高度重视史学史课程建设,决定由朱维铮接续主讲中国史学史,并多次与朱讨论中国史学史该怎么讲,不由让那时刚过不惑之年的朱维铮感喟:"凡此,均使我感知前辈史学大师以学问为生命的真精神!"

显然，这一精神在历史系是代代相传的。这是历史系立系之本，也是要首先弘扬的最重要的历史传统。

四　旦复旦兮风华在

复旦历史系，从1925年创系至今已整整九十年了，从人的生理年龄来说，九十岁当是耄耋之年，但从现代教育史来看，或与西方国家现代大学历史系系史相较，我们只能称作小弟弟。这让我们记起周谷城在20世纪80年代初曾经说过，英国牛津大学的历史系是世界上最好的历史系，周氏希望将来的复旦大学能成为"东方的牛津"，言下之意，将复旦历史系也办成"东方的牛津"。与具有久远历史的牛津大学历史系相比，复旦历史系也许连小弟弟都挨不上。但它能否作为复旦历史系的圭臬，还是可以再加斟酌的。不管怎样，见贤思齐，向包括牛津大学在内的世界一流大学学习，借鉴他人办系的成功经验，加快建设中国特色世界一流大学，这不仅是当年老系主任周谷城的期盼，也是今天复旦历史系全体师生员工的共同愿望。

鼓声阵阵，催人奋进。当下，在欢庆复旦大学建校一百一十周年之际，把复旦带进了追求世界一流大学的快车道。华章新续同盛世相约，经典重写与国运俱进。倘若说复旦人曾备尝艰辛而坚韧不移，在今天复旦的发展壮大更不可阻挡，那么历史系的发展壮大亦不可阻挡，借助"外力"正逢时也，修炼"内功"有其底蕴，遂应天时地利人和，昂然开拓，铸就明日的璀璨。

再过十年,就是复旦历史系的"百龄嵩寿",期颐之岁也不老矣。在我们看来,只要历史之树常青,历史学之树也该是常青的,因为我们拥有九十年来积蓄的历史传统和学术精神,从中汲取资源,汲取养料,那么我们的历史系将永葆青春之活力,而不断焕发出新的生机。揽一缕世纪的霞光,采一片绚丽的卿云;博学笃志,薪尽火传;切问近思,求索无疆。唯听驼铃声声,追寻先行者的足印再出发,探寻一流路,始终进行时,百年风云写春秋,旦复旦兮风华在!

(说明:此书待出,书名未定。为便于写这个前言,作者暂用名《怀念集》,写于2016年。)

最是长相忆
——四川北路的文化记忆

近作小诗《相忆》如下:"同饮一江水,形影难分离。闲坐话往事,最是长相忆。"说的是我与四川北路的牵念与思连,她好像成了一位与我难分难舍的好朋友,蓦然回首,在整整七十年间,时光所编织的"四川北路情结",岁月所积淀的不灭的文化记忆,一直留存在我心间。

小时候,我住在闸北区,那里穷街陋巷,文化设施薄弱,我平生的第一次看电影,就由此与四川北路结了缘。一天母亲放工回来,手里拿着一张电影票,高兴地说:"厂里工会发给我一张电影票,给你去看吧。"我自然乐不可支,揣着票子步行,由虬江路往东右转往南,就到了四川北路,至海宁路左拐走百步,就到了我要找的国际电影院。进得院内,在大厅墙壁上挂了多幅当时苏联电影明星的照片,记得的有邦达尔丘克、玛列茨卡娅。在20

世纪50年代，风尚是"以苏为师"，电影院放的自然尽是苏联电影，我这次看的也是苏联影片《金星英雄》，是邦达尔丘克主演的，后来在这里，我还看过由玛列茨卡娅主演的《乡村女教师》。总之，这两部电影思绵四川北路，是我青少年时代留下的美好的文化记忆，连同它在我那时的繁华印象，一直储存在脑海中。

1959年，我进复旦大学念书了，与四川北路之缘却在延续。我校当时还属宝山县，周边文化设置落后，所以大学生涯（包括后来读研究生）始终与四川北路连绵着。学校礼堂虽周末放电影，也有演出，如校话剧团1962年秋在登辉堂（即现在的相辉堂）演出话剧《红岩》，深受大家欢迎，后还移至四川北路桥堍的邮电工人俱乐部礼堂公开售票对外演出，风光了一阵子。但此时与我个人关联更多的是这条路的文化牵引，这里说的主要是买书。说起四川北路的书店，只有三家，虽不密集但分布均匀，一南一北，各有一家，这两头的新华书店是很有来历的，南头854号是商务印书馆虹口分店，陈云同志于1925年至1927年曾在这里工作过，北头（山阴路口）的新华书店，其隔屋原是著名的内山书店（1917—1945）的旧址，20世纪30年代曾是鲁迅、"左联"作家与日本进步人士内山完造聚会的场所。每当我在这家书店选书浏览的时候，总觉得身后有一双眼睛望着我，深邃而慈祥，噢，那是鲁迅先生的目光。四川北路中段（武进路南），有一家旧书店。检点现在家内的藏书，旧平装版的《万有文库》（史学类）、《大学丛书》、《良友文学丛书》等，大多是从这家旧书店，还有福州路总店淘来的。这里还得插叙一句，大学毕业后，我于1964年秋入历史系读研究生，当时国家除每月发给每人44元生活津贴外，每年另可报销120元购书款,这大大刺激了我们这些研究生的"购书欲"。我现今翻看那时买来的书,真是"价廉物美"啊,比如由王造时先生译的黑格尔《历史哲学》(今学界公认三联的王译本乃此书译著的善本)售1.40元,耿淡如师于1933年翻译的海斯和蒙合著的《近世世界史》,精装版894页,只有0.80元,呵,太便宜了吧!回想当时购到时的情景,其雀跃之状犹在眼前。

生活随时间而转换,城市随岁月而变迁。从风暴初起至春风骀荡的80年代中期,我与四川北路有了零距离的接触。是的,我在此安家了。住房是妻子单位分配的,在四川北路末端润德坊,那是一种很典型的旧式石库门房型,按当时设计是一门一户的,但如今在1号中却住了四家。进门有一个小天井,墙边有水斗,是底楼人家用的,底楼的一间厨房已被底楼住户独用,二楼亭子间住的是一对新婚小夫妻,吃喝拉撒全在贴隔壁的娘家,三楼有一对老夫妻住着,在二楼拐角处的一小间,是他们家的厨房。我们住二楼,房间顶好,但我们搬来后发觉公用部位皆有归属,这种归属无形之中也就有了正当性。民以食为天,后来我们在二楼过道处也装了煤气,这自然给三楼人家上下带来不便,但也无奈地接受了。然这里人家最恼人的却是没有抽水马桶,每天清晨都被清晰的"倒马桶"声惊醒。不过,在那时我们有了这个家,一切都好,一切都不在话下了。

在四川北路的润德坊,我们足足住了十八年,平头百姓,市井生活,印象深的可记下几件。买米:当时还需购粮证,粳米每月限量,得到定点的多伦路粮店去买,自带米袋,我每次买30斤,限购的粳米与籼米由店员搅和,装满一布袋,肩上一扛就回家了，喔，当时我力气也蛮大的。购物：去四川北路南端的中百七店，越现今沪上年轻人都知晓的甜爱路，越长春路，越海宁路就到，当时购物主要是这家，总能满足，感觉很好，很少去南京路或淮海路的。泡开水：同心路口有家老虎灶，要先买好竹筹子，我通常打两瓶开水，因为用过一阵煤油炉烧水不便，便去那里泡开水，自装了煤气之后就不用再去老虎灶泡水了。看病：儿子诞生后，既给我们带来了欢乐，也增添了不尽的劳累，孩子身体弱常发热，我们就抱着他去四川北路（近横浜桥）的第四人民医院（现为市一医院分院）看病，因为常常要挂水，有时要忙活一个晚上而不得安宁。

因忝列"文化人"，其实我对四川北路还真是蛮感恩的。还说看电影吧，离家近的有永安电影院和虹口区工人文化馆（大礼堂也常放电影），再走几步就是群众剧场（影剧双栖），再过去就到国际电影院的群落了，有胜利电影院、解放剧场（影剧双栖）和虹口大戏院（现已消失），这四家之间的距离都只百步之遥。还值得一提的是四川北路的红星书场，在五六十年代与当时沪上著名的大华书场、仙乐书场、西藏书场等齐名，我曾在这里听过书，欣赏过蒋调的淳厚和洒脱，丽调的清丽和委婉。

走得勤的自然是去四川北路邮局寄邮件，我那时也蛮拼的，说要把失去的时间夺回来，查点当时的学术记录，也确实写了不少文章，于是便隔三岔五到那家邮局寄发，去多了，营业员也认得了我，知道复旦的一位老师又来寄文投稿了，而我怕文稿遗失，多寄挂号，更加深了他们的印象。

现在回想起来，住在润德坊的时候，走得最多的当数虹口公园了（1988年易名为鲁迅公园）。记得那时进公园还要买门票的，我与儿子各买一张公园月票（每张五角钱），每天一大早就去公园跑步。家距虹口公园近在咫尺，只消两三分钟就可到达，来回均穿梭隔壁的亚细亚里弄堂，必经李白烈士故居，就给孩子说李白的故事，让他知道由孙道临主演的国产影片《永不消逝的电波》之原型就在我们这里。

20世纪80年代中期，我进入学校排队分房的行列。终于要搬家了，搬家时，一辆大卡车搬走了一些家什与一大堆书，但搬不走的却是对老屋的眷恋与思念，那留驻记忆中的馨香。如今，每当我路过四川北路2330弄那熟悉的弄堂口时，就不由自主地望着弄堂口门牌上方刻出的醒目的"A.D.1924"，这老屋比我出生还早十五年啊。

自在杨浦区学校附近安家后，我的"四川北路情结"仍在延续，比如，大凡我的学术界朋友来看我，我都会陪同（或推荐）他们去四川北路逛逛，去鲁迅公园一游。1927年10月，鲁迅先生自广州到上海后，就一直活动在四川北路一带，后定居在山阴路大陆新村。就在这里，引领"左翼文化运动"，谱写了他晚年令人难忘的篇章。

前两年，鲁迅公园经过大修，丰富了"鲁迅元素"，充实了"文化内涵"，变得更好看了。夏日，某天，我陪友人出游四川北路。我们上午去了鲁迅公园，参观纪念馆，谒墓地，访故居。午饭后，来到了多伦路"名人文化街"。说时迟，那时快，闷雷，迅电，随即大雨倾盆而下。避雨间歇，我说起了过去在多伦路粮店买米的事，友人笑了；又连带说起住润德坊早晨那声声吆喝的窘境，友人又笑了，迅即追问"现在咋样？""不一样了，前些日子我去过老家探望，邻居们都说早就挨家挨户用上了抽水马桶，还装上了简易淋浴房……"，友人连声说："那就好，那就好！"闲谈之间，雨停了，大雨把个多伦路冲刷得干干净净，也许是雨，也许未知，"名人文化街"的游人稀少，入口处上海基督教鸿德堂的晚祷声尚未响，地摊收了，古玩字画之类的商店还开着，我有意寻找那家粮店，当然也消失得不留踪影了，此时，多伦路显得出奇地安静。我与友人一路走着，流连忘返于路两旁的多种式样的建筑群中。这里的历史建筑是很有来历的，如"左联纪念馆"、中华艺术大学学生宿舍、孔公馆和沈尹默、王造时故居等，都是民国时期留下来的优秀历史建筑，如今都在门前一一铭牌示知。一路走着，一路寻访当年鲁迅、瞿秋白、郭沫若、茅盾、丁玲等文学先驱在这里的历史印痕，那种光风霁月的文学旅程和革命生涯，这些建筑就成了破译四川北路文化记忆的密码，一座历史档案馆，值得后人好好保存与传承下去。一路走着，已夕阳西下，余晖洒在屋上、树上、路上、脸上，闪现出雨后的明澈，落霞的美丽，回望四川北路，夜将临，灯微暗，繁华缓缓远去，冷清渐渐弥漫，然假以时日，它必将在转型的阵痛中"浴火重生"，重现光华，而此刻在我脑海里翻腾的依然是它的文化记忆，"最是长相忆"！

今年十月，正值鲁迅先生逝世八十周年，谨以此文深切纪念与缅怀鲁迅先生。

(《解放日报·朝花》2017年2月2日)

让克丽奥走向坊间

让克丽奥走出象牙塔，走出高楼深院，走向坊间，为社会大众所喜欢，所接受。

新的开始　新的期盼

岁月易逝,不知不觉《史学理论》创刊已二十年矣,就像一个孩子,从呱呱坠地至今,不经意间却已长大成人了。

《史学理论》之创刊,得天时地利人和,沐浴在改革开放春风之中,诞生于史学理论兴起之时,汇京华能人,聚九州才俊,共襄盛举,故甫一问世,即受到学界的欢迎,且声誉日隆,成绩斐然,自不必说。在回顾与展望之际,不由使我想起了七十多年前的《经济与社会史年鉴》杂志,那本使法国年鉴学派因此而得名的著名刊物。它在1929年创刊号的《发刊词》中,公开标明要"拥有自身所固有的精神与个性"。好一个"拥有自身的精神与个性"! 后来年鉴学派之所以扬名国际史坛,似与《年鉴》杂志对这一信念锲而不舍的追求不无相关。

由此,我想到了办刊之道在于要体现特色,凸显个性,那么,如何才能体现与凸显《史学理论研究》杂志的个性或特色呢？个人就此略说一二，作为编辑部的一种参考，也是笔者对贵刊今后工作的一种期盼。

其一，全力把中国史学研究的优秀成果推向世界。《史学理论研究》在国内是"权威刊物"，而且在境外也颇具影响。记得在八年前，我去台湾参加史学史研讨会，在提交的论文中有述及朱本源先生在20世纪90年代前期发表在贵刊的系列大作：《〈诗〉然后〈春秋〉作》《孔子史学观念的现代诠释》《孔子历史哲学发微》等，其文立论大气，释论精微，有力地证明中国古代史学有其自身独到的理论遗产，并不缺少近代西方史学中的历史思维，朱先生的这些篇章在会上激起了有力的回响，这足以说明把中国史学研究的优秀学术成果推向世界，将会产生多么大的影响。由此给我的启示是，中国史学本有丰富的遗产，当今的一个要务就是要认真致力于发掘，不管是历史理论还是史学理论，都值得我们花大力气去发掘它。近年来，"中国史学如何走向世界"的呼声不绝于耳，我个人觉得，在海外都有着广泛影响的《史学理论研究》上不断刊发能反映中国史学优秀遗产的一流研究论文，使国际学术界进一步了解中国史学，并不时让他们听到中国史学家所发出的声音，那真不失为使中国史学走向世界的一条通道。为此，我希望经常读到类似朱本源先生那样的大作。

其二，继续全力引进域外史学，我这里主要说西方史学。《史学理论研究》在这方面曾经下力甚勤，特别在介绍现当代西方新史学方面，更是不惜篇幅，尤其是贵刊经常刊登的海外史家访谈，能让读者从中洞悉国际史学的脉络走向及其发展新趋势，更是令我们喜欢，在此不容一一胪列。我在前几年写的一些文字中曾说道：对于西方史学，一般性的介绍与表层的移植已经过去，但真正独创性的深入研究的时代尚未到来。这一评语，也许迄今还不可能发生根本性的变化，我和我的学生们，大多从事西方史学理论与史学史研究，除个别成果外，多数还是在做上述前一层次的工作，或者是如我所说的为西方史学进一步研究做一些奠基性的工作。我个人感到，《史学理论研究》应当为中国的西方史学独创性的研究"作嫁衣"，不仅要继续介绍这方面的最新情况，而且更重要的是要发表一些深入解读西方史学理论或方法论、充分展现中国历史学家识见的文章。过去，我们对西方史学采取简单粗暴的态度，当为我们所不取；那么现在对"洋东西"一味顶礼膜拜就对了吗？也不对。究竟如何对待域外（西方）史学，如何把国外史学的引进与中国历史学家的实践结合起来，显现自己的主体意识，简言之，为真正独创性研究西方史学时代的到来添砖加瓦，架桥铺路，贵刊是大有可为，而且是责无旁贷的。

其三，全力推出新人新作。新人新作，因其锐气与初生，故较少保守与迂腐，常常能体现出独特的个性，这为中外学术史的无数事例所证明，我这里所说的"新人新作"，当然是指那些学术新秀的精心之作，而非其他。凭我指导研究生多年的经验，凡是下功夫写作的博士论文，往往是有新见的且能显示其个性的好文章。这些年轻人怀着半是崇敬半是忐忑不安的心情，给贵刊寄来了文章，倘为慧眼识珠的编辑同志所选中，也许就此开始了他们的学术旅程。一位优秀的编辑，也许能造就出一位历史学家，说这话也许人们不信，但我信，我可以自身的例子来验证。在这方面，个人觉得当下一些"权威"刊物，或"核心"刊物，门槛过高，架子太大，给"名人"的平庸之作开方便之门，给一些人情文章开绿灯，埋没了许多优秀的有个性的新人新作，这是我对时下学术刊物（尤其是所谓"权威"刊物）的最不满意的地方。

《史学理论研究》已走过了弱冠之年，正向"而立"与"不惑之年"迈进，我衷心祝愿这本刊物能办出特色，办出个性，像《年鉴》杂志那样，并以此为中国史学走向世界做出贡献。

（原载《史学理论研究》2007年第1期）

二谈"新的开始,新的期盼"

八年前,即2007年,时值《史学理论》(《史学理论研究》)创刊二十周年纪念,我应约写了一篇小文,题为"新的开始,新的期盼"。重拾旧文,似仍有余言,故曰"二谈"。

曾记得,在20世纪80年代中期,我曾与《史学理论》相向而行,是它引领我并与我同道,共同奋斗在构建中国新史学的征程中,行之越笃,知之越明,功莫大焉。不是吗?它曾是改革开放后学术潮流中的弄潮儿,又曾是在"科学的春天"里,领跑在千军万马前的排头兵。每每念及,我就对这份刊物,既心怀感激,又寄托无限的希望。

时光流逝,二十八年过去了,八年前的创刊二十年时祝贺纪念之褒词,也已成往事。时移世易,当下于贵刊来说,需要面对新的形势,这就是:外有纷出的学术期刊的紧迫,又逢新版学术期刊评价指标体系的出炉,2014年中国人文社会科学期刊评价结果的公布，这于《史学理论研究》更是一种无形的压力；内有自身的新陈代谢与新老交替，新版学术期刊评价的多指标体系，除吸引力和影响力外，还有管理力，这也对期刊从业人员提出了更高的要求。言下之意，编辑人员管理与业务素养，需要放到重要位置上来考评。

这种严峻的形势，既是一种挑战，也是一种机遇，我想素来力显勃勃生机的贵刊，必将摆脱正陷于被边缘化的处境，而另辟出一个天地，焕发出新的生命力。

在"一谈"中，我曾以法国《年鉴》的《发刊词》要办出"拥有自身所固有的精神与个性"为例，对贵刊希望有三：全力把中国史学研究优秀成果推向世界、继续全力引进域外（西方）史学、全力推出新人，这几点在今天看来，也还是需要继续努力的。希望之路在前，但路要一步一步走，换言之，上述诸点要体现在每一期的刊物中。我来北京前又在匆忙中浏览了2014年所出的四期，我以为，值得肯定的是，编辑部同人在体现《史学理论研究》这本国内独一无二刊物的"个性"方面，从整体构思到板块设计，都做了努力，这是有目共睹的。为此，我要补白的是：

其一，圆桌会议出影响。倘每期的当头栏目流于平庸，就等于毁了这一期。故选好题目，特别重要，中外史学的热点与前沿问题尤应关切。

其二，专题研究出华文。每期至少有一至两篇"压得住"的文章，尤其重要者可用"本刊特稿"标出。

其三，沙龙书评出新意。书评不落俗套，沙龙要能引起争鸣,倘如此,也就不辱书之"评"或"沙龙"了。

我想,《史学理论研究》编辑部的同志们,将会用心编好每一期,持之以恒,离《年鉴》中《发刊词》之旨意,也就不远了,离笔者八年的"期盼"也更靠近了。

再过两年,《史学理论研究》已至"而立"之年。三十而立,就像一个孩子,已长大成人了,到时也就不需要我这个"顾问"去"过问"了,好吗?

(写于2015年)

"冬天来了,春天还会远吗?"
—— 三谈"新的开始,新的期盼"

众所周知,"冬天来了,春天还会远吗?"这是英国著名诗人雪莱在《西风颂》的句子,借用此句来描述《史学理论研究》(以下简称"贵刊")近来的生态,庶几可矣。

前年岁末,京城已步入冬天,特别寒冷,贵刊召开了顾问和编委联席会议,会开得十分成功。事隔一年又三个月后,这样的会议又再次召开,时已是春风拂面的季节了。

如同一个孩子的成长一样,在前行的路上,总会遇到曲折与坎坷,不可能一帆风顺,遑论行走在从弱冠至而立的路上。令人赞叹的是,贵刊对待错误的态度。有道是,知耻而后勇。"耻者",不足或错误也。在它面前,有两种选择,一是遮掩封锁,瞒上欺下,蒙混过关,顶多是偷偷地改;一是公之于众,以壮士断腕的勇气,痛改前非。贵刊选择了后者,立意要"改正错误,深刻检讨，认真反思，坚决改正"。知耻者，忍人所不能忍，为人所不能为，可成大勇也。这就是我们通常所说的，要把坏事转变为好事。个人以为，贵刊之所"为"，不愧为大手笔，乃大智也。度过了严冬，春天来了，倘假以时日，丰收的秋天还会远吗？因为，贵刊有上述十六字的"大勇"，又有下述十六字的决心，"博采众议，深刻反省，群策群力，重振雄风"。（以上引文均见《史学理论研究》2015年第2期编辑部东月的《博采众议，重振雄风》一文。）

这令我不胜感慨。在"耻辱"面前，国人见到的，往往是隐瞒唯恐不及，而鲜有像贵刊那样，主动亮家底，把"耻辱"暴露在公众的视野里。这样的大手笔从何生发，换言之，这样的"底气"从何而来？

这底气来自一种责任，一种担当。贵刊在"征稿简约"中称："本刊作为国内有关史学理论研究的唯一的专业性学术刊物……"，我每每看到这"唯一的"三个字，就停了下来，作为读者的我，自然会对贵刊寄予厚望，因为是"唯一的"；我每每接触到贵刊的同人，无论是主编还是责编，都有一种要办好这本刊物的强烈的使命感与责任感，因为这是"唯一的"。"舍我其谁！"贵刊应该有这样的担当。

这底气来自贵刊已有的业绩及在国内外学界中的声望。我曾经用下面的文字，点赞过贵刊，"它（贵刊）曾是改革开放后学术潮流中的弄潮儿"，又曾是"在'科学的春天'里领跑学界的排头兵"。"弄潮儿"也好，"排头兵"也罢，这是过去的事了。

如今，倘要继续引领潮流，当好"排头兵"，当是洗尽耻辱，奋发进取的时候了。

这底气也来自新组建的"班子"：新任主编和富有朝气的"责编"，当然按惯例，要显一下身手，新官上任三把火嘛。新设顾问，不是摆设，当然是有责任和能力"过问"的，尤其是新组建的编委，我是十分看好的，可以这样说，他们汇集了国内东西南北中这一领域的时彦俊杰，个个都能写出某一方面过硬的文章，这支力量就是贵刊的"靠山"啊！

当然，归根结底，这底气来自我们的时代，来自改革开放的大环境，舍此，一切皆为虚言。

自首次顾问和编委联席会议后，贵刊一年多来的整改工作已初见成效。纵览五期，从总体上看，刊物的风格，正在形成中；上次会议的"众议"，也正在采纳与汲取中；特色栏目如"圆桌会议""马克思主义史学思想研究"等，也正在成熟中；选题与作者队伍等，都取得了可观的进步……当然，还有许多有待改进的地方。任重道远，让我们群策群力，为打造《史学理论研究》成为一流期刊而努力吧。

最后，需要说明的一点是，小文是接续2007年为贵刊创刊二十周年写的《新的开始，新的期盼》，2015年的《二谈"新的开始，新的期盼"》，故有"三谈"。

（写于2016年）

"一次新的日出"
——写在《20世纪中国史学编年》出版之际

20世纪以降，具有悠久传统的中国史学发生了裂变，开始剥离传统史学的脐带，艰难地然而终于迈进了现代史学的门槛，开创了中国史学的新篇章。《20世纪中国史学编年》（以下简称《编年》）主编王学典教授称这为"一次新的日出"。我以为，这是一个妙喻，是可以引出诸多话题的妙喻。

耿淡如师说："是的，日出不是由于鸡鸣，而鸡鸣却是提醒人们注意日出！"可以这样说，正是《编年》提醒人们注意日出。进言之，《编年》具体而又清晰地为我们展示了一幅20世纪中国史学的精彩宽广而又纷纭复杂的历史画面，从《编年》观察20世纪中国史学，迥异于坊间多见的中国现代史学史诸家之作。可以这样说，在中国现代学术史上，用"编年"这种体例全面反映20世纪中国史学的发展历程，《编年》堪称为首创。因此，就这一点而言，商务版的《编年》之问世，其学术意义非凡，无论怎样形容都是不会过分的。

具体来说，就我个人而言，《编年》也是功业卓著，嘉惠史林。像我这样一个从事西方史学研究，且特别关注20世纪西方史学发展进程的人，倘缺乏对中国史学，尤其是20世纪中国史学了解的话，那么对前者的研究，恐怕也难以深入，因为它缺少一个"参照系"，于是中西史学的比较研究，也就无从谈起了。因此，当下我正需要这样一部世纪编年。

随着《编年》的流传，它将会产生与日俱增的影响，尤会引出众多门类的"编年"作品。比如就以笔者从事的西方史学史为例，倘以1920年李大钊发表《史学思想史》起算，迄今也有近百年的历史了，若在2020年出版一本《中国的西方史学史研究编年》（1920—2020），那实在是一件美好的事。"一花引来百花开"，根据我个人的估计，这类"编年"作品在可预期的时间里，将会络绎不绝地问世。

《编年》的出版，对于年轻史学工作者而言，更是受益良多，或许可成为他们案头的入门书与工具书。一天，我正好在浏览《编年》，我的几个学生来寒舍问安，一眼就瞥见了桌上刚寄到的四大本《编年》，便翻了起来，个个爱不释手。我对他们说，去买一套吧，众弟子都点头齐声说，好。

《编年》既是首创，不足之处恐难以避免。就我个人粗览，而主要是读1950年至2000年这一部分印象来看，列举一二，以供编者参考。

遗漏实属难免，但重要的遗漏就会留下遗憾了。20世纪中国史学发展之进程，倘舍弃了与域外（西方）史学的交流，那是难以想象的，《编年》在这方面多有疏漏，其实还可酌量增添西书东传及其学者在华之行踪，尤其是名人名著。自然，这对编者提出了更高的要求，编者不是"万能博士"，总有知识盲点，情有可原，但对《编年》来说，中西史学交流互动的内容却是不可或缺的。

对个别条目的介绍，尚欠斟酌，比如对周一良、吴于廑主编的四卷本《世界通史》（见1959年9月条、1962年9月条）先抑后扬，前后矛盾，有失公允。由此顺便说及，《编年》恪守"客观性"治史原则，坚持"考镜源流，辨章学术"，值得称道，但贯彻起来并不容易，尤其对1978年以来的这一部分，《编年》同人许多既是见证者，也是参与者，要摆脱"爱屋及乌"的情感，委实困难。这点我也有体会，近来我正在编《耿淡如学术编年》，学生为老师作"编年"，总不自觉地"爱屋及乌"，然而治史撰述却容不得，令我苦恼不已。

英国著名史家阿诺德·汤因比出版了《历史研究》十卷后，褒贬之声不绝于耳，且持续许久，若干年后，他在1961年另出一卷，题为"重新考虑"，作为对学术界与读书界的回应。我想，《编年》出版后，当然会有不同的声音，尤其会有批评的意见。对此，我们或许可以仿照汤因比的做法，在若干年后，仍由《编年》的团队，另编一本《20世纪中国史学编年》补编，以反馈学界，纠正谬误，拾遗补阙，那也是一件很有意义的事。

不管怎样,《编年》之出版,乃学界盛事,也是大事,值得庆贺,理由呢?因为《编年》的问世,它"提醒人们注意日出",注意"一次新的日出"。

(写于2016年)

中国公众史学研究小引

晚近以来,在中国学界部分年轻人中,不无专注地在探究一些新东西,人们最初也不曾留意,但几年过去了,蓦然回首,竟有意或无意地在共同开垦一块荒地,犁田、播种、施肥、浇灌,只待收割了。当代中国公众史学的生态,或许就是这个样子。

"Public history",将之译为中文,争议纷出,颇费周折。通过讨论,比较倾向性的意见是:在学术圈内谈学科建设时用"公众史学",在圈外谈学科建设之外的现象时称之为"公共历史"。当然正名之外,与此相关论题亦见佳作频出,多有成就。当下中国公众史学的发展,正处在势头上。借此良机,学界同道,当形成合力,乘势而上。对此,我略说一二,以与识者切磋。

其一,他山之石,可以攻玉。近百年来的西方史学东传史,无不印证了这一点。平实而言,中国公众史学之兴起,在很大程度上,是借鉴了美国的公众史学,得其灵感。正如李娜教授在本栏目的大作中所指出的,"近四十年里,公众史学已经在美国发展成为一门充满活力的学科和一场积极的社会运动"。先行者于后来者当然有借鉴意义,在此不赘述。借鉴他国之经验以为我用,个人以为也不必全倚仗美国,本栏刊登的孟钟捷教授的大作,说的是近来德国公众史学研究中的一个热点问题,显而易见的是,德国历史学界在"克服历史"之争中的态度和新的问题意识,或许也可为构建中国公众史学的学科体系带来诸多启示。需要指出的是,在构建中国公众史学的学科建设时,也应深挖本土的史学遗产,域外经验可汲取与借鉴,但绝不是照搬,大可不必亦步亦趋。

这里要特意介绍一点与此有关的最新信息:被视为史界"奥林匹克"、五年一届的国际历史科学大会已逢第二十二届,今年8月在我国山东济南召开了。且不说这百年一遇、亚洲首次在中国召开的这届国际历史科学大会的盛况,只说一点相关的情况:国际史学会下设多个附属机构,"公共史学国际联合会"榜上有名,在一天半该联合会安排的议程上,有三场专题学术研讨会,分别为:公共历史教学、博物馆和公共史学、数学公共史学。由此一端,也可略见国际史学界对公众(公共)史学的重视程度。需要补白的是,第二场的主持人即中国学者李娜教授。我想倘把这些成果获取到手,不也有助于我们的构想与思考吗?

其二,在我个人看来,中国公众史学刚起步,还须做深入的探索。诚然,像前几年集中的正名之争可否暂告一段落,不要在概念与术语上多做文章了,现在需要的是深入,本栏刊发的两文，另辟蹊径，有助于中国公众史学学科建设的深化，或可供学界参考。进而言之，这种深入的探索，不只是理论的，而更多的是具体的实践。我个人于此深有体会。记得在1996年，复旦历史系与美国纽约中国近代史口述协会合作，组织师生通过采访口述，搜集抗日战争上海"孤岛"时期的史料，收获甚丰。当时我给学生"培训"，特地介绍了西方学者做口述史的方法。更直接的是，在我执教的西方史学史课程中，引介了海登·怀特的"影视史学"说，引导学生以历史影片讨论如何传达历史以及我们对历史的认知，收获更丰。那时虽还未有如今那样明确的公众史学的学科意识，但回想这些在课内课外的具体实践，不也是当今热议的公众史学所应有的题中之意吗？

中国公众史学的学术之路璀璨，但前路漫漫。时贤云，让克丽奥走向坊间。是的，历史学只有在精英史学与公众史学连绵且又合力的情况下，才能称得上是一门比较完美的学科，但达到这个目的不易，还需要大家锲而不舍的付出与奉献。

（原载《复旦学报》2015年第6期）

中外史学交流研究小引

　　读罢《温州大学学报》"中外史学交流"专栏的四篇大作，不由想起朱熹的诗《观书有感》（之一）："半亩方塘一鉴开，天光云影共徘徊。问渠那得清如许，为有源头活水来。"倘用诸文明（或文化）也是这样，一个文明（或文化）能永葆青春，它的"源头活水"来自交流。观世界文明之进程，一个沉睡或休眠的文明，怎能有"天光云影"，成卓然气象。因而，文明（文化）以交流而出彩更新，史学交流尤甚，理由呢？因为史学，它是文化中的文化，文明之中枢。

　　晚近以来，中外（西）史学交流的历史研究，引起了我国学界广泛的关注。本栏的几篇论文，从各自的领域，释论与解读中西史学交流之一侧：张洁从留美学人与中国西方史学学科的课程建设之联系，考察中西史学交流，视角独特，构思精巧，此类文章尚不多见；李勇与张峰的论文同调，西学东渐，说的都是西方史学的东方回响,李文论及的是当代西方的后现代主义思潮在海峡彼岸的反应,张文探讨的是傅斯年的学术思想与近代欧洲史学之关联,同秉一义(西影响中),然各有千秋;张井梅的《东学西渐存遗篇》,阐述的是中国史学(中国古代典籍)西传的回音,与上述诸文所论的"西学东渐"不同。正是有了这篇文章,本栏的中西史学交流之主旨,才得以名实相符,否则便是单向的"西方史学东传史"了。不管怎样,诸家之文,皆自成一格,以史见论,以蠡测海,让我们从中得以窥见中外(西)史学交流之滔滔汨汨,领略人类文明交流中的一幕幕场景,真乃美不胜收也。

由此,想到了史学交流的前提。毋庸置疑,交流当然是以双方的互相了解为基础。倘不是这样,何谈对话,遑论沟通,于是包括史学在内的任何文化交流都将是一事无成。以中西史学文化交流而言,也可作如是观。不管怎样,现在摆在我们面前的重要任务是,中西双方都需要在各个方面进一步加深相互了解。我们当然需要进一步了解与认识西方史学,借鉴与汲取它的精华,借以构建中国的新史学大厦。但更重要的是,为了消除洋人"隔帘望月"所产生的种种误解与偏见,又联想到当下,中国史学走向世界的呼声正不绝于耳。因此,在中国从"史学大国"走向"史学强国"的进程中,这后一点,显得格外重要,也需要我们为之做出更多的努力。

我们笃信,只要历史在前进,那么历史学之树也将是常青的。"往来不穷谓之通"(《周易·系辞上传》),通者,达也,因为无穷的交流,它犹如一条永无止息的长河,"源头活水"奔腾而下,汇入大海,蔚为壮观。中国史学必将在这融通交流中,在重绘世界史学地图中,占有一席之地,以增炎黄子孙之荣光,添华夏文明之璀璨。时不我待,中国的历史学家们,尤其像李勇、张洁、张井梅、张峰这样一批年轻有为的中西史学交流史研究的专家,当更需要努力,奋发有为,做出自己的贡献。

(原载《温州大学学报》2015年第1期)

永不止步 不懈追求
——写在张广智主著《西方史学史》发行十万册之际

复旦版《西方史学史》初版于2000年，迄今已十五年。最近，出版社小史告诉我，这本教材的第三版已重印七次，连同前两版，三版合计共印了二十二次，印数已超过十万册。这个消息，犹如炎热的夏日迎面吹来了一阵凉爽的风。

《西方史学史》不是一部流行小说或时尚读物，在全国众多的大学教材中，作为一本史学专业的教科书，能有这样的成绩，虽说不上奇迹，却还是让我们有些惊喜。

该书初版就获学界好评，张耕华教授评价本书是"迄今为止国内最为完备的一本西方史学史教材"，是把"教材的写作与学术研究进行完美结合的著作"。此论过誉，愧不敢当，然而"最为完备""完美结合"却是我们一直以来孜孜以求的目标。从初版到三版，实际上是一个不断修订的过程，贯彻这个过程始终的就是从认识上十分重视、从实践上不断强化本书的学术品位。个人以为，这是一部教材取得成功的立足之本，舍此别无他途。为此，我们特别关注了以下几个方面，与大家分享。

其一，深化西方史学史学科的内涵，此乃本学科开拓与创新之要务。

时代要求我们与时俱进，而不能抱残守缺、墨守成规。史学史的学科建设也是这样。先贤梁启超早在20世纪20年代就为"史学史的做法"创设了初始的方案，然而随着时代的进步，超越先贤之架构的中国史学史新作陆续出版，其创新充分显现在史学史的内涵与外延的深化上，这自然影响到中国的西方史学史的写作。第三版的《西方史学史》，与前两版相比，新增中外史学交流篇，并作为"压轴"；添加了西方马克思主义史学，以扩展马克思主义史学的内容；增写西方史学史之史，包括西方自近代以来的以及中国的西方史学史之史，这正是西方史学史学科内涵的深化、外延的拓展。

其二，以深入的学术研究为支撑，密切关注学术前沿问题，把国内外有关西方史学史研究的最新成果及时介绍给读者。

编教材易，但编出一本好教材难。倘没有对本学科的基本素养，尤其是对它的学术研究作为支撑，靠"剪刀加糨糊"式的编书术，编出来的书必定是平庸的。本书各位编者对西方史学史研究训练有素，均对西方史学的某个时段做过较为深入的研究，而且他们外语娴熟，注重在国内外学术交流中汲取最新的研究成果，他们还是多卷本《西方史学通史》写作团队的成员。唯其如此，他们才能在本书的编写中，抛弃陈说，阐发新见，比如书中关于古典希腊史学（尤其希罗多德）、近代早期的西方史学（尤其这一时期的意大利史学）、19世纪的西方史学（尤其兰克与兰克学派）、晚近以来的西方新文化史、后现代主义史学等多个章节，都是几位执笔者近年来潜心学术研究的结晶，这就为提升《西方史学史》的学术品质创造了良好的条件，落到了实处。本教材之所以连续多年长销不衰，正在于编写者的学术研究成就和对学术品位的不懈追求。

其三，深入浅出，叙史方式的精进。

很多读者曾跟我提起过，此书最大的特点是文字流畅，读来毫不枯燥。这说明本书对叙史方式精进的追求取得了预期效果。古语云"言之无文，行而不远"，信然。

西方史学史不是写西方的历史，而是写研究西方历史的历史，是一种具有哲学意味的对历史的反思，在那里，史家纷出，学说杂沓，内容较为深奥，不易学，更难写。作为本书的"主编"，我很尊重各位编写者的学术个性，最大限度地发挥每个人的独创性，但对教材的文字表述，我却有统一的要求。一是对于自己所写的部分，要有深入的研究。只有自己弄明白了，也才有可能让读者明白，须知食洋不化就会装腔作势，囫囵吞枣势必佶屈聱牙。二是文风力戒"高头讲章"，须深入浅出，文字力求通晓流畅，可读性强。我们的目标是，作为教材，首先要为万千的莘莘学子所接受，同时也应成为饱含编者研究心得的一本学术著作，能为史学史研究者提供参考价值。这对于我们来说，自然是一个理想主义的期盼,一种锲而不舍的追求。

  时代在发展,我们的《西方史学史》也不会止步,将在新的起点上前进,继续修订,永不满足,不断强化教材的学术品位,希望打造成"精品",来回报社会,奉献学界。最后要特别感谢广大读者对我们一以贯之的支持,尤其是莘莘学子始终不渝的厚爱。

(原载《中华读书报》2015年10月14日)

让克丽奥走向坊间
——序《中国公众史学通论》

晚近以来，倘稍加考察，就可发现在当代中国史界正涌动着一股潮流，初起时的微澜并不起眼，但这一两年已勃发生机，呈澎湃之状，展望未来，汹涌可期。近读钱茂伟教授的新作《中国公众史学通论》（以下简称《通论》），信然。

茂伟君早岁是研究中国史学史的，专注明代史学，曾以一名专业史家的身份，为世人奉献了厚重的《明代史学历程》和《明代史学编年考》等学术专著，可以这样说，他写的"明代史学的那些事儿"，实为后人之津逮，倘要是研究明代史学，那是没法绕过的。自此，十多年过去了，他"穿越"，从古代走向当代；他"转身"，从史学史走向史学理论；他"下海"（这里没有经商的意思），从一名书斋型的学者，成为史坛的弄潮儿。凡此种种，知书并知其人，读《通论》庶几可矣。

"筚路蓝缕,以启山林。"通观《通论》,新意迭出,因为它的前沿性,比如公众史学的"顶层设计";说理透彻,因为它的科学性,比如公众史学的"学科构思";富有启示,因为它的借鉴性(或可复制性),比如口述史的实务流程什么的。在这里,不容我们对"公众史学"与"公共史学",抑或"大众史学"之名细做辨析,《通论》却给人们下了一个简洁明了的定义:"公众史学是研究公众历史的写作及通俗传播的学问体系。"这或许有争议,正如他所言,"因为公众史学是一个十分复杂的学科概念,所以要想一句话说清楚,真的好不容易"。不说也罢。在这里,我倒是对作者所说公众史学的框架构想颇感兴趣,他不止一次地在不同场合用了一个妙喻,给我们留下了难忘的印象。说的是,公众史学有六个分支组成,犹如六所小房子,它们各有其"宅名",曰:公众历史书写、公众口述史学、公众影像史学、公众历史档案、公众文化遗产、通俗普及史学。但在这六所小房子上端,还有一个大屋顶,上书"公众史学"。当然,他继续考察的还有很多,但作者却形象而又简洁地道出了公众史学的多维性及综合性,不由令读者眼睛为之一亮。在公众史学正处在创建阶段的时候,《通论》对公众史学的界定、框架结构、学科建设,以及对这一学科群六个分支逐一探究,以其实践筑构想,以其学理建体系,这一学术成果不只是对国家社科基金项目之回报,更是适时而出对公众史学潮流的推波助澜,可以当之无愧地称得上是中国公众史学的开山之作,《通论》所写的公众史学"那些事儿",同样可以这样说,倘后来者要研究公众史学,那也是没法其实，我是以中国公众史学过来人与实践者的身份来说上述这番话的，因而对《通论》所论，就会产生一种莫大的亲近感。早在20世纪90年代中期，我个人与公众史学（不过，那时我还没有像钱教授今天这样明确的"公众史学"意识）就结缘，并参与实践，留下了切身的感受。一是在1996年，我所在的复旦大学历史系，在美国纽约中国近代史口述史协会的资助下，系上十六名学生分成八个小组，由老师带领做口述访谈，搜集抗日战争上海"孤岛"时期的口述资料，大体按西方口述史家之流程行事。不管怎样，这实在是一次很好的公众史学的实践活动。二是在我执教的西方史学史课程中，增添与引介了由美国史家海登·怀特于1988年首创的"影视史学"理念（Historiophoty，台湾学者周樑楷首译为此名，获普遍认可且流传至今，现也称"影像史学"），此举在复旦引发了一届又一届学子们的浓厚兴趣。我们主要是选择历史影片，比如外国的《辛德勒名单》《刺杀肯尼迪》，国产的《鸦片战争》《红樱桃》，等等，并以电影所产生的视觉影像（简称影视，这是周樑楷与我所说的"影视史学"之来由，并非只指电影、电视），来讨论它们如何传达历史以及我们对历史的认知。每次课堂讨论，都异常热烈，而年轻人的新知与敏锐又"反哺"了我，与此同时，也培养了他们分析问题与独立思考的能力，散见于各地报刊上关于影视史学的文章，大多出自于复旦学子，令我感到十分欣慰。如今读《通论》，特别是我熟知的相关部分，怎能不引起我的共鸣，也为作者研究的新进展感到由衷的高兴。

看来构建公众史学的学科体系,还得靠年轻人。

当下,中国公众史学的发展,正处在势头上,从业者人数不多,但很强,故更应抱团前行,而形成合力。现在,《通论》已出,以后当然会有也应该有关于此类新著面世。然而,在我看来,目前做出扎扎实实的公众史学的某种成果更为重要,比如像钱教授那样,全身心投入口述史,不只是理论的探索,而是具体的实践,他主持的"宁波全国劳模口述史"大型项目,已完成第一期四十八人的采访,成稿66万字,将由出版社正式出版。实践出真知,我想他在这一口述史实务流程中,定会积累与形成自己的一些独到看法,这种看法或许与西方口述史家里奇的《大家来做口述史》等著作不同,而这恰恰是我们所需要的。空谈误事,还是多干一点实事吧。上面举的仅是口述史,其实像《通论》各章所涵盖的内容,还有许多的具体工作等待公众史学家去践行。由此说及,公众史学作为一门学问,也需要日益精进与不断更新,这需要时间,急不得。而我也相信,随着时间的推移,以及《通论》作者公众史学实践活动的深化,就会产生出新的或更多的想法,去发现与修正《通论》的缺陷,拿出一个更好的修订版,好吗?这也是我与广大读者所期待的。

在公众史学勃发的年代里,在新史学面前,职业史家再也不能固守自己的那一亩三分地,把一切新东西拒之门外了。钱锺书先生说:"咱们开门走出去,正由于外面有人敲门、推门,甚至破门跳窗进来。"与其这种"倒逼",还不如主动"破门而出",让克丽奥(Clio,历史女神)从高楼深院走向坊间,走向社会,走向公众,正如时贤所说的,应当"更多介入"(钱乘旦),"参与进去"(孟钟捷),陈新教授更是主张,历史学家们要"自觉地反思和分析自我历史认识、历史意识的形成过程,扬长避短,成为公众史学的参与者或引导者"。不是说,"大众创业,高手在民间"吗,用到这里,我以为"高手"之发现与提升仍需要职业史家的"介入"与"引导"。在此举一近例证之:报载媒体主持人曹可凡,在繁忙的正业之余,写了四十多万字的家族史《蠢园惊梦》出版,这不正是《通论》作者所说的"小历史书写"吗?然学医出道的曹可凡,颇有自知之明,他的"小历史书写"还是得力于家族史学者宋路霞的"介入"与"引导"。可见在这里,职业历史学家们将大有作为。我觉得,这种业余写史的小历史书写活动,在当前值得提倡,倘如是,随着民间写作高手与业余史家的日益增多,历史学与公众结合更为紧密,并将会呈现一派朝气蓬勃的景象,这是一种多么值得期盼的文化景观啊。

去年6月,我应邀出席由宁波大学史学史研究所主办的"中国公众史学研讨会",在会议闭幕式上放言:"如今,公众史学在当代中国史界已不再是潜流,它已破冰而出,其势锐不可当。可以这样说,中国公众史学的时代开始了!"信吗?倘读一下钱茂伟教授的大作《中国公众史学通论》,亦可信然。这信然岂止于评估一本书的学科理念、框架结构、遣字造句,更关乎在克丽奥走向坊间的路上、社会公众的回眸间、广大历史学家的实践中……

(为钱茂伟著《中国公众史学通论》所写的序言,
中国社会科学出版社2015年版)

时代变革、史学转折与多重面相
——序《霍夫施塔特史学研究》

20世纪中国史学的发展证明，无论是新思潮的萌发、新学派的诞生还是新思想的出现、新方法的运用，无不与域外（主要是西方）的思潮、学派、思想和方法发生千丝万缕的联系，因而西方史学的研究，近年来已成了学界关注的热点之一。晚近三十多年以来，中国的西方史学研究已取得了长足的进步。多年前，我在为李勇教授的《鲁滨逊新史学派研究》一书所做的序文中曾经说过，时贤研究美国史热矣，研究美国历史的历史（美国史学史）却相对滞后。现在看来，这一评价不妥了，相对滞后的美国史学史研究，在中国新世纪，即晚近十多年来也取得了显著的进步。别的不说，自李勇上书出版后，研究现当代美国史学的新著络绎出版，陈戈华博士的《霍夫施塔特史学研究》的问世，又为此添上了一抹亮色。

令人感到高兴的是，现当代美国史学成为中国的西方史学史研究者，尤其是西方史学史专业方面的博士研究生们关注的热点。我想这自有其因，个人在最近的一次学术演讲中，曾专门说到了这个问题。

在这里，为读者进一步了解西方史学文化，也为更好地阅读本书，有必要约略回顾一下西方史学和美国史学的简况。

西方史学的发展，迈入近代门槛以来，在不同的历史时期，有不同的史学发展中心。从国别来看，大体说来，可以做如下的描述：文艺复兴运动最先在意大利发生，因此近代早期的西方史学中心在意大利。到了17世纪，西方史学的发展中心逐渐转移至法国，至18世纪伏尔泰史学，法国俨然成了新的中心，成了领航当时西方史学潮流的理性主义史学的"大本营"。19世纪是兰克史学及其所标榜的客观主义史学之天下，因此德国理所当然地成了西方史学令人瞩目的"霸主"，不仅向欧洲其他国家，而且还向大洋彼岸的美国发散出它的重大影响。

进入20世纪，从表面上看，西方史学如同各路诸侯争霸，没有哪一个能够称王，形成了多元化的格局。如文化形态学派显威于前（20世纪30年代前后），年鉴学派称雄于后（20世纪60年代前后），此后新文化史纷起、后现代主义史学的挑战等（20世纪70年代以后），都似乎成了超越国家和地区的史学景观。但硬是要问，这个时代的史学的国别中心在哪里？个人以为，还是选择美国较为适宜。

说起美国史学，它其实起步很晚。正当19世纪欧洲史学的发展如日中天的时候，美国史学仍比较落后。历史学家赴欧，尤其是到德国兰克那里"朝圣"，是当时的一种时尚。但到了19世纪末，随着美国经济与政治的发展、国际地位的上升，也促进了美国史学的发展。1893年，美国历史学家弗雷德里克·特纳提出了"边疆论"，从此开始，现当代美国史学的发展步入了"快车道"。

不过，由于美利坚民族的开放性与实用性，20世纪以来美国史学色彩斑斓，内容宏富，其发展趋势是趋向于多元的，这种趋势为现当代美国史学的发展开拓了广阔的空间。我个人之所以选择20世纪西方史学的国别中心为美国，大致还基于以下一些理由。

其一，把异乡的种子移植到本土开花结果。美国史学在成长与发展的进程中，处处显示出它的根在欧洲，这种历史的姻缘关系，欧美史学的合流，对双方来说都是"双赢"的。不过，现当代欧洲史学的发展还得仰赖于美国，没有后者的支撑，它也许就会沦于平庸，从而失去在国际史坛上的影响力。比如奥地利心理学家弗洛伊德以精神分析理论为基础的"心理史学"，只有到了美国人埃里克森哪里，才取得了显著的进步；又如，现代计量史学的"排头兵"是法国，但它只有到了美国，才在新经济史、新政治史、新社会史那里获得全面而又充分的发展。于是，心理史学、计量史学才可能成为20世纪50年代以后西方史学的"亮点"。

其二，网罗世界各国之良史。在这方面，美国人也占尽了便宜。比如,"二战"时,不少欧洲史家亡命美国,尤其是犹太裔的欧洲史家更是栖身于那里。战后,许多欧洲史家留在了美国。例如,我国史学界熟知的一位老朋友伊格尔斯,他就是犹太裔德国人,"二战"后成了美国公民和美国历史学家。美籍华裔历史学家更是不断地从大洋彼岸传来了他们的声音,其史识与新见,常常令国际史学界同行刮目相看。不过话还得说回来,大概在世界各国中,也只有美国有这样的本事将别人家的"良才"挖到他们那里去。无怪乎,美国历史协会的13 000名会员中,竟有5 000余名分别来自四十多个国家的"异乡人"。

其三,史学的国际化趋势。这里就美国史学研究的内容而言,在当今全球化时代的观照下,深刻地改变了历史学家的观念,历史学的国际化就是其中的一个突出表现。在美国史家看来,"历史研究没有国界",他们以一种较为开放的心态与宏观的视野,从事跨国界的历史研究,留意从全球文明的角度来选择课题,美国史家斯塔夫里阿诺斯的《全球通史》和沃勒斯坦的《现代世界体系》等大作都可为之作注。

如此看来,在多元化的国际史学格局中,看似无中心,实际上还是有中心的。这个"中心"就是美国。

在这样的历史语境下,我们再来解读茂华的大作,或许更能看得清楚。她的著作以"二战"后著名的美国历史学家理查德·霍夫施塔特为个案,摄其史学之魂魄,从历史本体论、历史认识论和历史方法论等多个层面,显现霍氏之高远的史学思想,全书探幽索微，剔故纳新，藏智入史，使得大作史论结合，主客一体，积极对其进行哲学思考，能在叙史与哲思的交融中透析传主史学思想的多重面相，引领读者以小见大，见微知著，屡发洞见，令人耳目一新。

然而，上述之语，毕竟过于简略，故还需要做一番补充，以便彰显这部新著的写作特点与学术价值。

其一，在时代变革的洪流中了解霍夫施塔特。

当今，"全球化"的趋势不可逆转，世界处在一个多元化与多变的时代。在这样的时代背景和文化语境下，跨文化的对话已成为可能，于是不同国家之间、东西方之间，跨文化的对话就显得十分必要。具有远见卓识的历史学家，倘都以对方为"他者"以反观自己，重新审视自己的国家或民族的史学传统，并尽可能汲取他国的经验与智慧，来克服自身的问题，那就可以不断开拓史学的新天地。中国青年史学工作者应当具有这样的"远见卓识"，应当理所当然地在"走出去"和"请进来"的中外史学交流与互动中，起到"马前卒"和"急先锋"的作用，这是时代赋予的使命，也是实现中国史学走向世界的历史责任，中国青年史学工作者应该有这样的担当。对此，茂华在她的这部大作前言部分已有了充分认识。

她的书告诉我们，霍氏生活在20世纪这样一个史无前例的大变革时代，面对动荡不安、曲折多变的现当代美国社会，其政治倾向和史学思想，无不受到这个大变革时代的深刻影响，被接受一次又一次的时代洗礼。这正如茂华在其著第一章中深情地叙述的那样，霍氏从出生的那一刻起，就注定要面对一个跌宕起伏的世界。这个世界震撼了他幼小的心灵，并在很大程度上制约了他的思想历程和政治选择。20世纪30年代末的政治激情，他加入了美国共产党组织，对社会主义一度向往而后又迅即失望，1934年退党，以此为分界线，他逐渐远离了"左翼"思想，开始接受自由主义；"二战"后，"冷战时代"的国际形势，如火如荼的国内民主与社会运动的洪流，使进入盛年的霍夫施塔特更加理性地思考和关注现实生活，潜心研究美国历史。研究霍夫施塔特的史学思想，当然需要把他放在20世纪时代变革的洪流中做出考察，方能切中要害，揭示本质。因为历史学家提出的问题与其所生活的历史时刻直接普遍存在关联。然而，倘若只是如此论述时代"大变革"对霍氏思想的冲击，未免有机械唯物主义或教条主义之嫌，作为史家史学思想的个性特色，将被遮蔽在普遍性层面所做的思考之下。可喜的是，茂华极为关注霍氏的个体心性，较为深刻地剖析了这位历史学家的性情与历史研究之间的关联。从该著作中我们可以感受到这样一个事实：史家的主体个性对其所选择的研究主题，乃至研究方法均会产生很大的影响。透析与澄清其个人因素，恰恰是为了获得对霍氏史学思想的整体理解。

其二，在西方史学转折的历程中认识霍夫施塔特。

综观西方史学史，在20世纪50年代前后，西方史学发生了第五次转折，"跳出欧洲，跳出西方"，英国史家杰弗里·巴勒克拉夫独具慧眼，不失远见地提出了历史学家应当"重新定向"，自此西方史学进入了迅速转变和反思的时期。这在美国史学界也迅速地得到了反映：此时，不管是"二战"前的"边疆学派"，还是"进步学派"，都已成了明日黄花，适应战后时代与社会需要的"利益一致论"史学派勃起，他们以全面批判进步学派之学说为己任，强调美国历史进程中的"内在和谐"与"利益一致"。进入60年代，"新左派"史学兴起；70年代以来，现当代美国史坛"群雄割据"，各路英雄好汉都跃跃欲试，都要去"华山论剑"。由此可见，战后的美国史学之进展充满了变数，就像走马灯那样。但不变的是，面对时代的变革、史学的转折，一个有自觉意识、有社会担当的历史学家为求真和致用而始终不渝的追求。霍夫施塔特正是这样一位在现当代美国史学转折过程中显示其卓尔不凡的历史学家，即茂华在书中所说的，"不为时代浮论所惑的独立精神"。这种"独立精神"体现在何处呢？沿着著者的思考路径，我们了解到：霍夫施塔特坚持带有些许激进主义色彩的自由主义历史观；主张历史研究者在现实生活的关怀下以问答逻辑的形式探究过去；在社会科学大行其道乃至"侵入"历史学领域的时刻，清醒地提出社会科学之于历史考察技艺的"视角"功用，并不忘倡导历史写作技艺的文学传统。霍夫施塔特去世后，西方史学先后发生了"语言学的转向"和"文化的转向"，似乎恰好印证了霍夫施塔特史学研究的价值之所在。

其三，在多重视野中理解霍夫施塔特。

以"多重视野"（或不同角度）来评价一位历史学家，这很重要。诚然，倘若随意给霍氏戴上一顶帽子是很容易的一件事情，但并不可取，这是严谨的学术研究必须摒弃的做法。过去我们曾经以非此即彼的思维方式给美国"共识"史学家戴上一顶"反动文人"的帽子。理由是资本主义是腐朽的，美国民主是虚伪的，为美国资本主义制度辩护的史学家不是"反动文人"是什么？在20世纪50年代，我们不是给美国新史学派创始人鲁滨逊戴过"反动学派"的帽子吗？世风日移，拨乱反正，这种"乱戴帽子""乱打棍子"的时代过去了。当下，我们应当如何评价霍夫施塔特的史学思想呢？或说他是"保守主义史学家"，或说他是"新自由主义史学家"，或说他是其他什么的。学界在以往关于"利益一致论"史学的论著中，多将霍夫施塔特冠以"新保守主义史学派"的代表。当然，学术探讨，见仁见智，尽可言说。但在这里，我特别欣赏茂华在这一问题上的洞见，她十分谨慎地以辩证的眼光看待和判断霍夫施塔特的史学思想之变与不变。在广阔的历史背景下，指出"共识"史学的合理性。在书中，她说到不能因为自己的知识结构而无法"追踪"霍氏，就"误解"了他。她始终清醒地意识到，我们只能不断地走近这位历史学家，即便如此，也可能只是在浅层次上了解其人其书，倘能够做到此，她就会有一种"真实的兴奋"！说得多好。看来，茂华对学问之真谛，可谓深知其道了。

　　以上三小点，说的是评判与研究一位历史学家的史学思想，须了解他所生活的时代以及对史家所发生的影响,同时在史家回应时代变革的过程中,捕捉其文脉及其志向,这是说的外在的因素;至于说到内在的,那就是史学自身的新陈代谢,在这过程中考察史家,尤为关注历史观和史学观(它们合二为一大体构成史家的史学思想)的嬗变;一般说来,学者研究史学之进展,多以新材料之发现为首途,其次是新方法之运用。这两者固然重要,但我以为新视角之转换尤为重要。同样的一份材料,倘随着研究者视角的转换,就可能得出不一样的结论。倘如上述所论,我们对一位史家(或学派)的深入研究,庶几可矣。

岁月易逝,茂华随我学习与研究西方史学史已有多年。从确定"霍夫施塔特史学研究"这个选题,历经开题—写作—答辩—修改—成功申报教育部人文社会科学"青年基金项目"—再修改—定稿,也接近十年了。有道是,十年磨一剑,她用十年时间磨亮了属于她的"宝剑",现在终于可以出鞘了。作为她的导师,我见证了她这十年勤奋而又不失光彩的岁月。有学者看好博士生的学位论文,认为也许他(她)一生中最好的研究成果就是在这个时候做出来的。此言不虚,我以自己亲身指导多名博士研究生写作学位论文的经历,信然。当然,这些年轻人的学术旅程还很长,经过博士毕业后锲而不舍的努力,可能会写出超出博士生时代的研究成果,对此我也信然。茂华的这本专著就是一个显例。这是一部关于现当代美国史学研究的新成果,一部关于霍夫施塔特史学思想的力作(在答辩用博士论文的基础上修改了三分之二),在中国的西方史学史的研究史上,留下了她的足印。但以此就断言这部著作就是茂华一生中最好的研究成果,为时尚早,她的学术之路还很长。作为她的导师,我多么希望她今后继续努力,永不满足,推出更好的研究成果来回报社会,奉献学界。

(为陈茂华著《霍夫施塔特史学研究》所写的序言,上海人民出版社2015年版)

回望：更能知晓出发的方向
——序《早期基督教史学探析》

这篇小序的题目，取自肖超博士的学术论著《早期基督教史学探析（公元1—4世纪初期）》之《后记》。倒不是老师要偷懒，而经我精炼的《回望：更能知晓出发的方向》，颇能应和我所要说的双重意义：一是说学科的，即基督教史学在整个西方史学乃至基督教文化中的地位，以及对它的研究的重要性；一是说肖超自身的，即他所说的对这一论题的研究，只有"在回望中才能体悟到它的不足"。个人的生活体验也是这样，比如说在小区及街上散步，走了一程，总要回望一下，看看来的路怎样，然后再往前走，倘上升到理论，回望就是回顾与总结，唯其如此，可望与未来对接，所谓创新也就在这对接的过程之中，亦即通过反思与重建，从而使学术研究工作达到"更上一层楼"的目的，我平素喜爱"问渠那得清如许，为有源头活水来"的朱熹诗句，说的大体也是这个道理。

小文沿这一思路，先说一下前者，说起宗教，无论是现实的还是理论的，都是一个很复杂的难题。宗教所显示的力量是那样扑朔迷离，颇令世人困惑。它既是一种意识形态，又是一种社会生活；它既是被压迫阶级芸芸众生寻求彼岸世界的一种精神寄托，又是马克思所说的"人民的鸦片"；它既是现实苦难在精神世界里的一种宣泄，又是人们对这种现实苦难的一种无奈的抗争；它既有愚昧的与非理性的负面效应，又蕴含有科学与富有理性的思辨色彩。且问：宗教是什么？换言之，宗教所体现的力量是什么？抑或宗教的功能是什么？这真是一个难以索解的"斯芬克斯之谜"。古往今来，有多少宗教学家企图寻求这个答案，正如歌德诗曰，"浮沉着的幻影呀。你们又来亲近……那久已消逝的，要为我呈现原形"（《浮士德》）。喧闹的现代社会又把宗教涌至人们面前，随之多彩的宗教研究又呈现于学界与坊间，愿我辈捕捉到的是"原形"而不是"幻影"。

对现实的宗教，对学术上的宗教文化，不大体都是如此吗？基督教文化亦然。

有道是，史学，文化中的文化也。故肖超的《早期基督教史学探析》，也当是基督教文化的题中应有之意。

西方史学，源远流长，自古希腊史学发端迄至今日，经历了漫长的历史进程。在经历了一千多年古典史学的繁荣后，公元5世纪时西方史学发生了一次重大的转折，即基督教史学的兴起，它的神学史观颠覆了古典史学中的历史观与方法论，此举被西方学者视为史学史领域中发生的"一场革命",犹如哥伦布发现了新大陆。不管怎样,西方史学的发展进程告诉我们,不仅基督教史学在西方中世纪时期占有支配地位,而且即使西方社会走出中世纪之后,基督教史学依然在发生着长久的影响,人们不是可以在19世纪德国史学大师兰克、20世纪英国史学大师汤因比那里见到过它的影响吗?

因此,作为一种学术研究,特别作为一种西方史学史的研究,基督教史学包括对它的源头在内的探索,就为西方史学史研究的开拓创新,凸显其重要性了。如本书作者所言,依靠对"基督教史学"的研究,以期更深入地理解基督教历史之所以为"历史",自然也就是研究使命中应有的一项。在具体说到研究"早期基督教史学"时,肖超论及中国的西方史学史研究中的当代意义,认为它不仅反映了当代西方史学史研究的自身取向,更对未来西方史学史发展趋势有着积极与重要的建设意义。这些见解,我以为都可以显示出作者于基督教史学乃至西方史学研究的理论水准与学科视野。

接下再说一点后者。学术上的自谦和低调,就我看来是学人的一种好的品格,肖超直言不讳地说他"在回望中所体悟到的不足,唯有展望日后以待磨砺精进",比如他有限的古希腊语和古拉丁语水平。学子之言,深得吾师耿淡如先生的"谦虚治学,谦虚做人"之祖训真传,令我欣慰,让我这个老师感动,不由回忆起肖超随我读博岁月中的点点滴滴。

那一年,大约是十多年前吧。已过而立之年的肖超立志潜心向学,以本科法学、硕士工商管理的学历,来我处问道史学。我说:"这一转向,或许可以用脱胎换骨来形容,你准备好了?""我准备脱胎换骨!"肖超的回答很坚定。

他经过刻苦而又认真的补习,终报考成功,成了我门下的一名学生。进校后,某日,我们对坐,讨论他的博士学位论文的选题,最终选定基督教史学,我说:"这是块硬骨头,没人啃过,你试试看吧。""我啃!"肖超的回答很坚定。

后又经过师生反复切磋,吸取了老师们在开题时的意见,聚焦在早期(公元1至4世纪)的基督教史学上。此后,经历了多少个寒往暑来,多少个日日夜夜,积六年之功,于三年前答辩通过,受到了老师们的一致好评。我在答辩后对他说:"万里长征,只走完了第一步。""这更将是一个开始!"肖超的回答很坚定。

平心而论,在这个西方史学的"硬骨头"乃至基督教文化难度很高的选题面前,肖超尽力了,并取得了成功。可以这样认为,他的《早期基督教史学探析》,于中国的西方史学史研究,具有填补空白的学术价值,于中国的基督教文化研究增光添辉,在现在乃至在可预期的未来,都将会产生重大的影响。

丙申春日,一封"征求授权"的专函自台湾寄我,信封上的"寸心原不大,容得许多香",使得这封推荐出版肖超博士学位论文的信函,顿时散发出温馨,也感佩他们的慧眼识"珠",我欣然同意推荐,便很快地回应了台湾花木兰文化出版社。以后,一切都按章运作,现在肖超的这本处女作就要面世了,作为他的导师,我自然感到高兴。在祝贺肖超博士的同时,我突然想起一件事，迫切需要对我的学生告知：当代中国基督教研究大家卓新平先生，在他年轻出洋留学归国时（20世纪80年代中期），带的图书资料足足有一千多公斤，这令人吃惊，也让我钦佩。可见卓先生那时求学之勤奋、之艰辛，这自然是肖超，也应当是我要学习的榜样。最后，我真诚地期望卓新平先生、花木兰文化出版社《基督教文化研究丛书》主编何光沪、高师宁两位先生，给肖超的《早期基督教史学探析（公元1—4世纪初期）》赐教，并进而希望得到学术界广大读者的帮助与指正。

（为肖超著《早期基督教史学探析》所写的序言，
台湾花木兰文化出版社2017年版）

建造巴别通天塔的伟业
——序丹尼尔·沃尔夫《全球史学史》

一　巴别通天塔

暮秋，难得的阳光，洒在复旦园，只见梧桐树叶撒落一地，行人走在上面，发出沙沙的响声。学生们在上课，校园静悄悄。我进得校门，下意识地往左拐，穿过一排参天的桦树林，眼前即呈现一片园圃，秋雨滋润，依然是绿草萋萋。沿一条小路，我径直向耸立在园中的老校长陈望道先生的半身座像走去，已是数不清的伫立，留下多少回的凝望，重读基座下方的一行文字：

陈望道（1891—1977），浙江义乌人，我国早期传播马克思主义思想的先驱，著名的爱国人士，杰出的教育家和语言学家。他翻译了《共产党宣言》第一部中文全译本，参与了中国共产党的创立……

望道的足印,从风雨如晦的旧世界中走来,正因为他的这个"第一",为黑暗的九州传播真理,带来了光明,功绩昭昭。记得先贤梁启超在20世纪初曾言:"今日中国欲为自强,第一策,当以译书为第一义。"以老校长译书之功业,然也。

由此,我浮想联翩,此刻我想得最多的是翻译之于人类文明的贡献。倘缺少翻译,世界也许永远会在黑暗中徘徊,遑论走向"大同"。这自然会让我联想起,一个为大家所熟知的英文词Babel,译成中文为"巴别通天塔",出典于《圣经·创世纪》,说的是,人类的先民们最初和谐相处,没有语言障碍,他们同声说:"我们要造一座通天塔,塔顶通天,以扬名天下。"此举触怒了上帝,上帝为惩罚人类,便变乱他们的口音,使彼此言语不畅,离散四方……

然而,故事并未结束。人类不甘于此,他们创造了一项伟业——翻译,借此打破了被上帝变乱的语言桎梏,各民族之间、各地区之间,交流融通,相得益彰。于是,那些翻译家就成了"巴别通天塔"崇高事业的建造者。

这自然是一个比喻,然任何再贴切的比喻都是可以找茬的。不过在我看来,用"巴别通天塔"来形容翻译的神圣使命,或直言之,于当代中国实践梁启超上述之"惊世之言",生动形象,庶几可矣。

笔者之所以要花些笔墨,从望道之译书说到"巴别通天塔",

把翻译比喻为"巴别通天塔"的建造者,旨在:请记住建造巴别通天塔的人们(众多的翻译家)的业绩;也请记住那些求索历史的历史并进而助世人解开迷思的引路者(史学史家)的成就。从某种意义上说,后者(史学史家)同样在建造"巴别通天塔",去通往奥林帕斯山上的克丽奥的神殿,其业亦崇高,一点也不亚于前者(翻译家)。由此,陈恒教授领衔主译的丹尼尔·沃尔夫《全球史学史》,兼容两者,都是为人类文明进步做出了建造巴别通天塔的贡献,聚沙成塔,积之恒久,便可通"天"了。

二 博大精深 独具匠心

还是言归正传吧。丹尼尔·沃尔夫的 *A Global History of History*,直译中文为《全球历史的历史》,陈译本为《全球史学史》,可也。不过,这里还得说一下"History of History"("历史的历史"),直译的好处就是直截了当点明了本书不是研究"历史"(历史1)的,而是研究"历史的历史"(历史2),即我们行内经常说的,其研究对象是历史学科发生与发展的历史,这也就是史学史的宗旨。道明这个近乎常识的一点,实在很重要,于读者而言,阅读本书,需要有足够的思想准备,这是一部博大精深的书,当然对于那些已知一些西方史学史知识的人来说,本书也并不难读;于作者而言,这是一部难写的书,它必须独具匠心,方能"笑傲江湖",名振史林。读罢全书,我以为用"博大精深,独具匠心"这八个字来评价本书,应当说是恰如其分的。

沃氏的《全球史学史》是西方史学史之史的新作，它继承传统，又超越传统，为史学史写作开了新途。历来的史学史著作，正如英国史学史家巴特菲尔德所言，"如果人们把史学史归结为一种纯粹的提纲，如同另一种的'书目答问'，或把它编纂成一种松散的编年形式的历史学家的列传，那么它将是一门很有限的学科了"。此类史学史著作，本国的如金毓黻的《中国史学史》，域外的如美国巴恩斯的《历史编纂史》等。晚近以来，这种史学史的书写模式多有突破，中西皆然。中国史学史佳作纷出，在此不容赘说。西方学界的史学史新著也不少，近来流行于中国学界的，比如唐纳德·凯利的《多面的历史：从希罗多德到赫尔德的历史探询》、恩斯特·布雷萨赫的《古代、中世纪和近代的历史编纂》，等等。与上述大多问世于20世纪末的史学史著作相比，沃氏之作不是"书目答问"，更不是"史家列传"，而是别具匠心，成为一部"关于历史写作、历史思想以及自古迄今历史学科演进的"长篇宏著，读者细览，从中不难看出端倪。

我们之所以说沃尔夫的《全球史学史》"博大精深，独具匠心"，最主要的在于他治史的全球眼光，这与前些时候出版的伊格尔斯等在他们的《全球史学史》前言中声言的"全球的视野"是相契合的。且看：全书九章，时间从遥远的公元前四千多年前说起，直至20世纪的后现代化主义；空间为西方与东方（或非西方），这里指地域上的；内容宏富，全景式地展现了不同社会与文化传统背景下对历史的认知及相互交流；令人看重的是，沃氏身为西方人，却对目前貌似处于优势地位的西方史学及它的影响做出了新的考量；写作上，不是单向的平行叙述，而是如电影中"蒙太奇"的手法，把分切的镜头组接起来，此种"史法"，全书俯拾皆是，这无疑增加了吸引力和可读性。由此，全书犹如万花筒一样，呈现在读者面前的是一种色彩绚丽斑驳的史学景观，一部从全球性视野考察的全新的史学史，称之为《全球史学史》，乃实至名归也。

说到这里，笔者特别要指出的沃尔夫在《全球史学史》中对中国史学的评价。在书中，他以不无赞扬的口气说道："世界上没有一种文明能像中国一样始终如一、连续不断地优先将记录、理解历史置于很高的地位。"这于他之前的西方学者说中国是一个"没有历史的国家"（如黑格尔），说中国古代史学"缺乏近代西方科学中的理论思维"（如巴特菲尔德），这些皮相之见都源于对中国文化和中国史学的不了解或一知半解。沃尔夫就不同了，如书中所示，他对中国史学有相当的主见和了解，这些认知是建立在熟知中国历史文献的基础上的，比如他在写到司马迁时，竟屡屡运用"蒙太奇"手法叙史，说司马迁和古希腊史家修昔底德一样，都有一种重垂训后世的观念，又说司马迁的《史记》与古罗马史家塔西佗的《日耳曼尼亚志》一样，都包含有人种志的成分，这不仅让笔者感到惊奇，而且也显示了他对司马迁的了解并不肤浅，我们能从中看出他对中国史学史是花过精力而不是凭空臆想的，这对一位西方史学史家而言，有这种眼光和认识，我们能不为他点赞吗？

毋庸讳言，不管是伊格尔斯们的"全球视野"，或是沃尔夫的"全球眼光",都是继承西方史学史家先贤的结果。早在20世纪五六十年代,英国历史学家杰弗里·巴勒克拉夫就放言治史要"放眼世界,展示全球",并以其史学实践为他倡导的"全球的历史观"作证,这大大影响了斯塔夫里阿诺斯和麦克尼尔等人的世界史体系的革新。进而言之,难道其论对西方的史学史家就不发生一点影响吗?世上哪有无源之水、无本之木啊!倘再检点西方史学史之史,更是说明:全球史学史既是当今世界全球化时代的产物,也是西方史学自身嬗变与革新的结果。

我国当代比较史学名家杜维运先生曾说:"互相比较,能发现史学的真理,能丰富史学的内容。"(《变动世界中的史学》,北京大学出版社2006年版,第51页)这于史学史著作的比较研究,其理亦然。据此,以下笔者想以近五年国内翻译出版的三部中文译本,即格奥尔格·伊格尔斯、王晴佳和穆赫吉的《全球史学史:从18世纪至当代》(杨豫译,北京大学出版社2011年版,中译文42万字。以下简称"伊氏书")、约翰·布罗的《历史的历史:从远古到20世纪的历史书写》(黄煜文译,广西师范大学出版社2012年版,中译文45万字。以下简称"布氏书")、丹尼尔·沃尔夫的《全球史学史》(陈恒等译,上海三联书店待出,中译文60万字。以下简称"沃氏书")做比较。笔者意在通过比较,更能显示出沃氏书的"博大精深,独具匠心"。这里限于篇幅,笔者只能画龙点睛,点到为止。

先就伊氏书与沃氏书做一点比较。前书出版后,沃尔夫惺惺相惜,便对伊氏书做出了这样的评价:"人们往往将历史编纂的历史观视为西方独有的创造,但这样的说法已经不合时宜了。这本新书是个重大的贡献,有助于我们从全球的角度理解近现代历史写作的发展。"细细品读,似能感知其赞词背后的文章:沃氏先"扬",称伊氏书"重大的贡献""全球的角度",但落实的结语却是"近现代历史写作的发展"。换言之,伊氏的《全球史学史》,是"近现代以来",显然与沃氏书的"自古迄今",难以相提并论,尽管该书作者在首章就其为何从18世纪开始,道明了自己的理由。于此可见,其容量远不及沃氏书。至于其他,读者自会察知,不容我在这里饶舌了。

说到布氏书,说实话我是很喜欢的,其因就在于作者所说的:"我们的首要任务是试着将阅读这些历史的经验与趣味传达给读者。我试图恰如其分地在本书表现出一种五花八门、多层次与多调性的浓厚历史叙事的可能面貌。"该书作者执意要书写的不是"关于一种历史的历史"(The History of History),而是"一部关于各种历史的历史"(A History of Histories),在书中呈现出的历史多样性的描述,远胜于单一的历史叙事。因而,该书不只是史家成就与优缺点的记录,也不是史家所属学派与传统的记载。此外,作者的思想家底色,自然下笔较职业的史学史家出彩,他动用饶富趣味的文学笔调,于读者颇有吸引力。不过,令我这个中国的西方史学史从业者注意到的一点是,布氏也认为史学史是西方文化整体的一部分,甚至是文化的核心,这与笔者在20世纪80年代末早就揭示的"史学,文化中的文化"这一浅见倒是相吻合的,或者自夸地说,布氏也算是笔者的一个"异域知音"了。

不过，就布氏之书与上述其他两书相比，他的史学史之作只能算作西方史学史，却是一部从希罗多德讲至布罗代尔的较为系统与完整的西方史学史，然终究称不上是"全球史学史"。

布罗在他的书结尾，声称"本书没有结论"，这是学者之语；又云他对书中所出现的作品评价，或"略失公允"，或"未给公允"，这是智者之言。我在这里也不妨借用"布氏之术"，上述的比较乃至对丹尼尔·沃尔夫《全球史学史》一书的点评，没有结论，所作论语都会有失公允，于此我感到歉疚。

三 望道路上

从望道像穿越而过，沿小径北行没多远，就是横贯东西的望道路了。下课了，学子们或三五成群，谈笑风生，或踽踽独行，思绪入神……

我望着这些"天之骄子"，不知他们在说些什么，在思考什么，而我此刻却遐想不已：

望道路，从译业出发，从"发凡"成家，从主政泽被，无一不让世人感到：望道路上，求真有望，学问有道，无疑这是一条通往"巴别通天塔"的大道。

言归本书之"巴别通天塔"的建造者，其领衔主译陈恒教授，也曾是复旦学子，走过望道路。作为他的老师，我目睹这位昔日的"复旦学子"在翻译、学术等方面的非凡成就，这分明是在接续先贤之足印，行走在望道路上，其中最具影响的也是他的

"巴别通天塔"的建造者的业绩:他主编"上海三联人文经典书库""大象学术译丛""二十世纪人文译丛""格致人文读本""城市史译丛""历史学研究入门"等,其主编的《新史学》《都市文化研究》《世界历史评论》已出四十余辑,凡此种种,均惠及史林,在学界无不产生了深远的影响。

言归丹尼尔·沃尔夫《全球史学史》之中译,我不仅要向沃尔夫这位"巴别通天塔"的建造者、更要向陈恒教授主译的"巴别通天塔"的建造者们致敬!

(为陈恒等译丹尼尔·沃尔夫的《全球史学史》所写的序言,上海三联书店,待出)

后 记

已是羊年尾巴了,在北京商务印书馆的驻地,开了一个新书发布会,虽说是为商务版由王学典教授主编的《20世纪中国史学编年》而起,实际上是一次真正的全国性的学术研讨会,从德高望重的学术前辈、当今史界"大佬"到时贤俊彦,济济一堂,阵营豪华。我也有幸与会,与诸君共议《编年》,同话学术,总是难以忘却。

那天,当我走进王府井大街36号,进入屋内,灯光璀璨的厅堂,宽畅而又气派,此时立刻想起我于20世纪80年代初到过的商务,虽竭尽搜索,但已不见旧时的留痕了。

百年商务,正在焕发青春再出发,在中国出版界引领潮流,业绩昭著,仅就蜚声海内外的《汉译世界学术名著丛书》,不知影响了几代人,也与我的学术之路相向而行。今又有幸与商务"牵手",这是我在商务出的第四本书了,虽然都是薄薄的,但从中却发散出浓浓的厚重的学术情缘，在我的学术道路上留下了持久与深远的影响。感恩商务！

感谢陈恒教授的约稿，感谢复旦大学图书馆馆长陈思和教授和采编部王伟博士的帮助，感谢我校中文系陈允吉先生和散文家龚静的支持，感谢商务印书馆责编鲍静静女士和孙莺女士为小书出版所做的认真而又出色的工作。

最后，我要特别感谢《解放日报·朝花》、《文汇报·笔会》、《人民日报》学术版和副刊《大地》、《文汇读书周报》、《社会科学报》、《中国社会科学报》、《中华读书报》等报刊。请原谅我未能一一列出那么多的编辑同志们的名字，但我心中却一直记着他们呢，在此，我要向那些"为他人作嫁衣"的无私奉献的报人们致敬，我对他们的厚爱、支持与帮助，表示一位作者的由衷的谢意。

丙申秋日于复旦书馨公寓

光启随笔书目

《学术的重和轻》　　　　　　　　李剑鸣 著

《社会的恶与善》　　　　　　　　彭小瑜 著

《一只革命的手》　　　　　　　　孙周兴 著

《徜徉在史学与文学之间》　　　　张广智 著

《藤影荷声好读书》　　　　　　　彭　刚 著

《凌波微语》　　　　　　　　　　陈建华 著

《生命是一种充满强度的运动》　　汪民安 著